폭염의 용제

Dragon order
of FLAME

FANTASY FRONTIER SPIRIT
김재한 판타지 장편 소설

폭염의 용제 7

김재한 판타지 장편소설

초판 1쇄 찍은 날 § 2011년 7월 1일
초판 1쇄 펴낸 날 § 2011년 7월 8일

지은이 § 김재한
펴낸이 § 서경석

총괄팀장 § 유경화
편집책임 § 박우진
편집 § 주소영

펴낸곳 § 도서출판 청어람
등록번호 § 제1081-1-89호
등록일자 § 1999. 5. 31
어람번호 § 제1-1253호

주소 § 경기도 부천시 원미구 심곡2동 163-2 서경B/D 3F (우) 420-822
전화 § 032-656-4452 팩스 § 032-656-4453
http://www.chungeoram.com
E-mail § chungeoram@chungeoram.com

ISBN 978-89-251-2559-6 04810
ISBN 978-89-251-2419-3 (세트)

7
비틀린 운명의 주인
청어람
폭염의 용제
김재한 판타지 장편 소설
FANTASY FRONTIER SPIRIT
Dragon order of FLAME

Dragon order of FLAME

CHAPTER 28
인간의 가능성

폭염의 용제

1

　작고 평온했던 항구도시는 폭풍이라도 휩쓸고 지나간 것처럼 황폐해져 있었다. 도시에 온전한 건물이라고는 찾아볼 수 없었고, 남아 있는 인간도 없었다.

　모르는 이가 본다면 해일을 동반한 폭풍이라도 몰려왔다고 생각하리라.

　그러나 불카누스는 내막을 알고 있었다. 이질적일 정도로 붉은 머리카락을 휘날리는 그는 마법에 의해 일어난 인위적인 재앙의 흔적을 즐거운 표정으로 살펴보았다.

　"훌륭하군."

　불카누스는 키득거리면서 폐허가 된 항구도시 위를 날았

다. 도시의 외곽에서 느껴지는 강력한 마력이 그를 인도하고 있었다.

쏴아아아아……!

바닷물이 도시를 반쯤 잠식한 채 파도치고 있었다.

너덜너덜해진 건물 위에 어두운 피부를 가진 남자가 서서 앞쪽을 바라보았다. 불어오는 바람에 휘날리는 긴 백발 아래로 왼쪽은 청백색, 오른쪽은 붉은색을 띤 오드 아이를 가졌고 갈색의 뿔과 작은 꼬리를 가진 그는 블레이즈 원의 간부인 엘토바스 바이에였다.

그그그그…….

그 앞에 거대한 그림자가 드리워져 있었다. 그것은 바다뱀을 닮은 실루엣이었지만, 너무나도 거대했다. 머리부터 꼬리까지 길이가 90미터를 넘는 존재가 이 세상에 살아서 움직이고 있다는 것을 믿을 수 없을 정도였다.

레비아탄.

드래곤들이 창조한 용족 중에서도 거의 정점에 서 있다고 할 수 있는 최강의 생명체.

캬아아아아아!

청백색 몸을 가진 레비아탄이 포효했다. 거대한 아가리가 벌려지면서 그로부터 물줄기가 쏟아졌다. 엘토바스 입장에서 보면 거대한 폭포수가 쏟아지는 것 같은 규모였다.

촤아아아아악!

엘토바스가 재빨리 날아올라 피하자 놀라운 일이 벌어졌다. 물줄기가 작렬하는 순간, 건물을 중심으로 무시무시한 한기가 퍼져 나가면서 모든 것이 얼어붙는 게 아닌가? 심지어 그 아래쪽에서 파도치고 있던 바닷물조차도 한순간에 얼어붙었다.

"호오."

그 광경을 본 불카누스가 감탄했다. 아무래도 저 레비아탄은 대기 중에 존재하는 성분 중 일부를 체내에서 액체화시켜서 뿜어낼 수 있는 것 같았다. 그리고 그 액체는 고위 마법으로도 따라가기 힘든 무시무시한 냉기를 발생시키는 것이다.

쿠르르릉!

레비아탄이 얼어붙은 지역을 지나치는 것만으로도 모든 것이 부서져서 무너져 내렸다.

문득 레비아탄의 움직임이 멈췄다. 엘토바스와 시선을 마주하는 순간, 형용할 수 없을 정도의 압박감이 정신을 억눌렀다. 그 압박감의 근원은 엘토바스의 이마에 있었다. 서로 색이 다른 눈동자 사이에 제3의 눈이 나타나서 기이한 압박감을 발했던 것이다.

'너무 여유 부리면 안 되겠군.'

그 광경을 흥미진진하게 지켜보던 불카누스는 전장을 향해 하강하기 시작했다. 척 봐도 엘토바스가 슬슬 한계에 달해 있다는 것을 알 수 있었기 때문이었다.

동시에 그의 마력이 전개되면서 강렬한 마력 파동이 주변으로 퍼져 나갔다. 엘토바스의 제3의 눈이 발하는 정신적 압박감에 저항하고 있던 레비아탄이 깜짝 놀라서 고개를 들었다.

콰아아아앙!

그 직후 굵직한 뇌격이 뻗어나가 레비아탄을 강타했다. 정통으로 뇌격에 맞고도 잠깐 비틀거렸을 뿐, 전혀 타격을 입지 않은 레비아탄 앞에 호박색 불길을 휘감은 불카누스가 나타났다.

엘토바스가 말했다.

"오셨군요. 살았습니다."

"왜 싸우고 있었던 거지? 굳이 나에게 이런 식으로 새로운 부하의 성능을 보여줄 필요까지는 없었을 텐데."

불카누스가 물었다.

레비아탄은 엘토바스가 감당할 수 있는 상대가 아니었다. 그가 지닌 제3의 눈, 용마안(龍魔眼) 때문에 버티고는 있었지만 쓰러지는 것은 시간문제였다.

엘토바스도 그 사실은 잘 알고 있었을 것이다. 그런데도 굳이 싸움을 벌인 이유가 불카누스는 궁금했다.

엘토바스가 대답했다.

"인간으로 위장하고 있던 그에게 존재를 발각당해서 마음을 읽혔습니다."

"마음을? 네가?"

불카누스가 기막혀 했다. 용마안으로 인간의 마음을 갖고 노는 것이 특기인 엘토바스가 마음을 읽히다니, 믿기 어려운 일이었다.

엘토바스가 쓴웃음을 지었다.

"그는 배출된 사념의 흔적을 읽는 데 능합니다. 심층심리도, 표층심리도 읽히지 않았지만 여기까지 오면서 누적되었고 배출된 사고의 흔적만으로도 자신에게 해가 되는 목적을 가졌다고 판단하더군요."

"재미있는 능력이군."

불카누스가 흥미로운 표정으로 레비아탄을 바라보았다. 레비아탄은 막 균형을 바로잡고 불카누스를 향해 아가리를 벌리고 있었다.

바로 그 순간 불카누스가 눈을 부릅떴다. 홍옥 같은 눈동자가 빛을 발하면서 용제의 힘이 발현되었다.

"불카누스의 이름으로 명한다! 인간 형태로 변해라!"

카아아아아아!

막 공격을 날리려던 레비아탄이 비명을 지르며 몸을 뒤틀었다. 그것만으로도 주변이 박살 나면서 대지가 진동했다.

하지만 그것도 잠시뿐이었다. 레비아탄의 몸이 빛을 발하면서 급속도로 축소되어 갔다.

곧 그곳에는 회색 머리칼을 가진 남자가 나타났다. 늘씬한

장신에 험악한 눈매를 가진 그는 푸른 눈동자 가득히 적의를 담고 으르렁거렸다.

"용제 주제에 나를 지배하다니… 너는 도대체 누구냐?"

"날 때부터 노예로 운명지어진 존재가 나를 몰라보다니 우습구나. 불카누스의 이름으로 명한다. 레비아탄이여, 네 이름을 말하라."

불카누스는 피식 웃으며 명했다. 회색 머리칼의 남자는 그 명령에 저항하려고 했지만 소용없었다. 영혼을 쥐어짜 내는 것 같은 고통에 휩싸인 채 자신도 모르게 명령에 따르고 말았다.

"기, 기즈누……!"

"그렇군. 레비아탄 기즈누여, 나는 드래곤 불카누스."

"드래곤이라고?"

그 말에 기즈누의 눈이 크게 떠졌다. 불카누스는 싸늘한 미소를 지으며 말했다.

"네 영혼을 소유할 주인이다."

2

"후우."

루그는 다르칸과 종속의 계약을 마치고는 한숨을 쉬었다. 다르칸은 눈을 감고 자신의 영혼에 영향력을 미치는 힘들을 파악해 보고 있었다.

곧 그가 눈을 뜨자 동공이 세로로 찢어진 노란 파충류의 눈동자가 드러났다. 그가 감탄하며 말했다.

"정말로 불카누스의 지배에서 벗어났군."

불카누스의 지배력은 너무나도 강력해서 무슨 수를 써도 벗어날 수 없다고 생각했다. 하지만 지금, 그의 영혼은 루그에게 생살여탈권을 내맡기는 대가로 불카누스에게서 자유로워져 있었다.

메이즈가 생긋 웃었다.

"사실 주인님의 지배력으로는 우리 둘 중 하나를 완전히 지배하는 것도 불가능하지만, 종속의 계약이 워낙 강력한 마법이니까."

"이 마법은 정말 감탄스럽군. 주인님이 만든 것이오?"

"……."

루그는 순간 돌처럼 굳어버리고 말았다. 3미터의 산 같은 거구에 바위처럼 단단해 보이는 근육을 가진 다르칸이 메이즈와 똑같이 '주인님'이라고 부르는 것을 듣자 막대한 심리적 부담이 몰려왔다.

'이게 다 메이즈 너 때문이다!'

루그는 메이즈를 흘겨보았다. 사실 메이즈가 아양을 떨면서 주인님이라고 부르는 것에 익숙하지만 않았어도 이렇게 거부감이 들진 않았을 것이다. 루그는 한숨 섞인 목소리로 말했다.

"그 호칭은 삼가줬으면 좋겠는데."

"호칭? 주인님이라는 호칭 말이오?"

"그래, 그거."

"하지만 메이즈도 그렇게 부르고 있지 않소?"

다르칸이 순진하게 고개를 갸웃거렸다. 루그는 손으로 얼굴을 짚으며 말했다.

"그렇긴 한데… 왠지 네가 그렇게 부르는 걸 듣고 있으니 상당히 거북스럽다. 달리 부르도록 해."

"그럼 마스터라고 부르는 건 어떻소?"

"업어치나 메치나지만 그쪽은 괜찮군. 그렇게 불러."

"인간의 감성은 잘 이해 못하겠군. 어쨌든 마스터라고 부르겠소. 잘 부탁하오."

"그래."

루그는 복잡한 심정으로 다르칸을 바라보았다.

메이즈 때와 달리 다르칸을 받아들이는 데는 별로 길게 고민하지 않았다.

하지만 다르칸이 어째서 불카누스를 배신하려고 하는지 납득할 만한 이유가 필요했다. 그렇기에 루그는 다르칸을 받아들이기에 앞서 그 점을 확실히 물어보았다.

루그가 물었다.

"너는 내게 지배당한다는 것이 어떤 의미인지 알고 있는 거냐?"

"메이즈가 당신을 이용해서 불카누스의 지배에서 벗어났다는 것은 알고 있다. 하지만 당신의 용제로서의 힘은, 매우 강력하긴 해도 불카누스와 비교하면 초라하지. 상위 용족을 지배하기에는 부족해. 그런 상황에서 메이즈가 강구할 방법은 분명 마법을 이용해서 스스로를 완전히 종속시키는 것이었으리라 판단했다."

다르칸은 논리적으로 루그와 메이즈의 주종관계가 어떻게 이루어졌을지 추측했다. 마법에 있어서 메이즈보다 더 우위에 있는 그에게는 어렵지 않은 일이었다.

루그가 긍정했다.

"맞아. 하지만 그 방법을 선택할 경우 네가 어떤 부담을 지게 될지도 알고 있는 건가?"

"그것도 추측해 보았다. 불카누스가 행사하는 용제로서의 지배력은 절대적이라고 해도 과언이 아니다. 그 명령을 거부할 경우 상위 용족이라고 할지라도 쉽게 영혼을 파괴해 버릴 수 있을 정도지. 그런 지배력을 완전히 차단하기 위해서는 그만큼 절대적인 조건을 설정할 필요가 있다. 생명체가 생존을 위해 행하는 가장 근본적인 부분들, 그리고 감정이나 기억에 대한 것까지 당신의 지배와 통제를 허락하는 정도는 되어야 할 것이다. 그야말로 절대적인 지배와 복종의 관계라고 할 수 있겠지."

루그는 혀를 내둘렀다. 다르칸은 자신의 선택이 어떤 의미인지 명확하게 이해하고 있었다.

"삶의 모든 자유를 포기하는 길이라는 것을 알면서도 내게 몸을 의탁하겠다는 건가?"

"그렇다. 충분히 숙고한 후에 내린 결론이다."

"이유를 듣고 싶군. 내가 알기로 너는 메이즈처럼 불카누스의 뜻에 반대하는 것도 아니었을 텐데, 어째서 위험을 무릅쓰면서까지 그에게서 내게로 전향하려고 하지?"

루그는 그 이유가 정말로 궁금했다. 메이즈에게 듣기로는 다르칸은 불카누스의 목적에 대해서 큰 불만을 갖고 있지 않다. 임무를 수행할 때도 오히려 인간에게 피해를 주는 방법을 피하고자 하는 메이즈에게 푸념을 늘어놓고는 했다.

"흠."

다르칸은 잠시 동안 고민했다. 루그의 의문은 타당하다. 그에게 몸을 의탁하는 입장에서는 확실하게 납득할 만한 이유를 설명해야만 했다.

곧 그가 입을 열었다.

"당신의 말대로 나는 불카누스의 뜻에 반대하지 않는다. 그렇다고 해서 찬동하는 것도 아니다. 강대한 힘을 가진 자가 누구도 공감할 수 없는 이유로 세계 전체를 겁란에 휩쓸리게 하고 셀 수 없을 정도로 많은 생명을 학살하는 것은 누가 봐도 올바르지 못한 일이다."

"하지만 네가 내게 돌아서려는 이유는 그게 아니겠지."

"맞다. 불카누스의 뜻에도, 그의 명령에 따라 인간들을 죽이는 것에도 난 큰 거부감을 갖고 있지 않다. 굳이 따지자면 그 일에 임할 때 내가 느끼는 감정은 당신들이 동물을 죽일 때 느끼는 것과 비슷하다. 더 정확하게 말하자면 허기를 메우기 위해서, 혹은 자신의 영역을 위협하는 동물과 생존을 놓고 싸우는 것이 아닌… 그래, 권력을 가진 자의 도락을 위해 아무런 감정 관계가 없는 동물들을 사냥할 때 느끼는 것과 비슷하지 않을까 추측한다."

"그러니까 요는 위에서 까라니까 까긴 하겠지만 그 일을 좋아하진 않는다 이거지? 딱히 거부할 방법이 있는 것도 아니니 하고 있긴 한데 그게 즐겁다거나 보람이 있다거나 하지도 않다는 거 아냐? 그냥 전형적인 고용인 근성일세."

"으음. 표현은 좀 그렇지만, 정확한 요약인 것 같다."

다르칸은 뭔가 못마땅한 기색이었지만, 루그가 제대로 이해했다는 사실을 부정하진 않았다. 그가 계속 말했다.

"내가 불카누스에게서 벗어나기로 마음을 정한 계기는 리제이라의 죽음이었다."

"리제이라 바레론 말인가?"

"그렇다. 그녀가 어떻게 죽었는지, 그리고 불카누스가 그 죽음에 대해서 어떻게 생각하는지 알았을 때 나는 생각했다.

어차피 내 목숨이 누군가의 소모품으로 취급된다면, 그래도 목숨을 걸 만한 주인을 찾아서 섬기는 것이 낫지 않을까."

다르칸에게는 목숨을 걸고 추구할 만한 삶의 가치가 없었다. 그가 열정적으로 탐닉하는 것이 있다면 오로지 마법뿐이었다.

그래서 과거에, 정확히는 불카누스가 아닌 볼카르를 섬기던 당시에는 즐거웠다. 볼카르는 용족들에게 많은 것을 강요하지 않았으며, 그가 무언가를 요구할 때는 마법으로 자아내는 경이를 볼 수 있었으니까. 그것은 다르칸에게는 충분한 보상이 되어주었다.

하지만 지금은 아니다. 아무런 열의도 없이 공포에 떠밀려 내키지 않는 일을 수행하는 노예에 불과했다.

"내가 당신을 섬기는 것은 분명 삶의 모든 자유를 포기하는 길이다. 하지만 그건 불카누스에게 지배당하는 지금도 마찬가지다. 어느 쪽에게 지배당하든 똑같다면, 적어도 스스로 가치를 찾아낼 수 있는 쪽을 선택하고 싶다. 그리고……."

다르칸은 심사숙고 끝에 자신의 길을 결정했다. 그리고 루그가 나타나 목숨을 위협하는 상황은 그의 등을 떠밀어준 셈이었다.

그가 루그의 눈을 똑바로 들여다보며 말했다.

"이렇게 하지 않는다면 난 이곳에서 죽겠지. 그렇다면 한 번쯤 도박을 걸어볼 만하다고 생각한다."

잘 생각해 보면 그가 루그를 선택하지 않을 경우에는 불카누스를 위해 싸우다가 이 자리에서 죽는 길밖에 없었다. 루그와 메이즈를 동시에 상대해서 살아남을 수 있는 확률은 절망적으로 희박했으니까.

그 말에 루그가 피식 웃었다.

"과연. 솔직히 마지막이 제일 납득 가는 이유였어. 나머지는 뭐, 그냥 그랬고."

"그랬나?"

"살기 위해서. 그것만큼 설득력있는 말은 없지."

루그는 그렇게 말하곤 메이즈에게 눈길을 주었다. 그러자 그녀가 기다렸다는 듯이 입을 열었다.

"주인님, 나도 부탁할게. 다르칸을 받아들여 줘."

"왜?"

"다르칸은 분명히 도움이 될 거야. 그리고 엘토바스처럼 음흉하지도 않고 티아나처럼 구제불능도 아니니까."

"그 말은 만에 하나라도 엘토바스나 티아나가 몸을 의탁하기라도 했으면 전력으로 반대했을 거라는 소리군."

"응. 그건 당연하지."

메이즈가 당당하게 말했다. 루그가 쓴웃음을 지었다.

"하긴 나도 그 둘은 내 부하로 삼느니 그냥 죽여 버리는 쪽을 택하겠지만……."

루그가 고민하는 기색을 보이자 이번에는 볼카르가 나섰다.

〈거 튕기지 말고 받아들여라. 꽤나 쓸 만한 머슴이 생기는 셈 아닌가.〉

―자기가 이름 지어준 녀석이라고 꽤나 감싸고돈다, 너?

〈딱히 그런 이유는… 아니라고는 하지 않겠다. 적으로서 싸우다가 죽인다면 모를까, 이런 상황에서 그냥 죽여 버린다면 좀 기분이 안 좋을 것 같군.〉

"흠."

사실 루그도 다르칸을 받아들이는 데는 별 이견이 없었다. 이미 한번 겪어본 일이라 거부감이 적기도 했고, 시공 회귀 전을 기준으로 생각해 봐도 메이즈와 달리 다르칸과는 직접적인 원한이 없었다.

'물론 적으로서의 감정은 있지만……'

다르칸도 블레이즈 원의 간부로서 루그의 아군들에게는 재앙으로 각인되었던 존재다. 그에게 죽은 아군은 기억하기 어려울 정도로 많았다.

하지만 그것은 지금 이 시간 속에서는 일어나지 않은 일이다. 또한 그를 받아들임으로써 불카누스에게 타격을 줄 수 있고, 강력한 우군 하나가 생기는 셈이었다.

'그리고… 여기서 죽여 버렸다가는 메이즈한테 미움을 사게 생겼으니.'

루그는 쓴웃음을 짓고 말았다. 메이즈는 정말 간절한 눈으로 루그를 바라보고 있었다. 저 표정을 보니 도저히 다르칸을 거부하고 때려죽이지는 못하겠다.

결국 루그는 다르칸을 보며 말했다.

"알겠어. 너를 받아들이기로 하지. 다르칸, 지금 당장 종속의 계약을 치러야겠는데 괜찮겠지?"

"물론이다. 아니, 생각해 보니 주인으로 섬기기로 했는데 이런 말투를 쓰는 것은 좀 문제가 있겠군. 예의를 지키겠소."

다르칸은 즉시 말투를 정중하게 바꾸었다. 루그는 갑자기 바뀌는 말투에 살짝 위화감을 느꼈지만, 딱히 지적하지는 않고 종속의 계약을 준비해서 치렀다.

3

종속의 계약을 치르고, 호칭 문제도 확실히 해둔 뒤에 루그가 메이즈에게 지시했다.

"메이즈, 다르칸에게 은닉의 마법을 걸어둬. 불카누스가 알아차리고 탐지나 연락을 시도하면 곤란하니까. 그리고 스스로 쓸 수 있도록 가르쳐 주고."

"응. 근데 주인님, 볼카르님하고는 연결시켜 주지 않을 거야?"

그 말에 루그는 잠시 고민했다. 볼카르의 존재는 메이즈에게도 상당한 시간이 흐른 후에야 알려주었다. 하지만 사실은 종속의 계약이 성립된 시점에서 밝혔어도 아무런 문제 없었을 것이다.

"지금 해두는 편이 낫겠군. 어차피 이제 같은 편이 되었으
니 우리에 대해서도 알아야 할 것도 많고, 볼카르와 다르칸은
인연도 있으니……."

루그는 동시에 마법으로 볼카르와 메이즈에게 말했다.

—하지만 시공 회귀에 대한 것은 말하지 말도록 해.

—응.

메이즈는 알겠다는 듯 살짝 고개를 끄덕였다. 루그가 왜 그
러는지 충분히 이해하고 있는 태도였다.

곧 볼카르가 종속의 계약을 통해 이어진 회선을 이용, 다르
칸과 연결을 시도했다. 갑자기 루그의 안에 있는 볼카르의 존
재를 느끼게 된 다르칸이 당황했다.

"마스터 안에 누군가가 있군."

〈오랜만이다. 다르칸.〉

볼카르가 말했다. 그 말에 다르칸이 깜짝 놀라서 물었다.

"누구십니까?"

〈기억하지 못한다니 섭섭하군. 네가 성년이 되었을 때 진
짜 이름을 지어준 존재다.〉

다르칸이 헛숨을 삼켰다. 볼카르의 말이 의미하는 바가 너
무나도 분명했기 때문이었다.

"설마… 볼카르님이십니까?"

〈그렇다.〉

볼카르가 긍정했다. 다르칸이 아연해하며 루그를, 아니, 정확히는 그의 안에 있는 볼카르를 바라보았다.

"그럴 수가."

믿기 어려운 일이었다. 하지만 다르칸의 이름을 볼카르가 지어줬다는 사실을 아는 이는 거의 없다. 볼카르도 봉인된 후 불카누스가 되면서는 그 사실을 잊었고, 이제는 다르칸 자신과 일족들만이 알고 있었다.

다르칸은 당황을 감추지 못하고 물었다.

"하지만 그럼 지금까지 당신의 모습으로 저를 지배하고 있던 존재는 대체 무엇입니까?"

〈그것은 마족에 의해 태어난 나의 또 다른 얼굴이다. 나의 육체를 점거한 그의 의지는 나와는 상반된 것이며, 그렇기에 나는 주도권을 빼앗기기 전에 스스로를 봉인했다.〉

"과연. 도대체 누가 드래곤을 봉인할 수 있나 싶었는데 그런 사정이 있었군요."

다르칸은 비로소 수십 년 동안 품고 있던 의문이 해소되는 것을 느꼈다.

누가 지상 최강의 존재인 드래곤을 봉인한 것인가?

어째서 볼카르, 아니, 불카누스는 기억을 잃고, 성품도 완전히 바뀐 채 인류를 몰살시키겠다는 터무니없는 목표를 추구하기 시작했는가?

아무리 생각해도 답을 얻을 수 없었던 의문들이 일거에 해소된 것이었다.

"그래서 마스터가 가진 용제의 힘이 볼카르님과 똑같은 느낌이 들었던 거로군요. 혹시 볼카르님 영역에 있던 상위 용족들의 이주 역시 그런 이유였습니까?"

〈그렇다.〉

"용족들의 이주라니? 그건 무슨 소리지?"

루그가 의아해하며 묻자 다르칸이 대답했다.

"나의 일족을 포함해서, 볼카르님의 영역에 있던 상위 용족들은 모두 봉인이 이루어진 직후에 다른 지역으로 이주했소. 하지만 나만은 볼카르님께 봉사하던 중이라 직접적으로 지배받고 있었기 때문에 그럴 수 없었지. 이주한 자들이 말하길 그것은 볼카르님의 명령이었다고 하더군. 하지만 불카누스는 그 사실을 기억하지 못했소. 정확히는 아무것도 기억하지 못했지."

〈불카누스를 봉인하면서 우려했던 것은 그가 용제의 힘으로 상위 용족을 지배해 도구로 부리는 것이었다. 실은 다르칸 역시 해방시키고 싶었지만, 의식의 주도권이 놈에게 넘어가는 과정에서 저지되고 말았지.〉

"그렇지 않았다면 블레이즈 윈 자체가 존재하지 않았을 수도 있다는 소리군? 불카누스는 계속 봉인 속에서 썩고 있었고?"

〈그렇다. 하지만 내 조치는 완전하지 못했지.〉

"그렇게 된 거였군……."

루그가 신음했다. 그 말대로라면 결국 블레이즈 원이라는 조직은 다르칸이 불카누스 곁에 있었기에 결성될 수 있었다는 이야기 아닌가?

다르칸은 루그의 복잡한 시선을 받으면서 말했다.

"어떻게 인간이 봉인의 조각을 찾아내서 불카누스를 곤란하게 할 수 있었는지도 죽 의문이었습니다. 하지만 이제는 모든 것이 납득이 갑니다."

상위 용족의 힘은 감히 인간들이 따라올 수 없는 것이다. 다르칸이 보기에 인간 마법사들은 갓 걸음마를 뗀 어린아이들 같았고, 그렇기에 인간들을 마법으로 농락하는 것은 쉬운 일이었다. 블레이즈 원은 지난 수십 년간 그렇게 인간 사회의 어둠에 스며들었고 셀 수 없을 정도로 많은 이들을 파멸시켰다.

그런 그들에게 한 명의 인간이 맞서서 타격을 입히는 상황은 이해하기 어려운 것이었다. 실제로 그 강력함을 접했기 때문에 혼란은 더욱 커졌다.

하지만 그 뒤에 진짜 볼카르가 있었다면 모든 것이 납득이 간다. 설령 드래곤으로서의 힘을 잃었다고 하더라도 세계의 운명을 좌우할 수 있는 마법 지식을 가진 그라면 연약한 인간에게도 상위 용족을 능가하는 힘을 줄 수 있었을 것이다.

그러한 생각을 완곡하게 돌려서 말하자 루그가 불쾌해하

는 표정을 지었다. 그리고 볼카르가 피식 웃었다.

〈그 생각은 실로 오만하기 그지없구나, 다르칸. 너는 인간에 대해 아무것도 모른다, 과거의 나만큼이나.〉

"그건… 인간에게 상위 용족 이상의 힘이 있다는 말씀이십니까?"

"뭐, 인간의 평균적인 능력치를 보면 네가 그렇게 생각할 만도 하지만……."

너희도 결국 그 인간들과 싸우다가 죽어갔지. 루그는 그렇게 말하려다 그만두었다.

인간 중에 상위 용족에 필적할 수 있는 자는 거의 없다. 과거에 루그가 그들과 맞설 수 있었던 것은 어디까지나 그들에 대해 알고, 수많은 아군들이 함께 했기 때문이다. 상위 용족의 힘에 대해서 모를 때는 속수무책으로 당할 수밖에 없지만, 그들의 힘이 어떻게, 얼마나 위험한지 안다면 피해를 최소화하고 반격할 대책을 세울 수 있는 것이다.

"그리고 확실히 너나 메이즈를 일대일로 쓰러뜨릴 만한 인간은 거의 없지."

서로의 기량을 아는 채로 일대일로 겨룬다면 기격의 경지에 이른 강체술사라고 할지라도 다르칸을 쓰러뜨릴 수 없다. 그것은 루그가 경험을 통해 확신한 사실이었다.

다르칸이 강체술에 대해 피상적인 지식만을 가졌고, 사용하는 자가 희귀한 기격에 대해서는 무지하기에 처음 몇 번은 그것으로 재미를 볼 수 있었다. 하지만 경험을 통해 기격에 대한 정보를 얻고 대비하기 시작한 후로는 상대하기가 대단히 까다로워졌고, 점차 밀리게 되었다. 마법은 강체술보다 훨씬 범용성이 뛰어나고, 인간 마법사들을 모아 대책을 세우는 것만으로는 도저히 상위 용족의 마법을 막아낼 수 없었기 때문이다.

다르칸이 물었다.

"그럼 마스터를 제외하고 일대일로 나나 메이즈를 쓰러뜨릴 수 있는 인간이 존재하기는 한다는 것이오?"

"물론이야."

루그는 그 점은 확언할 수 있었다. 메이즈도 말했다.

"확실히 그레이슨 씨 정도 되면 우리가 무슨 수를 써도 이길 수 없을 것 같아."

"뭐, 스승님은 아주 특별한 경우이긴 하지만 6단계의 강체술사가 스승님만 있는 것은 아니니까."

"놀라운 일이군."

다르칸은 그렇게 말했지만 수긍하는 기색은 아니었다. 루그가 의미심장한 미소를 지으며 말했다.

"경험하기 전에는 납득하기 힘들겠지. 하지만 곧 알게 될 거야."

4

루그는 일단 티란딜 남작 영애 주변에서 그녀를 감시하는 블레이즈 원의 일원들을 처리했다. 그리고 다르칸의 인도에 따라 그들을 파견한 근방의 블레이즈 원 지부로 찾아가서 조직원들을 몰살시켜 버렸다.

그렇게 하루를 보낸 뒤, 셋은 다시 아룬데 백작령으로 돌아왔다. 고속 비행으로 아룬데 백작의 성을 지나치던 차에 루그가 말했다.

"그러고 보니 더 늦장 부리지 말고 아룬데 백작가에도 말을 해둬야겠는데. 라나에 대해서도 꽤 소문이 퍼져 있으니 언제 놈들이 들이닥칠지 알 수 없고……."

이제 라나는 별로 염려되지 않는다. 개량된 결계 덕분에 어둠의 혈족들도 아주 드물게 출현하게 된 데다가 그녀의 곁에는 그레이슨와 리누스가 있었으니까.

하지만 아룬데 백작가는 무방비 상태였다. 이제는 그들에게도 진실을 말해주고 대비책을 세워둘 필요가 있었다.

"그래도 너희 둘이 있으면 좀 말하기가 편하겠지."

루그가 자신의 옆에서 날고 있는 메이즈와 다르칸을 보며 말했다. 아룬데 백작가는 마법사 가문인만큼 상위 용족을 둘이나 거느리고 이야기를 한다면 쉽게 설득할 수 있을 것이다.

루그는 오늘이라도 일을 처리해야겠다고 생각하며 라나의 숲으로 들어섰다. 숲을 둘러싼 결계를 본 다르칸이 깜짝 놀랐다.

"이 결계는 정말 놀랍군. 이토록 넓은 범위의 계절감을 완전히 자유자재로 조절하고 있다니. 볼카르님이 만드신 것이오?"

"드워프 리누스의 작품이야. 볼카르는 이런 섬세한 발상하고는 거리가 멀거든."

〈이런 것 정도는 마음만 먹으면 얼마든지 할 수 있다만.〉

볼카르가 불쾌함을 드러냈다. 루그가 말했다.

"뭐, 능력은 있지. 발상이 없을 뿐. 리누스는 너보다 능력은 떨어지지만 쓸모있는 아이디어를 많이 내놓고 그걸 구체화시키는 데는 능하잖아?"

〈음…….〉

할 말이 없어진 볼카르가 입을 다물어 버렸다. 그에게서 울컥하는 감정을 느낀 루그는 피식 웃고 말았다. 마법에 대해서는 자신이 최고라는 자존심이 있는 만큼 주변에서 리누스의 마법에 감탄할 때마다 울컥하는 것이 참 어린애처럼 유치했다.

나무들이 우거진 지역을 지나서 공터로 들어선 루그는 흠칫하며 멈춰 섰다. 겨우 하루 사이에 풍경이 자신이 알던 것과 또 달라졌다거나 한 것은 아니었다. 탑 위에 올라가서 열심히 뭔가를 뚱땅거리고 있는 두 명의 어린 사내아이를 발견했기 때문이었다.

그것은 분명 낮과 밤에 연령대가 변하는 두 얼굴의 난쟁이 리누스였다. 그런데 왠지 그가 두 명이었다. 아무리 봐도 머리부터 발끝까지 복장 빼고는 다른 구석이 없는 리누스 두 명이 탑 위에서 열심히 공구를 써서 작업을 하고 있었다.

루그가 물었다.

"…메이즈, 내 눈이 잘못된 건 아니지?"

"응. 리누스가 둘이야."

메이즈도 멍청하니 그 광경을 바라보았다. 루그가 어이없어하며 중얼거렸다.

"드, 드워프는 증식도 하는 종족이었나?"

5

리누스의 증식(?)이 오해라는 것은 곧 밝혀졌다.

루그가 황당해하며 바라보는 시선을 눈치챈 두 명의 리누스가 공구를 놔두고 훌쩍 뛰어내려서 다가왔다. 가까이서 봐도 여전히 똑같이 생긴 둘을 보면서 루그가 물었다.

"어느 쪽이 1호고 어느 쪽이 2호야?"

"응?"

둘이 똑같이 고개를 갸웃거렸다. 밤의 모습을 기억하고 있는 입장에서는 적응이 안 될 정도로 천사 같은 외모를 가진 리누스 두 명이 똑같은 표정으로 똑같은 몸짓을 보이는 걸 보니 귀엽다기보다는 기괴하기 짝이 없었다.

루그는 침을 꿀꺽 삼키며 물었다.

"난 드워프가 증식한다는 것은 처음 알았어. 둘 다 리누스니까 하나는 1호고 하나는 2호일 것 아냐?"

"풋."

그 말에 두 명의 리누스가 똑같이 웃음을 터뜨렸다. 그리고 오른쪽의 리누스가 이마를 탁 치며 말했다.

"푸하하하하! 정말 재미있는 농담을 하는구먼. 역시 인류 역사상 최초로 드래곤을 무찌르는 과업에 도전하는 영웅다워."

"……."

루그는 당황해서 그를 바라보았다. 한바탕 신나게 웃고 난 그가 불쑥 오른손을 내밀었다. 루그는 잠시 후에야 그것이 악수하자는 뜻인 줄 알고는 얼떨떨해하며 손을 맞잡았다. 그러자 오른쪽 리누스가 감탄하며 말했다.

"이야, 손이 아주 단단하군. 굳은 의지를 가진 사람다운 손이야. 어떤 무기든지 신뢰하고 쥐어줄 수 있겠어."

"어째 하는 말이 점쟁이 같다? 그리고 나는 무기를 안 쓴다고 말했잖아?"

"나한테 말한 적은 없소. 우리가 똑같아 보이는 것은 인정하지만 똑같은 놈이라고 하는 것은 용서할 수 없지."

"뭐?"

"이놈과 나는 다른 드워프라는 소리요. 내 이름은 워즈니악. 영웅이 되고자 하는 인간을 만나서 반갑소."

"워, 워즈니악?"

루그의 눈이 크게 떠졌다.

워즈니악이라고 하면 전설의 드워프 장인 일곱 중에서도 가장 유명한 이였다. 덤으로 루그로서는 상당히 이가 갈리는 작자이기도 했다.

"만나서 아~ 주 반갑군! 왜 여기 왔는지 모르겠지만 한가지 부탁이 있는데."

"뭐요?"

"한 대만 때려도 되나? 내가 지금까지 당신 작품들 때문에 상당히 피를 많이 봤거든?"

루그가 으르렁거렸다. 워즈니악이 만든 마법 무구들을 블레이즈 원의 간부들이 쓰는 바람에 이를 간 적이 한두 번이 아니었다.

워즈니악이 식은땀을 흘리며 뒤로 물러났다.

"하하. 무슨 일이 있었는지 모르겠지만 도구는 도구일 뿐, 그 도구로 죄를 짓는다면 그것은 만든 자의 죄가 아니라 쓴 자의 죄가 아니겠소?"

"근데 꼭 당신이 만든 무기 중에 악질적인 것들만 내 적들의 손에 들어가 있더라고? 그 무기들만 아니었어도 끝장을 낼수 있는 기회가 몇 번이나 있었는데 말이지."

루그가 주먹으로 뚜둑거리는 소리를 내자 워즈니악이 침을 꿀꺽 삼켰다. 보다 못한 메이즈가 쓴웃음을 지으며 루그의 옆구리를 손가락으로 쿡쿡 찔렀다.

"너무 그러지 마, 주인님. 보이드 아머 덕분에 목숨을 건진 적도 있으면서."

"쳇. 뭐, 그건 인정하지."

루그가 못마땅한 듯 혀를 찼다. 볼카르가 말했다.

〈그건 그거고 이건 이거 아닌가? 루그, 그냥 시원하게 한방 날려라. 그런다고 죽을 놈도 아니다.〉

볼카르도 루그와 함께 하면서 워즈니악의 무기에 쌓인 원한이 많았다. 루그도 그와 같은 심정이긴 했지만, 그렇다고 진짜 감정을 풀겠다고 날려 버릴 수도 없는 일이라 겁을 준 것으로 만족하기로 했다.

"메이즈 말대로 댁의 작품 덕분에 목숨을 건진 적도 있으니 그만두지. 근데 여긴 무슨 일로 온 거지?"

"흠흠. 실은 내 동생이 재미있는 이야길 하기에 흥미가 생겨서 온 거요. 당신이 반푼이긴 하지만 드래곤을 쓰러뜨리기 위해 싸운다고 하기에."

"누가 동생이냐? 막내 주제에."

리누스가 대뜸 빈정거렸다. 워즈니악이 코웃음을 쳤다.

"막내는 너지."

"오, 맙소사. 태어난 지 천 년도 안 된 어린것이 그보다 오래된 기억을 계승했다는 이유만으로 더 오래 살았다고 주장하다니 기가 막히는군."

리누스와 워즈니악은 어린애의 모습으로 어린애처럼 유치하게 아웅다웅했다. 수천 년도 넘게 살아온 주제에 누가 형인지를 두고 다투는 꼬락서니는 인간 어린애들이랑 똑같았다.

그 모습을 가만히 보던 루그는 문득 마빈의 얼굴을 떠올렸다.

'그러고 보니 한번 찾아가 보긴 해야 하는데……'

아스탈 백작령을 떠난 지도 2년 가까이 되었고, 마빈과 국경도시 르센에서 헤어진 지도 1년 반쯤 되었다. 그 후로 가끔씩 편지로 소식을 전하긴 했지만 그래도 슬슬 한 번쯤 아버지와 마빈의 얼굴이 보고 싶어지긴 했다.

'내가 그 두 사람을 보고 싶어하는 날이 올 줄이야.'

루그는 자신의 변화에 실소하고 말았다. 이제는 정말 그 두 사람을 가족으로 여길 수 있었다. 증오하는 대신 믿고 아껴줄 수 있는 그런 대상으로.

어쨌든 두 사람을 만나러 가는 것은 이성적으로 생각해 봐도 필요한 일이었다. 아스탈 백작과 마빈이야말로 루그의 둘도 없는 아군이 되어줄 수 있는 존재였으니까. 그들에게도 자신의 목적과 블레이즈 원의 정체에 대해서 알리고, 협력을 구해야 했다.

'영지가 워낙 빈곤해서 내가 이것저것 도와주긴 해야겠

지만.'

지금의 아스탈 백작과 마빈은 영시의 일을 돌보는 데도 바빠서 큰 도움이 되어줄 수 없다. 그들을 도움되는 아군으로 만들기 위해서는 루그가 해줘야 할 일이 많았다. 루그는 그 점을 잘 알고 있었기 때문에 볼카르와 상의해서 몇 가지 방안을 생각해 두고 있었다.

어쨌든 그건 그거고 지금은 리누스와 워즈니악이 아웅다웅하는 것부터 말려야 했다. 루그가 말했다.

"둘 다 그만하고. 나중에 나 없는 데서 사나이답게 주먹으로 겨루든지 아니면 전설의 드워프 장인들답게 전설적인 무기를 들고 치고받으시든지 해. 그리고 워즈니악이 여기까지 온 걸 보니 리누스, 내가 당신한테 물어봤던 것은 답이 나온 건가?"

"아, 그건 결론이 났네. 불가능하다고."

"드워프 일곱의 지혜를 다 모아도 그런 결론이 나온단 말이지?"

루그가 한숨을 쉬었다. 볼카르가 괜히 의기양양해하며 말했다.

〈역시 드워프 따위에게 그럴 능력이 있을 리 없지.〉

─야, 좋아할 문제가 아니잖아, 이거. 네 추측대로라면, 이 녀석들이 못하면 답이 하나밖에 안 남는데?

〈그렇군. 조만간 위험을 무릅쓰고 가볼 필요가 있겠다.〉

─어차피 가보긴 가볼 생각이었지만, 이거 진짜 여러모로 일이 꼬였군.

〈그래도 디르커스의 거처는 외부에 열려 있는 편이고, 그는 호전적인 성격이 아니다. 인간을 싫어하기는 하지만 말이지.〉

─일단 그쪽에서 너를 눈치챌 수 있기를 빌어야겠군.

루그는 골이 지끈거리는 것을 느꼈다.

바라지아의 최종 결전 때 불카누스의 드래곤 형태를 봉하고 인간 형태의 싸움을 강요한 마법진을 만든 것은 누구인가?

인간 마법사는 도저히 할 수 없는 일이다. 그래서 드워프들에게 기대를 걸어봤지만, 그들도 불가능하다고 말한다면 가능성은 단 하나밖에 남지 않는다.

드래곤.

누군가 다른 드래곤이 최종 결전 때 인간에게 힘을 빌려준 것이다. 어떤 의도인지는 알 수 없지만…….

볼카르는 그 의문을 풀기 위해 디르커스를 찾아가 볼 것을 제안했다. 굳이 인간을 싫어한다는 그를 지정한 것은 이유가 있었다. 디르커스는 워낙 성격이 독특해서 여러 종족들을 모아두고 함께 살아가고 있었고, 그런 만큼 거처의 방비가 그리 살벌하지 않았다. 그에 비해 다른 드래곤의 거처에 접근할 경우 루그의 실력으로도 목숨을 보장할 수 없었다.

─티드란과 스포르카트는 그래도 목숨은 배려해 줬지

만······.

루그는 시공 회귀 전에 미친 척하고 드래곤들을 찾아가서 협력을 구하고자 해본 적이 있었다. 탈린 왕국에 사는 드래곤 티드란과 칼리아의 모국인 로멜라 왕국에 사는 스포르카트가 그 대상이었다.

티드란을 찾아가는 길에는 마물이 미치도록 많아서 몇 번이나 죽을 고비를 넘은 끝에 단호하게 거절당했고, 스포르카트의 경우에는 거처에 들어간 지 한 시간도 되지 않아서 냉큼 꺼지라는 소리를 들었다.

그들의 태도에 화가 난 루그는 얼굴이라도 한번 보겠다고 악을 쓰며 덤벼들었지만, 목숨을 부지한 것이 고작이었다. 이젠 틀렸다고 생각했을 때쯤 눈앞이 깜깜해지는가 싶더니 정신을 차렸을 때는 그로부터 100킬로미터도 넘게 떨어진 곳에 쓰러져 있는 자신을 발견했던 기억이 남아 있었다.

〈메이즈와 다르칸을 데리고 간다면 디르커스를 만나는 것 자체는 어렵지 않을 것이다. 그리고 드래곤이라면 누구나 네 안에 있는 나를 인지할 수 있겠지.〉

─도움을 얻을 수 있다는 보장은 없지만 말이지.

루그가 투덜거렸다.

디르커스는 볼카르에게 호의적인 드래곤이긴 했지만 도움을 얻을 수 있다는 보장은 없었다. 그가 정말 도움을 줄 생각이 있었다면 벌써 손길을 뻗쳐 왔으리라는 것이 볼카르의 의

인간의 가능성 39

견이었다.

　─어쨌든 만나보긴 해야겠지.

　그렇게 결정을 내린 루그는 오두막에서 라나와 그레이슨이 나오는 것을 발견했다. 라나는 루그와 메이즈를 발견하고는 반색하며 뛰어오다가, 두 사람 뒤에 서 있는 다르칸을 발견하고는 멈칫했다.

　그녀가 겁을 먹은 기색으로 물었다.

　"루그… 누구야?"

6

　인간 소녀가 보기에 드라칸은 무서운 존재일 수밖에 없었다. 3미터도 넘는 산 같은 거구에 드래곤과 인간을 합쳐 놓은 듯한 괴물의 모습이었으니 당연했다. 여태까지 어둠의 혈족들을 많이 보아온 라나니까 겁먹고 움츠러드는 것으로 끝나지, 다른 소녀들이었으면 아마 다리에 힘이 풀려 주저앉거나 아니면 울음을 터뜨렸을 것이다.

　루그는 라나의 반응을 보고서야 비로소 그 사실을 알아차렸다. 루그는 냉큼 뛰어올라 손으로 다르칸의 머리를 눌렀고, 다르칸은 영문도 모르는 채 그대로 주저앉고 말았다. 그가 어리둥절해하며 물었다.

　"왜 그러는가, 마스터?"

"상황을 보고도 왜 이러는지 모르겠냐? 네 면상이 무서워서 라나 아가씨가 무서워하잖아."

"으음?"

다르칸은 태어나서 지금까지 수백 년 동안 인간 소녀가 자기를 보고 무서워하는 것을 신경 써야 하는 상황에 처해본 적이 없었다. 그런데 그런 이유로 머리를 짓눌러서 주저앉혀지는 대접을 받다 보니 난감하기 그지없었다.

"라나 아가씨, 얘는 신경 쓰지 마세요. 내 부하니까 안 무서워해도 돼요."

루그는 다르칸에게 으르렁거리던 표정을 싹 바꿔서 간이라도 빼줄 듯한 웃음을 지으며 라나를 달랬다. 라나가 주저주저하며 물었다.

"루그 부하야?"

"네. 이번에 새로 들인 부하예요. 생긴 건 저래도 마음씨는 비단결… 아니, 이건 아니지. 하여튼 아가씨한테 무슨 짓을 할 녀석은 아니고, 혹시라도 무슨 일 있으면 내가 때려줄 거니까 걱정하지 않아도 돼요. 알았죠?"

"으응."

라나는 흘끔 다르칸을 바라보았다. 다르칸은 주저앉아도 눈높이가 라나보다 더 높을 정도로 컸다. 그는 매우 복잡한 심정이 담긴 표정을 짓고 있었는데, 그 표정이 인간이 보기에는 매우 무서워 보였는지라 라나가 화들짝 놀라서 루그의 뒤로 숨었다. 루그는 다시 다르칸을 보며 으르렁거렸고, 다르칸은 손가락으로 볼을 긁적였다.

열심히 라나를 달래는 루그를 보며 다르칸이 메이즈에게 물었다.

"마스터와 저 인간 소녀는 무슨 관계인가?"

"지금은 오빠와 동생 정도? 주인님이 아주 소중하게 생각하는 사람이니까 조심해서 대해야 할 거야."

"그렇군. 보아하니 봉인의 조각 보유자 같은데……."

"맞아. 아주 어릴 때부터 이 결계 안에서만 살아온 아이야. 존재 자체가 어둠의 혈족을 부르는 힘을 가졌거든."

"어둠의 혈족? 불행한 능력이군. 인간이 그런 능력을 갖고도 지금까지 살아 있는 것을 대단하다고 해야 할까?"

다르칸이 혀를 찼다. 메이즈가 쓴웃음을 지었다.

"그러기 위해서 치른 희생이 많기 때문에 상처가 많은 아이야. 당신은 지금은 잘 이해하기 어렵겠지만, 그래도 잘 대해줘."

"노력하겠다. 그런데……."

문득 다르칸이 라나와, 메이즈를 번갈아 바라보며 깊은 고뇌가 담긴 표정으로 물었다.

"저 인간 소녀는 너는 무서워하지 않는 건가?"

"나? 나는 아주 좋아해."

"이해할 수 없군. 상위 용족을 이미 접해봤으면서 왜 나만 무서워하는 거지?"

진지하게 고민하는 다르칸을 보며 메이즈가 기가 막혀했다.

"다르칸, 당신 정말 그걸 모르는 거야?"

"잘 모르겠다. 용족에게 익숙하지 않으면 모르겠지만, 너를 통해 익숙해졌다면 딱히 무서워할 것까지는 없지 않은가? 내가 저능한 맹수들처럼 이빨을 드러내며 위협하는 것도 아니고."

"……"

다르칸이 진짜로 그렇게 생각하고 있다는 것을 느낀 메이즈는 황당했다. 어떻게 하면 이런 사고방식을 가질 수 있는지 이해할 수가 없었다. 그녀는 눈살을 찌푸린 채 고민하다가 물었다.

"다르칸, 그런 생각이면 왜 평소에 모습을 감추고 다니는데?"

다르칸은 평소에 절대 인간 앞에 모습을 드러내지 않았다. 드래코니안과 달리 덩치도, 몸의 실루엣도 인간과는 너무 큰 차이가 있었기 때문에 환영 마법으로 눈속임을 하는 대신 아예 은닉 마법을 걸고 하늘을 날아다닐 뿐이었다.

다르칸이 무슨 말을 하냐는 듯 대답했다.

"그거야 우리는 공식적으로 인간 앞에 모습을 드러내고 활동할 만한 입장이 아니었지 않은가? 용족들이 인간들과 교류

하는 경우가 희소하니 금방 화제가 될 것이고, 인간들이 주제를 모르고 욕망에 눈머는 경우가 많다는 것을 생각하면 무슨 일이 벌어질지 알 수 없으니……."

"아, 아주 합리적인 이유이긴 하네."

납득이 갈 만한 이유이긴 한데 가장 중요한 것이 빠져 있었다. 열심히 이유를 생각해 보던 메이즈는 문득 한 가지 사실을 떠올렸다.

"다르칸, 당신 인간하고 이야기해 본 적은 거의 없지?"

"인간 마법사와는 몇 번 교류가 있었지만, 그 외엔 없다."

"마법사 말고 평범한 인간하고는?"

"없다. 동족 어르신들께서 인간 중에 그나마 말이 통하는 것은 마법사밖에 없다고 하셨지. 그 말이 맞다고 생각한다. 다른 인간들을 몇 번 본 적이 있었는데 다들 말을 나눌 생각조차 안 하고 달아나 버리더군."

"역시나."

메이즈는 한숨을 푹 쉬었다. 이제야 다르칸이 왜 인간에 대해 이런 사고방식을 보이는지 이해할 수 있을 것 같았다.

오랜 시간 동안 인간들 틈에서 살아온 메이즈와 달리 다르칸은 인간에 대해서는 그야말로 무지한 것이다. 다르칸이 인간에 대해 가진 지식은, 인간이 용족에 대해 가진 지식만큼이나 피상적이다. 그는 전해 들은 이야기와 책을 통해 얻은 지식, 그리고 아주 멀리서 그들 사회 전체를 관찰하고 얻은 정보만으로 인간을 인식하고 있었다.

"어휴, 정말이지 가르쳐야 할 게 산더미네."

메이즈는 한숨을 푹 쉬었다. 다르칸에게 인간에 대해서, 그리고 인간을 어떻게 대해야 할지 가르치는 것은 분명 그녀의 몫이 될 것이다.

그때 문득 루그가 이쪽을 돌아보았다.

"다르칸."

"무슨 일인가, 마스터?"

"도착하자마자 이런 일을 시키게 되어서 좀 미안하긴 한데, 한판 싸워줘야겠다."

"음? 싸우다니, 누구와 말인가?"

다르칸이 의아해하며 물었다. 이 자리에 있는 것은 그를 제외하면 루그와 메이즈, 리누스와 워즈니악, 그리고 라나와 그레이슨이었다. 루그가 씩 웃었다.

"이분과 싸우면 돼. 인간 중에도 상위 용족을 능가할 정도로 강력한 존재가 있다는 것을 네게 가르쳐 줄 분이시지."

"이 작은, 아니, 인간 중에서는 큰 거겠군. 어쨌든 이 인간이 말인가?"

"허허."

그 말에 그레이슨이 헛웃음을 흘렸다. 2미터에 가까운 거구의 그레이슨이 '작다'는 소리를 듣는 것은 참 오랜만의 일이었다. 그가 턱을 쓰다듬으며 사납게 웃었다.

"확실히 루그, 네 말대로 세상이 넓다는 것을 가르쳐 줄 필요가 있는 드라칸이구나."

"너무 심하지는 않게 부탁드립니다. 아무래도 제가 나서서 가르쳐 줄 수는 없는 문제라서 말이죠."

루그는 볼카르에게 마법을 배워 상위 용족을 능가하는 힘을 가졌다. 그러니 다르칸에게 인간이 상위 용족 이상으로 강할 수 있다는 것을 가르쳐 줄 수는 없었다. 설령 마법을 봉인하고 강체술만으로 싸운다고 하더라도 다르칸은 납득할 수 없을 테니까.

그레이슨이 의욕을 불태우며 말했다.

"알겠다. 상위 용족하고 싸워보는 것도 오랜만이구나."

"흠."

다르칸은 루그의 의도를 이해할 수 없다는 듯, 그리고 조금 불쾌하다는 듯 눈살을 찌푸렸다.

7

그레이슨과 다르칸의 대련은 리누스가 만든 훈련장 안에서 이루어졌다. 결계 외곽에서 바깥쪽까지를, 반경 50미터에 걸쳐 감싸는 훈련장은 막강한 힘을 가진 둘의 대련에 어울리는 크기였다.

"크아아아아아악!"

다르칸의 비명이 메아리쳤다.

루그가 기대했던 상황이 벌어지는 데는 채 5분도 필요하지 않았다.

대련이 시작된 후 다르칸은 처음에는 그레이슨을 상처 입히지 않고 제압할 생각으로 적당한 마법을 썼다. 하지만 그레이슨은 스파이럴 스트림으로 그것을 모조리 튕겨내고는 성큼성큼 걸어가서 주먹을 날렸고, 그 일격이 다르칸의 방어 마법을 모조리 박살 내면서 몸통에 꽂혔다.

그 후로는 완전히 일방적이었다. 다르칸은 그제야 자신이 상대를 잘못 판단했다는 것을 알고는 위협적인 마법들을 사용하기 시작했다. 하지만 그레이슨은 기격과 속성력을 이용해서 다르칸의 감각을 유린하고, 그 몸에 뼛속까지 울리는 타격을 계속해서 때려 넣고 있었다.

"하하하하하! 이번 건 좀 괜찮군! 하지만 좀 더 힘을 써보시게!"

그레이슨은 호탕하게 웃으며 다르칸을 두들겨 팼다. 충분히 사정을 봐주고 있긴 했지만 일격 일격이 전부 인간이라면 몸통째로 박살 나기 딱 좋은 위력이었다. 다르칸의 육체가 워낙 단단한 데다가 겹겹이 둘러친 방어 마법 덕분에 지금까지 버티고 있는 것이다.

정신없이 두들겨 맞던 다르칸이 빛을 굴절시켜서 환상을 만들어냈다. 그렇게 그레이슨의 시야를 혼란시키고 빠져나가서 환영 마법으로 감각을 흐트러뜨릴 셈이었다.

그러나 바로 그 다음 순간, 다르칸의 혀끝에 지금까지 한번도 경험해 보지 못한 지옥 같은 고통이 작렬했다.

"끄어어어어어업!"

다르칸은 불리한 상황이고 뭐고 다 잊고 주둥이를 감싸쥔 채 몸을 뒤틀었다.

그 반응을 본 순간, 루그와 볼카르는 그가 무슨 일을 당했는지 파악하고는 애도를 표했다.

"저런. 결국 쓰셨군."

〈잔인한 인간 같으니.〉

오더 시그마의 비약 맛은 수백 년을 살아온 다르칸에게도 완전히 미지의 영역이었다. 음식 맛에 둔감하게 살았던 그로서도 이런 지옥 같은 맛이 존재한다는 것을 믿을 수 없을 정도로.

루그가 피식 웃었다.

"이야, 스승님 아주 신나셨네."

"너무 신나셨다, 정말. 다르칸이 불쌍해⋯⋯."

메이즈는 차마 못 보겠다는 듯 손으로 눈을 가리며 고개를 저었다. 분명 손속에 충분히 사정을 두고 싸우고 있긴 한데, 정말 두 눈 뜨고 볼 수 없을 정도로 처참한 구타가 계속되고 있었다.

그에 비해 리누스와 워즈니악은 아주 신이 났다. 리누스는 그레이슨과 루그, 메이즈의 훈련을 몇 번이나 봤지만 워즈니악은 처음 보는 것이었다. 그는 그레이슨의 기량에 감탄을 금치 못했다.

"오오! 정말 멋지군! 내가 본 인간 중에는 발드가 이후로 가장 강해! 저 인간을 위한 무기의 아이디어가 떠오른다! 보고만 있어도 피가 끓는다, 피가 끓어!"

워즈니악은 흥분해서 팔을 휘둘러 가며 떠들어댔다. 그는 뛰어난 기량을 가진 이를 위해 도구를 만들어내는 것을 너무나도 좋아했다. 특히 영웅이 될 운명을 가진 전사를 보면 참을 수가 없을 정도의 창작 욕구를 느꼈기 때문에, 지금 그레이슨이 다르칸을 두들겨 패는 것을 보면서 수십 가지도 넘는 마법 무구의 영감이 떠오르는 것을 느꼈다.

두두두두두두!

"끄아아아아악!"

폭풍처럼 작렬하는 연타에 다르칸이 비명을 질렀다. 그레이슨의 주먹은 닿지도 않았는데 그의 몸이 춤을 추듯 흔들린다.

그는 정신이 하나도 없었다. 그레이슨은 물리적인 타격을 주는 동시에 기격으로 온갖 고통을 다르칸의 감각에서 재생시키고 있었다. 생전 처음 겪는 고통의 폭풍이 다르칸의 정신을 혼미하게 만들었다.

그쯤 되자 다르칸에게는 이성도 자존심도 남지 않았다. 다르칸은 날개를 펼치고 마법으로 날아서 도망치려고 했다. 안전을 도외시하고 스스로를 탄환처럼 쏘아보내는 마법을 사용한 것은 그가 얼마나 궁지에 몰렸는지를 알려주었다.

쿠우우우웅!

하지만 그 마법이 발동하기 직전, 보이지 않는 힘이 그의 몸을 짓눌렀다. 막 숨을 들이켜던 다르칸은 그대로 폐부가 터져 버릴 듯한 압력으로 바닥에 쓰러져 납작하게 달라붙고 말았다.

"케엑! 이, 이건 설마 중력 제어……?!"

그가 자신을 짓누르는 힘의 정체를 깨닫고 경악했다. 그레이슨이 비로소 중력 제어를 이용해서 그를 바닥에 패대기쳤던 것이다. 일순간 자신의 체중이 열 배 이상 늘어나 버리는 상황에는 전혀 대응할 수가 없었다.

'더, 더 이상은…….'

다르칸은 의식이 아득해지는 것을 느꼈다. 이젠 정말 한계다. 마력은 아직도 넘치도록 남아 있었지만, 기초적인 마법 구성조차도 짜낼 수가 없었다.

그런 그의 기색을 읽은 그레이슨이 피식 웃으며 중력 제어를 풀었다. 그리고 장난스럽게 웃으며 손가락을 퉁겼다.

"재미있었으니 이쯤 하기로 하지."

"끄허어어어어업!"

다르칸은 혀끝은 물론, 콧속에도 오더 시그마의 비약이 가득 흘러들어 가는 끔찍한 고통을 느끼며 기절했다.

볼카르가 보기만 해도 소름이 끼친다는 듯 떨리는 목소리로 말했다.

〈부디 네 영혼이 오더 시그마의 미각 병기 따윈 없는 좋은 곳으로 가길 바란다, 다르칸.〉

"야. 안 죽었어."

루그가 어이없다는 듯 말했다.

8

"인간에게 이런 힘이 있을 줄은 몰랐소. 정말 감탄했소."

정신을 차린 다르칸은 솔직하게 자신의 인식이 그릇됐음을 인정하고 그레이슨에게 경의를 표했다. 그레이슨이 씩 웃으며 겸양했다.

"뭐, 나는 당신들의 마법에 대해 잘 알지만 당신들은 우리의 힘에 대해 모른다는 것도 작용한 결과요. 하지만 때로 인간들 중에도 그런 조건을 초월한 힘을 쌓아올린 존재가 있다는 것을 알아준다면 그걸로 족하오."

"스승님, 겸손한 척하시니까 안 어울려요."

루그가 한마디 하자 그레이슨이 커다란 주먹으로 그의 머리를 쥐어박고는 훈계를 늘어놓았다.

"내가 6단계에 머물러 있을 때는 세상에서 내가 제일 잘났고 나를 따라올 놈은 하나도 없을 줄 알았다. 실제로 오더 시그마의 권사 중에는 나를 능가하는 이가 현재로선 없지."

"근데 7단계에 오르니까 세상이 달라 보이세요?"

"내가 우물 안 개구리였다는 것을 알게 되더구나. 그래서 당분간은 겸손하게 살기로 했다."

뭔가 뉘앙스가 이상한 말이었다. 루그가 눈살을 찌푸리며 말했다.

"당분간은, 이라니… 앞으로는, 이 아니고요?"

"곰곰이 생각해 봤는데, 7단계를 완성하면 겸손하지 않아도 될 것 같아서 말이다. 나보다 잘난 놈이 없는 것은 확실한데다가, 내가 어디 가서 겸손을 떨어봤자 내숭 떤다는 소리나 들을 것 아니냐? 그런 소릴 듣느니 그냥 솔직담백하게 오만하고 말란다."

"……"

루그는 기가 막히다는 듯 그레이슨을 바라보았다. 그레이슨이 피식 웃으며 다시 한방 루그를 쥐어박고는 말했다.

"그럼 나는 코번 녀석이나 훈련시키러 가야겠다. 네 훈련은 내일부터 재개하자꾸나."

"그러죠. 아, 그리고 저 조만간 또 자리를 비울 겁니다."

"또 어딜 가려고 그러느냐?"

"지난번처럼 길게 비울 것은 아닌데, 나가서 처리해야 할 일들이 좀 있어서요. 뭐, 당장 나갈 건 아니고 한 2, 3주 후에 나갈 겁니다. 친구 녀석도 봐야 하고 집에도 가봐야 해요."

"집?"

그레이슨이 의아한 듯 물었다. 루그가 말했다.

"집 나온 지 2년쯤 됐거든요. 슬슬 돌아가서 얼굴 정돈 비춰야죠."

"흠. 아주 돌아가는 것은 아니고?"

"저희 집안 사정이 좀 복잡해서 제가 거기 머물러 있으면 별로 안 좋아요. 가끔 얼굴이나 비추는 정도로 끝내야죠."

"너 혹시 귀족 집안 출신이냐?"

그레이슨이 혹시나 하며 물었다. 지금까지 루그는 자신이 기사라고 밝혔을 뿐 가문에 대해서는 이야기한 적이 없었다. 하지만 지금 말하는 것을 들어보니 귀족 가문의 자식이라는 티가 났다.

루그가 순순히 긍정했다.

"네. 사생아이긴 하지만."

"사생아인데 집안 사정을 걱정할 필요가 있는 거냐? 집안 분위기가 싫어서 나온 정도라면 모를까, 그렇지도 않은 것 같은데……."

"제가 탈린 왕국 출신인데 나라 법이 좀 이상해서 사생아라도 가주가 가문의 일원으로 인정하면 장자의 권리를 행사할 수 있게 되거든요. 제 배다른 동생이 완전히 후계자로 자리를 잡을 때까지는 위험한 짓은 안 하는 게 좋죠."

"아하, 탈린 왕국에 그런 법이 있긴 했군. 그래서 어린 나이에 세상을 떠돌고 있었던 거였느냐?"

"뭐, 그렇다고 할 수 있죠."

사실 떠도는 것과 집안 사정은 별 관계가 없었지만 말이다. 루그가 어색하게 웃으며 말하자 그레이슨이 물었다.

"하지만 법도 허용하는 상황이라면 귀족 가문의 가주 자리는 욕심내 볼 만도 할텐데, 왜 그냥 포기하고 나오는 쪽을 택한 거냐? 형제간의 우애가 좋았던 게냐?"

"동생하고 제 사이는… 음, 지금은 좋지만 떠나기 전에는 그리 좋다고 하긴 어려웠죠. 사실 제가 집안에 있었던 기간도 별로 길지 않아서 다들 저를 쫓아내려고 발악했었으니까요."

"그런데 왜냐? 네 성격에 그런 상황이라면 오기가 발동해서라도 싸웠을 것 같은데."

"아버지가 참 바보 같은 사람이라서요."

루그의 말에 그레이슨은 물론 귀를 쫑긋 세우며 듣고 있던 라나와 메이즈, 다르칸도 의아해하며 눈을 크게 떴다. 루그는 피식 웃으며 말했다.

"영주로서, 그리고 기사로서는 굉장히 존경스러운 분이었지만 주변 사람들의 마음을 잘 모르는 분이었거든요. 어느 날 갑자기 찾아온 사생아를 덜컥 자식으로 인정해서 불화의 씨앗으로 만들어 버릴 정도로. 그래서 마음 고생하다 돌아가신 어머니의 몫까지 시원하게 한방 먹여준 다음에 나왔어요. 그리고 어차피 그때는 이미 할 일이 명확했는지라 가주 자리 먹겠다고 시간 낭비할 때도 아니었고요."

"그러냐."

그레이슨이 피식 웃었다.

그가 나가고 나자 라나가 다가오더니 머뭇거리며 물었다.

"루그는… 가족들하고 사이가 안 좋은 거야?"

"예전에는 그랬지만, 지금은 좋아요. 쓸데없는 집착을 다 버린 덕분에."

루그는 부드럽게 미소 지으며 라나의 볼을 쓰다듬었다. 라나가 물었다.

"루그의 엄마는 어떤 사람이었어?"

"제 어머니요?"

"응."

"글쎄요. 지금 생각해 보면… 참 답답할 정도로 착한 분이었죠."

루그는 아련한 눈으로 허공을 바라보며 대답했다. 어머니 리나르와 사별한 것은 30년도 더 전의 일이었다. 하지만 지금도 눈을 감고 기억을 더듬어보면 지저분한 단칸방에서 그녀와 함께했던 시간들을 떠올릴 수 있었다.

뒤를 돌아보지 않는 성격이었던 아스탈 백작의 열정에 이끌려 몸을 내주고 자신을 낳은 그녀. 두 사람의 만남은 낯간지러울 정도로 뻔한 상황에서 이루어졌다. 술집에서 일하고 있는 리나르를 불한당들이 희롱하자 아스탈 백작이 나서서 그들을 때려눕히고 구해주었다는, 아주 평범하고도 낭만적인 사연이었다.

그렇게 두 사람은 열정적인 시간을 보내고 헤어졌다. 아스탈 백작은 리나르에게 정표를 주며 어려운 일이 있으면 찾아오라는 말을 남겼다. 그리고 얼마 후, 리나르는 자신이 그의 아이를 임신했다는 사실을 알게 되었다.

"빈민가에서 자라셨으면서도 정직하게 살려고 노력하시는 모습이 참 답답했죠. 만날 저보고 도둑질하지 말라고 설교하시고. 그리고 또 자존심이 하늘을 찔러서, 병들어 죽어가시면서도 아버지에게 의지할 생각은 하지 않으셨어요. 제가 아버지가 누군지 알게 된 것도 어머니가 임종하시기 얼마 전이었으니……."

루그는 어머니의 마음을 이해할 수 없었다. 예나 지금이나 그녀가 어떤 마음으로 그렇게 살았는지, 왜 임종이 코앞에 다가왔을 때가 되어서야 비로소 루그에게 출생의 비밀을 알려줬는지 모르겠다.

하지만 어머니의 삶이 답답했을지언정 원망하진 않는다. 그녀는 어려운 상황 속에서도 최선을 다해 루그를 키웠다. 병들어 죽어가는 와중에도 루그를 위해 뭔가 하나라도 더 해주고 싶어했던 그녀를 생각하면 지금도 가슴 한구석이 아프다.

"그렇구나……."

라나는 복잡한 표정으로 중얼거렸다. 루그가 말없이 머리를 쓰다듬어 주자 그녀가 말했다.

"난 엄마의 얼굴이 기억나지 않아."

"……"

"엄마는 내가 너무 어릴 때 돌아가셔서… 아무것도 기억나는 게 없어."

라나는 고작 세 살 때 어머니를 여의었다. 라나의 모친 미엘라는 아룬데 백작의 첩으로 원래부터 병약한 몸이었고, 라나를 낳은 뒤에는 시름시름 앓다가 죽었다.

그렇기에 라나에게는 엄마와 함께 지낸 추억이 남아 있지 않았다. 얼굴조차 모르기에 엄마라는 두 글자를 들을 때마다 가슴이 먹먹해지다가 이윽고 허탈함에 사로잡히고 만다.

루그는 시공 회귀 전에 라나에게 그 사실을 들어 알고 있었다. 하지만 어린 그녀의 입으로 들으니 더욱더 가슴이 아팠다. 그녀의 가슴에 난 상처가 너무 많아서 도대체 어떻게 하면 치유해 줄 수 있을지 모르겠다.

'그러고 보니……'

문득 루그는 라나의 아버지인 아룬데 백작에 대해 생각했다. 시공 회귀 전에는 몇 번 보지도 못한 사이였다. 하지만 이번에는 그를 만나서 블레이즈 원에 대해 알려주고 아룬데 백작가에 방비를 갖추게 할 필요가 있었다.

'그 남자는 왜 라나를 한 번도 찾아오지 않았지?'

아룬데 백작은 철저하게 라나에게 무심한 태도를 보였다. 라나가 가문을 위해 희생하는 역할인만큼 필요한 지원은 모두 해주었지만 그뿐, 한 번도 얼굴을 비추지 않았다. 심지어 라나의 생일날에도 선물도, 축하 메시지도 보내지 않을 정도였으니 그 무심함은 도가 지나쳤다.

그 사실을 깨달은 루그는 속에서 울컥하고 화가 치솟는 것을 느꼈다. 자신의 자식을 가문을 위한 희생양으로 내팽개쳐 두고 잊어버린 척하는 그 작자의 면상을 보고 이유를 듣고 싶어졌다.

하지만 그런 이야기를 라나에게 할 수는 없었다. 그렇기에 루그는 속내를 감춘 채 잠자코 라나의 머리를 쓰다듬어 주었다.

9

저녁이 되자 루그는 리누스와 워즈니악을 찾아갔다. 둘은 무슨 수를 썼는지 원래 사용하던 공방의 면적을 두 배쯤 늘린 후에 나눠서 쓰고 있었다. 둘의 특기 분야가 달라서 그런지 워즈니악이 가져다놓은 장비들은 리누스의 것과는 또 상당히 다른 느낌이 드는 것들이었다.

루그가 찾아갔을 때, 워즈니악은 작업용 기기에 달린 여덟 개의 금속팔을 조작해서 뭔가를 신나게 만들고 있었다. 노인의 모습으로 한구석에서 담배를 피우고 있는 리누스에게 루그가 물었다.

"뭘 만들고 있는 거야?"

"그레이슨 씨를 위해서 무기를 만들겠다더군. 아까 전의 싸움을 보고는 뭔가 잔뜩 영감이 떠오른 모양일세."

"스승님을 위한 무기? 뭐, 방어구 정도라면 받아주실지도 모르겠지만⋯⋯."

그레이슨은 루그보다 훨씬 더 철저한 오더 시그마의 권사였기 때문에 무기에 의존하지 않았다. 그나마 루그는 주먹을 보호하는 장갑이라도 쓰지만 그레이슨은 그런 것조차 질색했다. 워즈니악이 방어구가 아닌 무기를 만들고 있는 거라면 그는 생전 처음으로 자신의 무기가 쓸모없다고 거절당하는 수모를 겪게 될 것이다.

'뭐, 나야 알 바 아니지. 쓸 만하면 내가 챙기면 되니까.'

루그는 그렇게 생각하며 워즈니악의 작업 과정을 지켜보다가 한 가지 사실을 깨달았다.

"어, 그러고 보니 당신들 밤에는 모습이 구분이 되네?"

어린 사내아이 모습을 하고 있는 낮에는 리누스와 워즈니악의 모습이 완전히 똑같아서 복장 외에는 구분할 방법이 없었다. 그러나 밤이 되어 노인의 모습으로 변하니 한 가지 뚜렷한 차이가 나타났다.

리누스는 머리칼과 수염의 색이 흰색이었고, 워즈니악은

백금색이었다.

"아무리 봐도 생긴 건 똑같지만 색이라도 좀 다르니 알아보겠네. 그냥 계속 그런 모습으로 있으면 안 되나?"

"유감스럽게도. 뭐, 밤에는 대체로 우리 형제들의 모습이 다 조금씩 달라지는 편이구먼. 지금 보는 대로 모발과 수염의 색이나, 혹은 피부색 등으로."

"피부색?"

"워즈니악과 나는 비슷하지만, 다른 형제 중에는 뚜렷하게 다른 이들이 있지. 뭐, 나중에 만날 기회가 있으면 알게 될 게야."

"그렇군. 흠. 아, 그리고 궁금한 게 또 있는데……."

"뭔가?"

"당신은 여기까지 오는데 꽤 오래 걸렸잖아. 근데 워즈니악은 어떻게 이렇게 빨리 온 거야? 가까운 곳에 있었나?"

"그건 아니고……."

"내가 좀 급하게 와서 그렇소. 리누스야 워낙 느긋하게 왔을 거고."

"윽."

느닷없이 끼어드는 워즈니악의 목소리에 루그가 흠칫했다. 여전히 뒤쪽에서는 금속 팔들이 알아서 뭔가를 만들고 있었고, 워즈니악은 그곳에서 벗어나서 기척도 없이 다가온 것이었다.

—볼카르, 이놈들 기척을 탐지할 방법 없어? 뒤에서 칼로 찔려도 모르겠다.

〈있긴 있지만 지금 단계에서 네가 쓸 수 있는 마법은 아니다, 유감스럽게도.〉

—끄응.

루그가 못마땅한 표정으로 워즈니악을 돌아보자 그가 말했다.

"리누스야 이 결계가 수정됐다는 걸 알고도 그냥 여기저기 둘러보면서 천천히 왔을 거고, 나는 그냥 고속 이동 마법으로 달려왔거든. 우리가 대지와 융화되어서 고속 이동을 하면 소리가 닿는 것보다 더 빠르게 이동할 수 있다오."

"음속보다 더? 땅속으로 그렇게 이동할 수 있다고?"

루그가 눈을 휘둥그레 떴다. 마법 중에 몸 주변에 역장을 둘러치고, 그것을 초고속 진동시켜서 땅속을 헤엄치듯이 누빌 수 있는 마법이 있긴 했다. 하지만 땅속을 초음속으로 달린다니 그게 가당키나 하단 말인가?

워즈니악이 씩 웃었다.

"우리는 대지와 말 그대로 동화될 수 있소. 그러니까 가능한 거지. 종족의 특성을 이용한 이동 방법이니 다른 이들이 따라 할 수 있는 것은 아니지."

〈난쟁이 주제에 오만하긴. 루그, 헛소리다. 마법으로도 얼마든지 같은 일을 할 수 있다.〉

─근데 그 마법은 적어도 내가 쓸 수 있는 건 아니지 않아?

〈그, 그렇긴 하지만 언젠가는…….〉

─됐어. 그냥 대단한 건 솔직하게 대단하다고 인정하자고.

〈으윽…….〉

볼카르가 분한 듯 신음했다. 루그는 피식 웃고는 물었다.

"사실은 하나 더 물어볼 게 있는데… 당신들 일곱의 힘을 모아도 드래곤의 드래곤 형태를 봉하는 것은 불가능하다고 했지?"

"그렇소. 머리를 맞대고 토론해 본 결과 그런 결론을 얻었지."

워즈니악이 고개를 끄덕였다. 루그가 물었다.

"그럼 혹시 당신들의 신, 스노우화이트가 개입한다면? 신의 지혜를 빌려도 불가능한가?"

그 말에 워즈니악과 리누스가 동시에 별 해괴한 소리를 다 듣는다는 표정을 지었다. 어쩜 이렇게 바보 같은 질문을 할 수 있냐는 눈빛이라 루그는 당황했다.

"아, 아니 하지만 스노우화이트는 지상에 강림해서 당신들과 직접적으로 소통한다면서? 그럼 지혜를 빌려줄 수도 있는 것 아닌가?"

"이런. 드래곤의 선택을 받았다고는 해도 인간이라서 그런지 신에 대해서는 도통 무지하구먼."

"그러게. 하긴 당연한 일인지도 모르겠지만."

리누스와 워즈니악이 고개를 절레절레 저었다. 루그가 울컥하자 워즈니악이 설명했다.

"당신도 알다시피 스노우화이트께서는 신이시오."

"그건 알아."

"그리고 신께서 가진 지혜라는 것은 당신이 바라는 마법적인 이론과는 아무런 상관이 없소. 그분은 오히려 그런 것에는 거의 무지하시지."

"뭐? 어째서?"

루그가 눈을 동그랗게 뜨고 물었다. 지상에 강림한 신이 마법에 무지하다고? 자신의 자식들은 드래곤을 제외하면 가장 탁월한 마법의 장인들인데 어떻게 그럴 수가 있단 말인가?

리누스가 말했다.

"신께서는 원하시는 일을 본능적으로 하실 수 있으시지. 물론 성지 안에서 국한되긴 하지만, 굳이 세계의 섭리가 어떤 것인지 파악하고 그걸 어떻게 하면 조작할 수 있을지를 복잡하게 연구하실 이유가 없네. 그냥 이루어지라고 하면 이뤄지는 것이지. 예를 들면 여기 이 워즈니악이 죽었을 때, 그분은 형제들에게 성지의 흙을 모아서 워즈니악의 형상을 빚게 하신 뒤에 말씀하셨지. 나의 자식 워즈니악이여, 되살아나라고."

그리고 워즈니악은 곧바로 되살아났다. 흙으로 빚어진 형상에 생명이 깃들면서 워즈니악의 영혼과 기억을 계승한 존재가 부활한 것이다.

루그는 입을 쩍 벌렸다. 정말 신다운 일이긴 한데, 뭔가 자기가 생각한 것이랑 많이 다르기도 했기 때문이었다.

볼카르가 혀를 찼다.

〈그냥 나한테 물어보지 그랬나? 뭐하러 이런 난쟁이들한테 망신을 당하고…….〉

—야, 네가 신들 이야기만 나오면 노골적으로 이야기하기 싫은 티를 풀풀 내서 배려해 준 거라고.

〈그야 신이라는 작자들이 싫긴 하지만, 어쨌든 필요한 지식이면 얼마든지 이야기해 줄 수 있다. 쯧쯧.〉

—으윽…….

〈신들은 이론을 따지거나 기술을 연마하지 않는다. 그건 진정한 권능을 갖지 못한 자들의 것이지. 네가 숨을 쉬는 것을 당연하게 여기듯이, 그리고 불의 속성력을 감각으로 다룰 수 있듯이 그들은 모든 기적을 그냥 원하는 대로 일으킬 수 있다. 물론 지상에 임해 있는 동안 무엇을 할 수 있고 할 수 없는지까지도 그냥 알게 되지. 굳이 한계를 시험해 볼 필요도 없이 처음부터 모든 것을 아는 거다. 스노우화이트도 좀 미쳤긴 하지만 그 점은 신답겠지.〉

그리고 그렇기 때문에 마법적인 조언 따위는 할 수 없는 것이다. 그들은 마음대로 기적을 일으키지만, 그 기적을 어떻게 일으키는지 피조물들에게 설명할 수는 없었다.

〈사실 바보라서 자기들도 모르거든. 그냥 하고자 하면 다 되고, 안 되는 것은 처음부터 안 되는 것을 아는 데다 그 이유가 세상의 법칙으로 그렇게 정해져 있기 때문이라는 명확하고 부정할 수 없는 답을 가졌지. 학습도 연구도 의문도 없는 존재가 인간이 생각하는 현명함을 가질 수 있겠나? 어떤 의미에서 신들은 인간보다 더 바보다.〉

—으으으음…….

루그는 신에 대해 갖고 있던 이미지가 와장창 깨져 나가는 것을 느끼며 신음했다. 왠지 예전에, 그러니까 시공 회귀 전에 종종 아스탈 백작이나 요르드를 상대할 때의 일이 생각났다.

아스탈 백작은 루그가 자신의 가르침을 따라오지 못하는 것을 매우 답답하게 생각했다. 그는 천재적인 무골이었고, 무술에 대해서는 남들과 똑같이 노력해도 몇 배의 성과를 내는 인물이었다. 그래서 고급 기술의 시범을 보인 다음 루그가 곧바로 따라 하지 못하면 답답해서 가슴을 쳐대곤 했다.

"아니, 내 아들이면서 왜 이걸 못하는 거냐? 어려운 것도 아니잖아?"

참고로 엄청 어려운 기술이었다. 루그보다 훨씬 더 오랫동안 훈련해 온 기사들도 못할 정도로.

그래도 아스탈 백작에게는 부하 기사들을 훈련시켜 본 경험이 있었다. 덕분에 안 될 때는 그러려니 하고 집안에 전해 내려오는 합리적이고 착실한 훈련 방침에 따라 진도를 나가게 했다.

　그에 비해 요르드는 정말 비상식적인 놈이었다.

　시공 회귀 전, 루그와 만났을 때 요르드는 이미 기격의 경지에 올라 있었고 6단계를 이루기 직전이었다. 그래서 루그는 그에게 보다 뛰어난 기격의 사용 방법을 물어본 적이 있었다.

　그러자 요르드는 직접 루그와 대련을 해서 그 방법을 몸에 새겨주었다. 그리고 나서 하는 말이 이거였다.

　"그런 느낌으로 쓰면 돼. 별로 안 어려워."

　물론 루그는 그런 느낌이 어떤 느낌인지 알 수 없었고 그저 맞은 것이 아플이었다. 도저히 감을 잡을 수 없어서 설명을 요구했더니 요르드는 머리를 싸매고 고민하더니 여전히 알아들을 수 없는 이상한 설명만 늘어놓다가 결국 포기하고 도망쳤다. 일정 수준부터는 스승도 없이 스스로 길을 개척한 놈이다 보니 자신은 당연하게 할 수 있는 것을 못하는 이에게 설명하는 재주가 절망적으로 부족했던 것이다.

　'그땐 천재 따윈 진짜 짜증난다고 생각했는데… 신이야말

로 그런 느낌의 궁극에 위치했다고 할 수 있는 존재인 건가.'

루그는 한숨을 푹 쉬었다. 드워프 일곱이 머리를 맞대도 불가능한 일이라도 신의 지혜가 덧붙여진다면 어떻게 되지 않을까 싶었는데 멋지게 빗나간 셈이다.

가만히 루그를 보던 리누스가 물었다.

"그럼 이제 나도 하나만 묻고 싶구먼. 왜 그런 걸 물은 거지?"

"드래곤의 드래곤 형태를 봉인하는 방법?"

"그렇네. 매우 흥미로운 문제이긴 했지만, 그런 일이 가능할 거라고는 생각하기 어려워서 말일세. 근데 자네는 마치 그런 일을 할 수 있는 누군가가 존재한다고 확신하는 투더군."

"뭐, 대충 그런 거긴 한데… 실제로 일어났던 일이기도 하거든? 볼카르가 불카누스를 봉인하기 전에 그의 드래곤 형태를 봉인하고 인간 형태를 강요하는 일이 벌어졌었어."

루그는 진실과 거짓을 섞어서 둘러댔다. 리누스와 워즈니악이 심각한 표정으로 말했다.

"그런 일이 실제로 벌어졌었다면……."

"그럼 그게 가능한 것은 드래곤밖에 없을 것 같소만? 같은 드래곤끼리라도 그런 일이 가능할지는 모르겠지만, 어쨌든 불카누스라는 놈은 반푼이라고 하니……."

"지금은 나도 그렇게 판단하고 있어. 그래도 혹시나 해서 물어본 거지. 뭐, 그 문제는 이제 됐고. 당신들이 만들어줬으면 하는 게 있는데."

"무기라면 당신을 위한 것도 몇 개 고안해 둔 것이 있소만. 도면은 완성되었는데 한번 보겠소?"

워즈니악이 반색하며 물었다. 루그가 당황해서 물었다.

"나를 위한 무기? 벌써 도면까지 완성한 거야?"

"물론 아직 세부적으로 더 개량을 하긴 해야 하는데 어떤 기능을 어떻게 붙일 것인지는 일단 고안을 몇 개 해봤소. 마음에 드는 것을 고른다면 얼마든지……."

"아, 그건 고맙고 흥미도 있긴 한데 내가 부탁하려는 것은 다른 거야."

"무기가 아니면 어떤 것이오?"

"내가 원하는 것은 두 가지야. 일단 내가 원하는 건물들에 블레이즈 원의 존재를 파악하고, 대응할 수 있는 시설을 설치하는 것."

"그건 별로 어렵진 않지. 필요한 정보를 입력해서 조건을 설정해 두면 되는데, 그 정돈 당신이 갖고 있지 않소?"

워즈니악이 고개를 끄덕였다. 루그가 말했다.

"필요한 정보는 내가 다 주지. 그리고 오히려 다음 것이 더 까다로운데… 내가 원하는 지점들끼리 실시간 마법 통신망을 구축할 수 있나? 기왕이면 그 통신망은 승인된 사람만 쓸 수 있게 하는 것은 물론이고, 몇몇 사람들은 그것과 또 원격으로 이어진 단말기를 통해서 그곳에서 벗어나 있더라도 중계해서 연락할 수 있다면 더 좋겠는데."

"호오. 그건 꽤 어렵고도 재미있는 부탁이구먼."

"그렇군."

리누스와 위즈니악이 눈을 반짝였다.

원거리의 실시간 마법 통신망 자체가 인간들은 아직 만들 수 없는 것이었다. 대륙의 모든 인간 고위 마법사들을 한곳에 모아두고 연구해 보라고 해도 10년간은 기초 이론조차 완성하지 못할 것이다.

그런 면에서 루그의 부탁은 엄청 난이도가 높았다. 마법으로 무언가를 만드는 데 있어서는 타의 추종을 불허하는 드워프들로서는 불타오르지 않을 수 없는 테마였다.

리누스가 말했다.

"그걸 구현할 수 있다면 인간들은 전략적으로 엄청난 무기를 얻는 셈이겠어."

마법에 의한 통신을 이용, 고속으로 뜻을 주고받을 수 있는 것만으로도 전술전략에는 크나큰 변화가 일어난다. 수가 적은 마법사가 규모가 큰 전쟁에서도 중요한 역할을 차지하게 된 이유이기도 했다.

그런데 마법을 익히지 않은 사람들끼리도 언제 어디서나 실시간 통신이 가능할 정도라면, 그건 아마 세계에 엄청난 변화를 몰고 올 것이다.

루그가 말했다.

"그 영향력에 대해서는 나도 생각했어. 솔직히 전쟁에 응용되기 시작하면 너무 큰 변화를 몰고 올 수 있다고 생각해. 하지만 블레이즈 원을 효율적으로 상대하기 위해서는 필요한 기술이야. 인간들이 이해할 수 없는 기술로 만들어져서 오로지 사용만이 가능하다면 큰 문제는 일어나지 않겠지."

"어떤 의미에서는 강대한 마법 무기보다 훨씬 더 가치가 큰 물건이 되겠지. 그걸 감안해서 한 가지 제약을 거는 것은 어떻겠소?"

워즈니악의 말에 루그가 물었다.

"제약이라면?"

"통신망의 중심을 이곳으로 정해두지. 통신망을 이용할 수 있는 단말은 여러 개를 만들어서 얼마든지 확장시켜 나갈 수 있지만, 이곳에 있는 중심기기가 파괴되면 통신망 자체가 사라지게 되는 거요. 이곳에서 원하는 단말기를 통신망에서 잘라낼 수도 있고. 그 정도 제약이면 문제없지 않겠소?"

"흐음. 확실히 그런 제약이 있다면 문제가 일어나도 최소화할 수 있겠지. 만약 적에게 이곳이 습격당해서 중심기기를 파괴당할 경우에는 통신망 자체가 마비될 수도 있겠지만 안전을 위해서라면 그 정도 리스크는 감당할 만하고… 하지만 그럼 더 구현하기가 까다롭지 않나?"

"뭐, 좀 더 노력이 많이 들어갈 뿐이지. 어쨌든 부탁은 받아들이겠소. 대신……."

워즈니악이 씩 웃으며 말했다.

"불카누스라는 드래곤을 상대할 때 꼭 내 무기를 써주시오. 내 무기가 세계의 운명을 결정하는 자의 손에 쥐어져서 도움이 된다면, 그것이야말로 내가 바라마지 않는 일이니."

"알겠어."

루그는 고개를 끄덕였다.

CHAPTER 29
새로운 적

폭염의 용제

1

"다르칸의 반응이 사라졌습니다."

엘토바스의 보고를 들은 불카누스가 눈살을 찌푸렸다. 그가 물었다.

"그건 어떤 의미지? 죽었다는 소리인가?"

"상식적으로 생각하면 그렇겠지요. 하지만 우리는 다른 가능성을 떠올려야 하는 상황이라고 생각합니다."

"메이즈처럼 나를 배신하고 루그라는 인간을 섬길 가능성 말인가?"

"그렇습니다."

"마음에 안 드는군."

콰직!

분노한 불카누스의 손에 들려 있던 칼자루가 부서졌다. 불카누스가 활활 타오르는 눈으로 엘토바스를 노려보며 물었다.

"분명 한 번 일어난 일이니 두 번 일어나지 말라는 법은 없지. 하지만 다르칸은 메이즈와는 달리 인간에게 쓸데없는 감정은 품지 않았을 것이다. 그런데도 그런 가능성을 제기하는 것이냐?"

"네. 솔직히 저는 가능성이 꽤 높다고 생각합니다."

엘토바스는 조금도 움츠러들지 않고 대답했다. 불카누스가 살기마저 띤 목소리로 물었다.

"나를 납득시킬 수 있는 이유를 말해라."

"말씀하신 대로 다르칸은 메이즈와 달리 인간에게 애정을 품진 않았습니다. 불카누스님께 역심을 품은 것도 아니지요. 하지만 반대로 불카누스님의 뜻에 적극적으로 찬동하거나, 깊은 충성심을 가진 것도 아닙니다."

"그러니 얼마든지 배신할 수 있다는 것이냐?"

"예. 그런 상황에서 적의 함정에 빠져 목숨이 위험해졌다고 생각해 보십시오. 과연 배신하지 않을까요?"

화아아아악!

냉정하게 묻는 엘토바스의 눈앞에서 폭염이 치솟았다. 불카누스의 분노에 호응하여 불의 속성력이 발현된 것이다. 불카누스는 황백색 불길 속에서 붉은 머리카락을 휘날리며 말했다.

"그 말은 너희 모두가 똑같은 선택을 할 수 있다는 것으로 들리는구나."

"그건 너무 섭섭한 말씀이로군요, 불카누스님."

엘토바스가 미소 지었다. 그는 숨막힐 듯한 살기를 뿜어내는 불카누스의 눈을 똑바로 바라보면서 말했다.

"저는 다른 이들과는 다릅니다. 알아주시리라 믿고 있었습니다만⋯⋯."

엘토바스는 자발적으로 찾아와 불카누스의 부하가 되었고, 누구보다도 적극적으로 일했다. 조직 내에서 불카누스의 목적에 확실하게 찬동하는 이가 있다면 그것은 오직 그뿐일 것이다.

불카누스도 그 사실을 알고 있었다. 불카누스는 불꽃을 사그라뜨리며 흥 하고 코웃음을 쳤다.

"제일 믿을 구석이 없는 녀석이 그런 말을 하다니. 뭐, 좋다. 다르칸이 배신했을 가능성을 염두에 두도록 하지."

"겨우 세 명을 보충했더니 또 공석이 할 줄이야. 새로운 간부를 찾으려면 또 애 좀 먹겠습니다."

엘토바스가 어깨를 으쓱했다.

메이즈가 배신하고, 케텔로스와 리제이라가 죽었다. 그리고 다르칸도 죽거나 배신했을 것이다.

이렇게 되면 기존 상위 용족 간부 중에 남는 것은 엘토바스와 티아나뿐이었다. 새롭게 영입한 기즈누와 다른 두 명을 합치더라도 다섯 명이라 한 자리가 비게 된다.

그때였다.

"엘토바스 경, 당신의 혓바닥은 정말로 사악한 뱀 같구려. 그 말은 결국 우리에게 더욱 절대적인 종속을 요구하는 것 아니오? 용제에게 지배당하는 것조차 마른하늘의 날벼락이었거늘 이제는 종속의 계약까지 맺으라 하시는가?"

옥구슬이 굴러가는 것 같은 아름다운 여성의 목소리였다. 그 목소리가 불카누스의 결계 안쪽에서 말하고 있었다.

엘토바스가 말했다.

"바로 그런 이야기지요. 하지만 비요텐 공, 당신이 다른 누군가를 뱀 같다고 하다니 참 안 어울리는 것 같습니다만."

"후후. 간교한 혓바닥을 가진 남자로다."

스스스스스······.

부드러운 것이 바닥을 스치는 소리가 났다. 뱀을 본 적이 있는 자라면 그것이 뱀이 바닥을 기어갈 때 나는 소리임을 알아차릴 것이다.

"뭐, 나는 이미 포기했지만 기즈누 경은 노발대발할 거요. 그래 봤자 의미는 없겠지만."

그렇게 말한 것은 젊은 인간 여성을 닮은 존재였다. 긴 검은 머리칼을 가진 그녀는 언뜻 보기에는 놀랍도록 아름다웠으며 백옥 같은 피부에 가슴을 천으로 둘러서 요염한 매력을 풍겼다.

하지만 그녀의 전신을 다 본다면 어떤 인간 남자도 욕정을 품지 않을 것이다.

아름답게 세공된 금관을 쓴 그녀의 진녹색 눈동자는 동공이 세로로 찢어진 파충류의 것이었고, 흑단 같은 머리카락 사이에는 하얀 뱀과 새카만 뱀이 한 마리씩 꿈틀거리고 있었다. 또한 그녀의 하반신은 길이가 2미터도 넘는 황백색의 뱀인지라 반인반사(半人半蛇)라고 표현하는 것이 옳았다.

나가.

남방에서는 신처럼 추앙받는 상위 용족이었다.

비요텐은 나가들 중에서도 매우 드문 왕족으로 나가라자, 즉 나가들의 왕이 될 가능성이 있는 존재였으며 그렇기에 천년 이상의 세월을 살아오며 강대한 마력과 지혜를 쌓았다. 레비아탄 기즈누와 마찬가지로 불카누스가 직접 나서지 않았다면 결코 복속시킬 수 없었을 존재였다.

그녀가 아름다운 미소를 지으며 말했다.

"빈 자리는 염려하지 않아도 될 거요."

"그건 무슨 말씀이십니까?"

"나와 왕이 곧 그 자리를 채울 존재를 만들어낼 것이오."

그녀는 손을 들어 결계 안쪽의 풍경을 가리켰다.

그곳에는 무수한 드라칸들의 육체가 허공에 둥둥 떠 있었다. 모두가 처참하게 해체되어 있었지만 어떤 것은 시체였고 어떤 것은 아니었다. 실험을 위해 엘토바스와 기즈누를 시켜서 잡아들인 드라칸들이 있는 반면, 불카누스가 원래 자신의 몸으로 쓰려고 만들어냈던 인공적인 개체들도 있었기 때문이다.

불카누스가 눈살을 찌푸리며 말했다.

"너는 꼭 나를 왕이라고 부르는구나."

"드래곤은 모든 용족을 지배할 운명을 타고난 유일한 왕. 저는 무수한 용족을 다스리는 나가의 왕족이며 군주였습니다. 이런 제가 복종할 존재라면 적어도 왕이어야 격이 맞겠지요. 제 체면을 위해서라도 왕 노릇을 해주시지요."

"참으로 건방진 여자로다."

불카누스가 어이없다는 듯 실소했다. 하지만 비요텐을 타박하지 않는 것을 보니 싫지는 않은 것 같았다.

그 광경을 바라보던 엘토바스가 물었다.

"인공물이 충분한 힘을 발휘해 줄까요?"

"충분히 그러리라 생각한다오."

비요텐은 자신만만하게 미소 지었다. 불카누스가 말했다.

"그 문제에 대해서는 더 이상 신경 쓰지 않아도 된다. 그보다 샤디카는 뭘 하고 있지?"

"명령에 따라서 봉인의 조각 탐색을 계속하고 있습니다. 지금은 탈린 왕국에서 바레스 왕국 쪽으로 이동 중일 겁니다.

일단 불러들일까요?"

"종속의 계약을 치르려면 그래야겠지. 샤디카는 도대체 뭘 생각하는지 알 수 없는 녀석이니 지속적으로 주의를 기울이도록 해라."

"그러도록 하지요. 일을 처리할 때 뒷일을 생각하지 않고 충동적으로 크게 저질러 버리는 경우가 많아서 좀 난감하긴 합니다. 이건 경고한다고 잘 들을 것 같진 않습니다만……."

엘토바스는 쓴웃음을 지었다. 조직을 관리하는 입장에서는 샤디카라는 간부가 골칫거리였기 때문이다.

"그럼 전 이만 물러가겠습니다."

"수고하도록."

불카누스는 그렇게 말하곤 다시 비요텐과 함께 연구에 몰두했다.

2

8월도 중순에 들어섰을 무렵, 루그가 몇 개월 동안 기다렸던 소식이 도착했다. 그 소식을 전해준 것은 종종 정령의 모습으로 소환되는 리루였다.

「드웬이 루그가 부탁한 것들이 다 준비되었다고 전해달래요.」

"아, 그래? 가을은 지나야 할 것 같더니 생각보다 빨랐네."

루그가 반색했다.

리루를 정령의 모습으로 소환할 수 있게 된 이후, 루그는 그녀를 통해서 탈린 왕국의 엘프 주거지인 넬리아냐에 부탁을 전해두었다. 작년에 넬리아냐를 떠날 때 바리바리 싸들고 나왔던 약재들이 다 동났기 때문에 보충할 필요성을 느낀 것이다.

볼카르가 물었다.

〈이번 약재는 요르드에게 줄 생각인가?〉

"일단은 요르드와 코번, 그리고 우리 아버지랑 마빈에게 줄 생각이야. 이후에도 우리 편이 되어주는 사람이 있으면 전력을 증강시키기 위해 써야 할 거고……."

루그는 아군의 전력을 증강시키기 위한 여러 가지 방안을 생각하고 있었고, 엘프들에게 약재를 받아서 비약을 만들어 두는 것 역시 그 일환이었다. 그리고 메이즈와 다르칸이라는 유능한 전력이 합류한 이상 연금술을 이용해서 쓸 만한 마법의 약들을 만들 수도 있었다.

루그가 리루에게 말했다.

"곧 가겠다고 전해줘. 갈 때는 선물도 들고 갈 거라고 말해주고."

「선물요?」

리루가 의아해하며 물었다. 루그가 의미심장하게 미소 지었다.

"응. 필요한 물자들 말고도 상당히 좋은 선물을 준비하고 있는 중이야."

「무슨 선물인데요?」

"그건 비밀. 리루 너도 좋아할 만한 선물이라는 것만은 약속할게."

루그는 선물이 무엇인지는 밝히지 않고 리루를 다시 돌려보냈다.

다음날, 루그는 메이즈와 다르칸을 데리고 라나의 숲을 떠났다. 물론 가기 전에 라나를 달래주는 것도 잊지 않았다.

"이번에는 싸우러 가는 것도 아니니까 걱정 말아요. 지난번처럼 오래 걸리진 않을 거예요. 오면서 선물 사올 테니까 기다리고 있어요."

"응."

라나는 애써 미소 지으며 일행을 배웅했다. 루그가 떠날 때마다 그녀는 그가 두 번 다시 돌아오지 않을지도 모른다는 불안감에 휩싸였다. 그녀가 안심하고 기다릴 수 있게 되려면 많은 경험이 필요하리라.

숲을 떠나 날아오른 루그가 한숨을 푹 쉬었다.

"아가씨한테도 빨리 바깥을 보여주고 싶은데."

"응. 한창 이것저것 관심이 많을 나이인데 저런 곳에 틀어박혀서 시커먼 남자들한테 둘러싸여 살아야 한다니 정말 안 쓰러워."

메이즈가 고개를 끄덕였다. 두 사람이 라나의 처지를 동정하는 이야기를 늘어놓자 문득 다르칸이 고개를 갸웃했다.

"그녀는 지금까지 바깥을 본 적이 한 번도 없는 것이오?"

"아주 어릴 적에는 있겠지만 기억에 없지. 죽 저 안에 갇혀서 살았으니까."

그래서 라나는 먼 곳의 풍경을 보는 것을 좋아했다. 손을 뻗으면 닿을 것처럼 가까워 보이지만 자신의 발로는 결코 밟을 수 없는 땅을 보면서 세상에 대한 동경을 키워왔다.

다르칸이 이해할 수 없다는 듯 물었다.

"나가는 거야 불가능하다고 해도… 세상을 보여주는 것이야 별로 어려운 일이 아니지 않소?"

"응?"

루그와 메이즈의 시선이 다르칸에게 향했다. 다르칸이 말했다.

"우리의 능력이라면 멀리보기 마법을 이용하여 수 킬로미터 정도 떨어진 곳의 풍경 정도는 자유자재로 보여줄 수 있지. 그리고 좀 더 수고를 들이면 아주 먼 곳까지도 마법을 닿게 할 수 있을 것이고, 환영 마법진을 쓰면 실제로 거기에 가 있는 듯한 체험을 해주게 하는 것도 불가능하지 않을 것이고… 드워프들에게 부탁하면 그런 역할을 하는 도구도 만들 수 있지 않겠소?"

"……."

"…어?"

순간 루그와 메이즈는 멍청한 표정으로 서로를 바라보았다.

언제나 라나가 바깥을 동경하는 것을 안타깝게 생각했던 둘이지만, 이런 생각은 해본 적이 없었다.

바깥에서 그녀가 좋아할 만한 물건을 사다 주고, 바깥에서 겪었던 일들을 이야기해 주고, 가끔은 자신의 기억을 환영 마법으로 재생해서 보여주기는 했다. 하지만 라나에게 직접 바깥세상을 보여주기 위한 방법은, 봉인을 해제하는 것 외에는 생각해 보지도 않았던 것이다.

'이 자식 천잰데?'

루그는 뒤통수를 한 대 얻어맞은 표정으로 다르칸을 바라보았다. 이런 식으로 라나를 기쁘게 해줄 방법이 존재하고 있었을 줄이야!

다르칸이 설마 하는 표정으로 물었다.

"설마 지금까지 생각해 보지 않았던 것이오? 기술적인 문제라든지, 아니면 뭔가 다른 문제 때문이 아니고?"

"아, 그러니까… 하하하하."

루그는 어색하게 웃으면서 메이즈를 바라보았다. 메이즈 역시 똑같은 표정으로 웃으면서 슬그머니 다르칸의 시선을 피했다.

두 사람을 빤히 바라보던 다르칸이 문득 심각한 표정으로 입을 열었다.

"흠. 마스터, 한 가지 묻고 싶소."

"뭔데?"

"혹시 내가 지금 이야기한 효과를 체감할 수 있는 도구를 드워프들과 함께 만들어주면, 그럼 그녀가 더 이상 나를 무서워하지 않게 되겠소?"

'…이 녀석, 무지 신경 쓰고 있었구나.'

루그는 무진장 진지한 표정으로 묻는 다르칸을 보며 실소를 흘렸다.

첫 만남 이후에도 라나는 계속 다르칸을 무서워했다. 거구의 다르칸과 마주할 때마다 흠칫흠칫 놀랐고, 그가 무서운 눈으로―하지만 다르칸 입장에서는 아무 생각 없는 눈으로―바라볼 때면 화들짝 놀라서 도망치곤 했다. 그런 이유로 둘은 여태껏 제대로 된 대화를 나눠본 적이 한 번도 없었다.

루그에게 단단히 한 소리를 들은 다르칸 입장에서는 그 점이 무척이나 신경 쓰였다. 하지만 도대체 어떻게 하면 해결할 수 있을지 감이 잡히지 않아서 속으로 끙끙 앓고 있던 참이었다.

메이즈가 말했다.

"그거 좋은 생각이야, 다르칸. 적어도 라나가 널 볼 때마다 뒤도 돌아보지 않고 달아나진 않을걸."

"볼 때마다 뒤도 돌아보지 않고 달아나진 않았다. 그냥 조금 놀라서 굳어버리는 정도였지."

"지난번엔 네가 자기 무섭게 노려봤다고 오들오들 떨던 걸?"

그 말에 다르칸이 흠칫했다.

"진짜인가?"

"응."

"끄흐으으음."

다르칸은 팔짱을 낀 채 고뇌에 빠졌다. 300년 이상을 살아왔건만 이런 문제로 고민해 본 적은 처음이었다. 마법의 비의를 추구하면서 부딪쳤던 난관들조차도 이에 비하면 쉬운 것처럼 보였다.

메이즈가 그의 어깨를 툭툭 두드려 주며 말했다.

"하지만 그런 선물을 하면 라나 아가씨도 조금은 마음을 열 거야. 진심은 언젠가 통하는 법이니까."

"으음. 오가는 중에 틈틈이 기초 이론을 잡아봐야겠군."

희망의 빛을 본 다르칸은 주먹을 불끈 쥐며 의욕을 불태웠다. 메이즈가 한쪽 눈을 찡긋하며 응원했다.

"힘내. 나도 도와줄게."

훈훈한 분위기를 연출하는 두 상위 용족을 보면서 루그가 볼카르에게 말했다.

—다르칸 저 녀석 의외로 소심한 녀석이었네.

〈나도 몰랐다. 저런 녀석이었던가?〉

—이름까지 붙여준 주제에. 아, 하긴 10초도 안 걸려서 지어줬지? 자길 위해 삶을 바쳐 일해주는 녀석들한테도 관심이 없었구만. 쯧쯧.

〈으으음.〉

볼카르가 못마땅한 듯 신음했다.

3

바레스 왕국 동부의 대영주인 할바스 후작은 영지에 두 개의 은광을 가진 부호였다. 은광은 그의 가문에 막대한 부를 안겨주었고, 그 부를 바탕으로 운영하는 상단은 바레스 왕국의 7대 상단 중 하나로 손꼽힐 정도의 규모를 가졌다.

그런 그가 엘프 노예를 둘이나 소유하고 있는 것은 희한한 일은 아니었다. 귀족이라고 해도 어지간히 부유하지 않으면 엘프 노예를 갖는 것은 엄두도 못 낼 일이지만, 할바스 후작에게는 그러고도 남을 만한 재력이 있었다.

할바스 후작은 집에서 연회를 열 때마다, 그리고 중요한 손님을 초대할 때마다 커다란 새장 속에 가둔 엘프 노예들을 내놓고 노래를 부르게 했다. 그것은 그의 재력을 자랑하는 행위일 뿐만 아니라 그 자리의 분위기를 부드럽게 풀어가기 위한 방책이기도 했다. 아무리 예술에 소양이 없는 이일지라도 엘프의 노래에는 감동하지 않을 수 없었으니까.

자신의 마흔여덟 살 생일 연회 때도 그는 엘프 노예들을 사람들 앞에 내놓고 노래하게 했다. 남성 엘프의 새장은 천장에 매달려서 허공에서 흔들거렸고, 여성 엘프의 새장은 연회장의 중앙에 놓여져 사람들의 구경거리가 되었다.

"역시 엘프의 노래는 아름답군요!"

"정말이지 귀가 확 트이는 기분입니다!"

손님들은 다들 엘프의 노래에 감탄을 금치 않았다. 자신의 엘프를 칭찬하는 소리가 들릴 때마다 할바스 후작은 유쾌하게 웃었다.

"하하! 아름다운 새는 귀하게 보살펴야 하는 법이지요. 야생에서 야만적으로 살아가면서 이 기적을 낭비하다니, 얼마나 아까운 짓이겠소?"

"맞는 말씀입니다. 새의 지저귐도, 엘프의 노래도 들어줄 청중이 있는 곳에서 들려줘야 빛을 발하는 법이지요."

사람들이 맞장구를 쳤다. 그때였다.

쨍그랑!

갑자기 뭔가가 깨지는 소리가 울려 퍼졌다. 왁자지껄하게 웃고 떠들던 사람들이 깜짝 놀라서 주변을 두리번거렸다.

그 직후 홀의 유리창이 연쇄적으로 깨져 나갔다.

채채채채채쨍그랑! 콰장창창!

요란한 소리와 함께 깨진 유리 파편들이 사방으로 흩날렸다. 전혀 생각지 못한 사태에 사람들이 비명을 지르며 달아났다.

"꺄아아아아아!"

"이, 이게 무슨 일이야!"

하지만 혼란이 막 시작되는 것과 동시에 장내의 조명이 모조리 꺼져 버렸다. 수많은 촛불과 기름등은 물론이고 마법으로 발하는 빛들까지 꺼지자 한순간에 칠흑 같은 어둠이 그 자리를 뒤덮었다.

"꺄아아아아악!"

"으악! 바, 밟지 마!"

사람들은 겁에 질려서 도망칠 길을 찾았다. 하지만 제대로 빠져나가는 이는 소수고 나머지는 서로 부딪치고, 뒤엉키고, 쓰러지는 등 난리도 아니었다. 몇 명이 뒤엉켜서 테이블을 덮치자 그 위에 있던 접시들이 모두 땅에 쏟아지면서 요란한 소리가 울려 퍼졌다.

할바스 후작이 외쳤다.

"페, 펠트 경!"

그것은 후작에게 봉사하는 마법사의 이름이었다. 후작의 곁에 있던 그는 마법사답게 냉정을 유지하기는커녕 오히려 돌처럼 굳어 있었다.

후작이 어둠 속을 더듬거려 그를 붙잡은 뒤 말했다.

"펠트 경! 펠트 경 맞소?"

"아, 마, 맞습니다. 후작님."

"뭘 하고 있는 거요? 주위를 밝혀주시오! 이게 도대체 어찌된 일인가?"

"알겠습니다. 하지만 이건……."

펠트는 불길함을 느끼며 주문을 읊었다. 그러자 그의 손에서 마법의 불빛이 피어나 주변을 밝히기 시작했다.

후우.

하지만 갑자기 싸늘한 바람이 불어오나 싶더니 그 불빛이 꺼져 버렸다. 혼란 속에서 펠트의 손에서 피어나는 불빛에 주목하던 사람들은 다시금 아우성을 치기 시작했다.

그리고 펠트는 그 혼란 속에서 소름끼치는 목소리를 들었다.

"방해하면 곤란해. 미안하지만 잠깐 자고 있어."

"누구……!"

펠트의 말은 끝까지 이어지지 못했다. 갑자기 복부에 강렬한 충격이 가해져서 목소리를 막아버렸기 때문이다. 펠트가 뭔가 손을 쓸 틈도 없이 의식이 끊어진 몸은 바닥에 쓰러져 버렸다.

"누구냐! 경비병! 여기 침입자가 있……!"

후작이 당황해서 비명을 질렀다. 하지만 갑자기 다가온 손이 그의 입을 막아버렸다. 그리고 듣는 순간 소름이 돋을 정도로 중저음의 목소리가 귓가에 파고들었다. 마법으로 변조

된 목소리였지만 후작은 그것을 알 수 없었다.

"해칠 생각은 없어. 하지만 상황이 꼬이면 어떻게 될지 모르지."

"읍, 으읍!"

"후작님께 무슨 짓이냐!"

뒤쪽에서 누군가 칼을 들고 달려들었다. 이 어둠 속에서도 정확히 침입자의 위치를 파악하고 공격을 가하는 솜씨는 그가 강체술을 터득한 기사임을 증명했다.

쉬이이익!

강검의 기운이 어린 검이 날카로운 궤도로 날아들었다. 혹시나 후작이 다칠까 봐 충분히 빠질 여유를 두고 날리는 찌르기였다.

"훗."

하지만 후작을 붙잡은 침입자는 피할 생각조차 하지 않고 웃었다. 동시에 그의 손이 번개처럼 움직였다.

카아앙!

"으윽! 뭐야?"

기사는 손아귀가 터질 것 같은 통증을 느끼며 비틀거렸다. 놀랍게도 침입자는 손날로 그의 검을 쳐서 땅에 처박아 버린 것이 아닌가?

"맨손으로 내 검을 막다니! 정체가 뭐냐?"

"알려줄 거면 내가 이러고 왔겠냐?"

침입자가 기사를 비웃었다. 그러는 동안 뒤쪽에서 누군가 외쳤다.

"으악! 괴물이다! 괴물이 엘프의 새장을 가져간다!"

사람보다 두 배는 큰 실루엣을 가진 괴물이 연회장 중앙에 있던 엘프의 새장을 들어 올리고 있었다. 어둠 속이라 잘 알아볼 수는 없었지만 단순히 큰 것만이 아니라 머리의 모양이 인간과는 완전히 달랐고, 등에는 커다란 두 장의 날개까지 달린 괴물이었다.

연회장에 있던 기사들이 괴물을 향해 달려들었다.

"이 괴물! 무슨 짓이냐?"

"감히 후작님의 엘프를 훔치려고 하다니!"

강체술을 익힌 기사들은 일반인보다 훨씬 빠르게 어둠에 적응했다. 연회에 참가하느라 갑옷을 입지 않은 그들의 움직임은 그야말로 질풍 같아서 외침이 끝났을 때는 이미 괴물의 바로 앞에 도달해서 검을 찌르고 있었다.

파아아아앙!

"크아악!"

하지만 검이 괴물에게 닿는다 싶은 순간, 격렬한 반발력이 일어나면서 그들을 날려 버렸다. 무슨 일이 일어난 것인지도 모르고 나가떨어지는 그들의 눈앞에서 괴물이 유유히 날개를 펼치더니 날아올랐다. 낮은 목소리가 울려 퍼졌다.

"이걸 옮기기에는 창문이 좀 작군."

그 말을 알아들은 이는 몇 안 되었다. 그리고 그들은 불길함을 느끼며 허겁지겁 그 자리에서 물러났다.

파아아아아!

그 직후 괴물의 앞쪽에서 눈이 멀어버릴 것 같은 섬광이 발생, 굵직한 광선으로 화해 쏘아져 나갔다. 그 광선은 단번에 벽을 도려내 버리고 밤하늘 저편으로 뻗어나갔고, 사람들이 정신을 차렸을 때는 뭉게뭉게 피어오르는 흙먼지 사이를 커다란 새장을 든 괴물이 유유히 빠져나가고 있었다.

"훗. 그럼 이만."

괴물이 빠져나가고 나자 후작을 붙잡고 있던 이도 물러났다. 그때까지 겁먹고 굳어 있던 후작이 노발대발했다.

"이 파렴치한 놈들! 감히 내 엘프들을 훔쳐 가다니! 저놈들을 잡아라!"

"하하하하! 애당초 당신 것도 아니었으니 얌전히 포기하도록 해."

하지만 침입자는 어둠 속으로 녹아들듯이 자취를 감추었다. 그리고 흙먼지에 콜록대는 사람들의 눈앞이 갑자기 환해졌다.

"으윽! 조명이 돌아왔나?"

침입자들이 물러가기를 기다렸다는 듯 마법의 조명이 다시 회복된 것이었다.

다시 밝아진 연회장의 상태는 완전히 난장판이었다. 호화로운 음식들이 즐비했던 테이블은 반쯤 넘어져서 깨진 그릇들의 파편이 흩어져 있었고, 바닥에 쓰러져서 신음하는 사람들도 상당수였다. 그리고 한쪽 벽에 사람 키의 두 배는 되는 커다란 구멍이 뚫려서 그로부터 흙먼지와 차가운 바람이 스며들고 있었다.

무엇보다 후작을 아연하게 만든 것은 엘프들이 다 사라졌다는 사실이었다. 연회장 중앙에 놓여져 있던 새장은 괴물이 통째로 들고 나간데 비해 천장에 매달린 새장은 그대로 있었다. 하지만 그 안에 있어야 할 엘프는 어디론가 사라진 뒤였다.

후작이 핏대를 올리며 외쳤다.

"그 도둑놈들을 당장 잡아와!"

메이즈는 정신을 잃은 엘프 남자를 등에 업은 채 하늘을 날고 있었다. 문득 그녀가 이제 1킬로미터 정도 떨어진 할바스 후작의 저택을 돌아보며 말했다.

"완전히 난리가 났네. 다르칸, 벽을 날려 버린 것은 좀 너무했어."

"흠. 하지만 시간을 끌면 좋지 않을 것 같았다. 그렇다고 너처럼 일일이 새장의 자물쇠를 부수고, 구속구를 해체하자니 보는 눈이 너무 많았고……."

다르칸은 여전히 엘프 여성이 든 새장을 양손으로 든 채였다. 날개를 펼친 양손에 들린 새장 속에서는 엘프 여성이 겁에 질린 표정을 짓고 있었다.

그들의 곁을 날고 있던 루그가 말했다.

"뭐, 죽은 사람이 나온 것도 아니고, 애들이 다치지도 않았으니까 괜찮아. 지금까지 엘프들을 새장에 가둬두고 다른 놈들한테 자랑하면서 기뻐한 녀석이니 이 정도 일은 당해도 싸지."

"주인님은 참 과격해. 굳이 연회장을 노릴 필요는 없었잖아?"

"아, 왠지 생일이라고 으스대는 꼬락서니를 보니 열 받아서……."

루그가 피식 웃었다. 메이즈가 고개를 저으며 비난했다.

"하지만 그런 곳에서 혼란을 일으키면 당연히 사상자가 나올 수밖에 없잖아. 주인님 말대로 애들이 다치지 않은 거야 다행이지만……."

"애들하고 여자들은 안 다치게 신경 좀 쓰고 있었어. 위험하다 싶으면 기격으로 움직임도 살짝 제어해 주고, 마법으로 살짝 옮겨놓기도 했다고."

"남자들은?"

"시커먼 사내놈들이야 어떻게 되든 알 바 아니지."

"……."

메이즈가 눈을 가늘게 뜨고 루그를 노려보았다. 루그가 피식 웃었다.

"알았어. 이번에는 좀 지나쳤던 게 사실이니까 앞으론 그냥 엘프들만 구출해 오는 걸로 하자. 그럼 되지?"

"하아."

메이즈가 한숨을 쉬며 고개를 저었다.

곧 그들은 할바스 후작의 저택에서 5킬로미터 떨어진 산속에 착륙했다. 그리고 엘프 여성이 갇혀 있는 새장의 문을 열고, 그녀의 팔다리에 달린 구속구를 해체해 주었다.

"아, 이것도 예전에는 열쇠 없으면 부수지도 못했는데."

마법의 구속구는 힘으로 부술 수도 없었다. 무작정 부술 경우 엘프가 다칠 수도 있기 때문이다. 워낙 몸이 약한 그들이기에 자칫하다간 뼈가 아작 나는 수가 있다.

하지만 이제는 인간 마법사들이 만든 구속구쯤은 작은 나뭇가지를 꺾듯이 쉽게 해체할 수 있었다. 루그는 격세지감을 느끼며 미소 지었다.

엘프 여성은 겁에 질려서 물었다.

"누구시죠? 우리를 어떻게 하려는 거죠?"

"적어도 다른 인간들에게 팔아 넘길 생각은 아니니까 안심하세요. 나야 인간이니 그렇다 치고 상위 용족인 이 둘이 그런 일을 할 이유가 없다는 것은 납득할 수 있겠죠?"

루그가 그녀를 안심시키려는 듯 말했다. 그러자 메이즈가 잽싸게 인간으로 위장한 환영 마법을 풀고 본모습을 드러내었다. 엘프 여성은 그녀와 다르칸을 보고는 조금 안심하는 표정을 지었다.

루그가 말했다.

"우리는… 음, 그러니까 탈린 왕국 쪽에 있는 엘프 거주지인 넬리아냐에 당신들을 데려가려고 합니다."

"우리 동족의 거주지예요?"

엘프 여성이 살짝 눈살을 찌푸리며 물었다. 왜 그러는지 이유를 알 수 없다는 표정이라 루그는 쓴웃음을 지을 수밖에 없었다.

"믿기 어렵겠지만, 나는 넬리아냐 엘프들의 친구입니다. 당신들 말고도 근방의 인간들이 잡아서 노예로 부리고 있는 엘프들을 구출해서 넬리아냐로 데려갈 계획을 갖고 있지요."

"……."

엘프 여성은 믿을 수 없다는 표정을 지었다. 그녀에게 있어서 인간이란 자신들의 쇠하지 않는 아름다움과 노래를 탐욕스럽게 원하는 자들일 뿐이었다. 루그의 말에 혼란을 느끼는 것도 당연했다.

루그가 말했다.

"뭐, 일단 그렇게만 알아주시면 됩니다. 일단 우리가 거점으로 선별한 곳이 있으니 그곳으로 이동하겠습니다."

루그는 근방의 부유한 귀족들이 보유한 엘프 노예를 모조리 구출할 생각이었다. 그와 메이즈, 다르칸의 능력이라면 어린애 손에서 장난감을 빼앗는 것보다도 더 쉬운 일이다. 이런 일로 넬리아냐의 엘프들에게 호감을 사고 은혜를 지워줄 수 있다면 충분히 할 만하다는 계산이었다.

곧 일행은 두 엘프를 등에 업은 채로 날아서 그 자리를 떠났다.

4

며칠간 바레스 왕국 동부와 남부의 부유한 귀족들은 날벼락을 맞았다. 그들이 큰돈을 주고 구입해서 애지중지해 온 엘프 노예들을 도둑맞았기 때문이다.

동부의 대귀족 할바스 후작의 생일 연회를 완전히 망쳐 놓은 것을 시작으로, 그 사실이 소문으로 퍼지기도 전에 엘프 노예를 가진 이들은 연쇄적으로 도난을 당해야만 했다.

할바스 후작 때와의 차이점은 그들이 아주 은밀하게 숨어들어서 엘프 노예를 탈취해 간다는 것이었다. 그들은 맞닥뜨리는 이들을 죄다 기절시키고는 그사이에 엘프 노예만을 탈취해서 사라졌다.

그런 놀라운 솜씨를 가진 이들의 소문이 퍼지기 시작했을 무렵에는 이미 일곱 명의 영주가 엘프 노예를 도난당한 뒤였다. 도난당한 엘프 노예의 수는 자그마치 열일곱 명에 달했다.

그리고 일곱 명의 영주를 길길이 날뛰게 만든 장본인, 루그 아스탈은 국경 지대에 마련한 은신처에 머무르고 있었다.

"열일곱 명이나 구출했으니 이번을 마지막으로 하지."

루그는 바레스 왕국의 귀족들 중에 엘프 노예를 소유한 이들의 목록을 훑어보면서 말했다. 더 이상 구출해 봤자 이들을 데리고 넬리아냐까지 가는 길만 힘들어질 뿐이니 이쯤에서 그만두는 것이 좋았다.

다르칸이 물었다.

"마지막 목표는 누구요?"

"자링튼 후작. 이 양반도 엘프 노예를 갖고 있었을 줄은……."

루그가 혀를 찼다. 자링튼 후작은 봉인의 조각을 보유한 인간이며, 무생물에게 의지를 부여해서 자신의 종으로 부릴 수 있는 능력을 지녔다.

메이즈가 물었다.

"자링튼 후작가도 권세있는 가문이고, 부유하기도 하니까 엘프 노예를 소유한 것은 이상한 일은 아니잖아?"

"그렇긴 하지. 사실 세간의 상식으로는 엘프 노예를 두는 것이 비난받을 일도 아니고."

인간과 거의 교류가 없고, 자신들의 거주지에 틀어박혀서 세상에 모습을 드러내지도 않는 엘프.

늙어서 쇠하지 않는 아름다움을 가졌고 혼을 울리는 노래를 부르는 희귀종인 그들은 인간들에게는 살아 있는 보물 정도로 인식되고 있었다. 인간은 같은 인간을 신분으로 차별하고 돈으로 매매하는 것도 거리끼지 않는 만큼 엘프들을 재산 취급하는 것도 악덕으로 여기지 않았던 것이다.

루그가 투덜거렸다.

"하지만 어쨌거나 안면이 있는 양반을 목표로 삼으려니 좀 꺼림칙하긴 하네. 그런 고로 이번 일은 다르칸, 네가 혼자 다녀와."

"음?"

다르칸이 눈을 크게 떴다. 루그가 말했다.

"나랑 메이즈는 자링튼 후작과 안면이 있어서 위장을 해도 들킬 가능성이 있어. 그 양반의 능력 때문에 목격당하는 것을 완벽하게 피하기가 어렵단 말이지. 그러니까 여기서는 네가 나서서 해결하는 게 낫지 않겠어?"

"알겠소."

다르칸이 고개를 끄덕였다. 루그가 말했다.

"뒷일을 생각해서 변장도 하도록 해."

"변장? 어떤 식으로 말이오?"

다르칸은 덩치와 몸의 실루엣 때문에 도저히 인간으로 위장할 수 없었다. 그를 가만히 보던 루그가 눈살을 찌푸렸다.

"으, 확실히 3미터도 넘는 덩치가 좀 골치 아프네. 그렇다고 그냥 저대로 가면 나중에 자링튼 후작을 다시 볼 때 골치 아프겠고. 마법은 만능인 것 같은데 고작 형상 변화도 못한다니 뭔가 부조리해."

〈불가능하진 않다. 다만 너희의 수준이 너무 낮아서 못할 뿐이지.〉

볼카르가 지적했다. 루그가 투덜거렸다.

"네 수준에서만 가능한 게 도대체 무슨 의미가 있어? 다르칸이 인간 사이즈로 변할 수 있으면 여러모로 편할 텐데 말야. 물론 전투 시에는 저 사이즈가 더 낫지만……."

메이즈만큼은 아니지만 다르칸은 격투전 기술도 상당했다. 무기 없이 맨몸으로 싸우기 위해 몸을 강화하는 강체 마법을 비롯, 독자적인 마법들을 상당수 개발해서 쓰고 있을 정도였다. 격투전에 한정해서 보면 역시 덩치가 크고 체중이 많이 나가는 것은 막강한 이점이다.

볼카르가 흥미롭다는 듯 중얼거렸다.

〈너희가 인간 사이에 들어갈 때 혼자 따돌림당하는 것은 조금 처량하긴 하군. 하지만 형상 변화 마법을 터득하려면 다르칸의 지금 수준으로는 무리가 있는데…….〉

"아니, 볼카르님. 저는 딱히 따돌림당하는 것은 아닙니다만…….."

다르칸이 곤혹스러워하며 말했다.

루그와 메이즈가 인간 마을에 들어갈 때, 다르칸은 항상 투명화 마법으로 모습을 감춘 채 높은 고도를 날며 그들을 따라

다녔다. 만약의 사태에 대비한 것이기는 하지만 사실 좀 궁상스럽고 안쓰러운 것도 사실이었다.

루그가 화제를 돌렸다.

"어쨌든 그럼 이번에는… 비늘색을 바꾸고 가면 어떨까?"

"비늘색을 말이오?"

"지금은 파란색이니까 은색이나 붉은색으로 바꾸면 그것만으로도 확실하게 위장이 되지 않겠어? 인간들은 다음에 봤을 때 색이 달라져 있으면 누군지 모를걸."

"일리있는 말이군. 그럼 은색으로 하도록 하겠소."

다르칸은 곧 환영 마법으로 몸의 색을 은색으로 바꾼 뒤에 자링튼 후작가를 향해 떠났다. 하지만 그도, 그리고 루그와 메이즈도 그 결정을 후회하게 되기까지는 그리 오랜 시간이 걸리지 않았다.

5

높은 고도를 고속 비행 마법으로 날아간 다르칸이 자링튼 후작가에 도착하는 데는 얼마 걸리지 않았다. 다르칸은 자링튼 후작가의 저택을 내려다보면서 탐지 마법을 사용해 엘프를 찾아냈다.

'둘을 함께 두었군.'

자링튼 후작가는 두 엘프를 한 장소에 같이 두고 있었다. 다르칸 입장에서는 일이 한층 더 쉬워진 셈이었다.

다르칸은 투명화 마법을 유지한 채 정원에 내려섰다. 고위 귀족답게 저택에는 침입자를 탐지하는 마법이 걸려 있었지만, 다르칸의 존재를 잡아내지는 못했다. 다르칸은 탐지마법으로 저택에 있는 인간들의 위치를 파악하면서 문으로 다가섰다.

'인간들치고는 꽤 마법에 신경을 썼군.'

저택의 정문에는 인가받지 않은 이가 문을 열 경우 경보가 울리는 마법이 걸려 있었다. 사실 루그와 메이즈가 침입한 뒤에 자링튼 후작이 저택의 마법적 대처를 강화한 결과였지만 다르칸은 그 사실까지는 알 수 없었다.

이걸 피하기 위해서는 뒤로 돌아가서 쪽문을 이용하는 게 좋겠지만, 그런 문들은 3미터의 덩치에 커다란 날개까지 달고 있는 다르칸은 통과할 수 없다. 그리고 그런 문과 통하는 좁은 공간에서 돌아다니는 인간들을 피하는 것도 불가능하다.

그렇기에 다르칸은 군이 정문에 걸린 마법에 자신을 인가받은 인원으로 등록시키고 조심스럽게 문을 열었다. 큰 소리가 나는 경우도 염두에 두고 방음 마법을 걸어두었기에 아무런 소리도 내지 않고 안으로 들어설 수 있었다.

'엘프들의 위치는 3층 서쪽. 왼쪽 복도로 가는 게 제일 편

하겠지만 인간들과 마주칠 수도 있겠는데…….'

최악의 경우에는 인간들을 수면 마법으로 잠재워 버리면 되겠지만, 그건 말 그대로 최후의 수단이었다. 그렇게 할 경우 잠든 이를 다른 이가 발견하고 소란을 일으킬 수도 있기 때문이다.

다르칸은 살금살금 걸어보려고 시도했다가 자신의 커다란 발이 바닥에 닿을 때마다 강한 진동이 이는 것을 느끼고 포기했다. 대신 그는 비행 마법으로 몸을 바닥에서 10센티 정도 띄운 채 천천히 목적지로 향했다.

첫 번째 위기는 2층에서 3층으로 올라가는 계단에서 왔다. 조용히 계단을 따라 올라가고 있는데 갑자기 그 앞에서 어슬렁거리던 하녀가 방향을 바꿔서 계단을 내려오기 시작했던 것이다.

'이런.'

다르칸은 식은땀을 흘리며 몸을 띄웠다. 너무 빨리 위로 솟구치면 그것만으로도 들킬 수가 있기에 천천히 상승해야 했다. 그런데 하녀가 계단을 내려오는 속도가 꽤 빨라서 자칫하다가는 그녀의 머리와 스칠지도 모르는 상황이었다.

둘은 5센티의 차이로 부딪치지 않고 지나쳤다.

아무것도 모르고 계단을 내려가서 복도를 돌아가는 하녀를 보며 다르칸은 안도의 한숨을 내쉬었다. 어찌나 긴장했는지 심장이 마구 쿵쾅거린다.

'만만치 않군.'

다르칸은 놀란 가슴을 진정시킨 뒤 계속 목적지로 향했다. 그런데 그가 막 3층으로 올라섰을 때였다.

"침입자다!"

누군가 비명처럼 외쳤다. 다르칸은 덜컥 가슴이 내려앉는 것을 느끼고 주변을 두리번거렸다.

"괴물이 침입해 왔다! 전투 인원은 모두 서쪽으로 집결해라!"

"어, 어떻게 알았지?"

다르칸은 당황해서 중얼거렸다.

여기까지 오는 동안에는 조금도 실수를 하지 않았는데 어째서 들켰단 말인가?

'이렇게 된 이상 최대한 빨리 엘프들을 데리고 나가는 수밖에!'

다르칸은 혼란스러운 마음을 정리하고 행동을 결정했다. 그가 자신의 착각을 깨달은 것은 그다음 순간이었다.

꽈르르르릉!

저택 어딘가에서 큰 폭음이 울려 퍼진 것이다.

동시에 강렬한 마력 파동이 퍼져 나가서 다르칸의 감각을 자극했다. 다르칸은 그 마력 파동과 발밑에 전해지는 진동을 통해서 폭발의 규모와 지점을 유추했다.

'뇌격 마법이다. 하지만 이건 인간 마법사가 쓸 수 있는 규모의 마법이 아닌데?

그렇게 생각하는 순간, 또다시 폭발이 일어나 저택 전체가 거세게 뒤흔들렸다.

콰아아아앙!

"꺄아아아아악!"

여기저기서 여성들이 내지르는 날카로운 비명이 울려 퍼졌다. 다르칸은 혀를 차며 엘프들이 있는 곳으로 달리기 시작했다. 무슨 일인지는 모르지만 혼란을 틈타서 일단 엘프들을 탈출시킬 생각이었다.

'여기군.'

전투 인원이 모조리 서쪽으로 이동한 탓인지 엘프들이 있는 방을 지키는 인원은 아무도 없었다. 방문은 마법으로 잠겨 있었지만 다르칸에게는 아무런 문제도 되지 않았다.

철컥!

마치 처음부터 잠겨 있지 않은 문을 열듯이 쉽게 안으로 들어간 다르칸은 화려한 방 한가운데에 설치된 커다란 새장과 그 속에 구속구를 차고 갇혀 있는 두 엘프를 발견했다.

인간 기준으로 한 명은 20대 초반 여성의 모습이었고, 또한 명은 열대여섯 살 소녀의 모습이었다. 폭음과 진동 때문에 서로 끌어안고 달달 떨고 있는 그들을 본 다르칸은 고개를 갸웃거렸다.

'도대체 왜 인간들은 이렇게 엘프들을 새장 안에 두길 좋아하는 거지?

지금까지 그가 본, 엘프들을 노예로 소유하고 있던 인간 귀족들은 당연하다는 듯 커다란 새장 속에 엘프들을 머무르게 했다. 그것은 엘프를 노래하는 새와 같은 존재로 생각하기 때문이었지만, 그런 사정을 모르는 다르칸은 도저히 이해할 수가 없었다.

"흠."

다르칸은 불안에 떠는 두 엘프 앞에서 투명화 마법을 풀고 모습을 드러냈다. 그러자 두 엘프가 화들짝 놀라서 그를 바라보았다.

다르칸이 말했다.

"상황이 급한지라 느긋하게 설명하고 있을 수가 없을 것 같군. 일단 내 말에 따라주기 바란다."

콰지지직!

다르칸은 마법을 써서 새장 자체를 부숴 버렸다. 새장의 문을 엘프들은 구속구의 무게 때문에 움직일 수 없고, 다르칸도 그 좁은 문으로는 들어갈 수가 없었기 때문이다.

"구속구를 풀어주면 움직일 수 있겠나?"

다르칸이 물었다. 노예로 잡힌 중에는 너무 오랫동안 움직이지도 못하고 갇혀 있느라 쇠약해져서 구속구를 풀어줘도 걷는 것조차 어려워하는 이들도 있었기 때문이다.

성인 여성 엘프가 겁에 질린 목소리로 대답했다.

"무, 무리예요. 우리는 여기 잡혀온 지 너무 오래되어서……."

"그럼 혹시 마법을 쓸 수는 있겠나? 날 수만 있다면 내가 보조를 해서 속도를 내줄 수 있지만, 아니면 내가 양팔에 들고 나는 수밖에 없다."

"그건 가능할지도 모르지만……."

엘프가 불안해하며 대답했다. 그들이 찬 구속구는 팔다리의 운신과 마력의 사용을 모두 막는다. 오랫동안 그런 상태로 잡혀 있던 엘프들은 과연 자신들이 마력을 다시 쓸 수 있을지조차 회의적이었다.

"으흑……."

그때 소녀 엘프가 울음을 터뜨렸다. 다르칸을 보고 잔뜩 겁에 질려 있더니 갑자기 흐느끼기 시작한 것이다.

그러자 다르칸에게 대답하던 엘프가 화들짝 놀라서 그녀를 감싸고 말했다.

"우, 울지 마! 잡아먹히면 어쩌려고……."

"……."

그 말은 보이지 않는 비수가 되어 다르칸의 가슴을 찔렀다.

상처받은 다르칸은 참담한 표정으로 엘프들을 바라보았는데, 그것이 또 그들에게는 굉장히 무서워 보였던 모양이다. 잔뜩 겁에 질린 소녀 엘프는 억지로 울음을 눌러 참느라 끅끅거리며 떨었다.

"후우."

다르칸은 땅이 꺼져라 한숨을 쉬었다.

그는 이미 이런 반응을 다른 엘프들에게서도 똑같이 겪은 바 있었다. 엘프들 중에서도 드라칸이나 드레이크 같은 괴물형 용족을 본 경험이 있는 이와 없는 이들이 있기 때문이었다.

경험이 있는 자들은 겁먹는 일 없이 정중했지만, 그렇지 못한 자들은 라나가 그러했듯이 잔뜩 겁을 집어먹고 다르칸을 피했다. 그에 비해 누구나 메이즈에게는 처음부터 무척이나 친근한 태도를 보인다는 사실에 다르칸은 굉장한 부조리함을 느껴야만 했다.

'내가 드래코니안을 부러워하게 될 줄이야.'

다르칸은 상처받은 마음을 추스르면서 입을 열었다, 최대한 부드러운 어조로.

"너희에게 해를 끼칠 생각은 없다. 그저 인간들 손에서 벗어나게 해주려고 왔을 뿐이다. 겁먹는 것도 이해는 하지만 일단 내 말에 따라주면 좋겠군."

다르칸은 그렇게 말하고는 엘프들의 구속구를 풀어주었다. 그러자 엘프들의 얼굴에 경탄의 기색이 드러났다. 다르칸의 능력에 놀란 것이 아니다. 너무 오랫동안 구속구를 차고 있었던 탓에 자신들의 팔다리가 이렇게나 가볍게 움직인다는 사실에 놀라 버린 것이다.

"으윽……."

하지만 역시 일어서서 걷는 것은 무리였다. 서서 한 걸음씩 옮기는 것만으로도 식은땀을 흘릴 정도로 집중해야 했다.

다르칸이 물었다.

"마법은 쓸 수 있겠나?"

"자, 잠시만 기다려 주세요."

엘프들은 오랫동안 봉인되어 있던 마력의 흐름을 되새겨 보았다. 반요정인 그들은 인간보다 육체적으로 약한 대신 마력의 흐름에는 훨씬 민감하다. 그렇기에 잠시 집중하는 것만으로도 스스로가 가진 마력을 인지하고 다룰 수 있었다.

"간단한 마법은 쓸 수 있을 것 같아요."

"다행이군. 그럼……."

그때였다. 갑자기 강렬한 마력 파동이 사방으로 퍼져 나가면서 다르칸의 뇌리에 위협적인 이미지가 떠올랐다. 마법이 노리는 지점은 바로 이곳이었다.

"이런!"

다르칸은 다급하게 방어 결계를 펼쳐서 자신과 엘프들을 감쌌다. 그 직후 섬광이 작렬해서 방을 날려 버렸다.

꽈아아아아앙!

6

자링튼 후작가는 갑작스럽게 쳐들어온 단 한 명의 마법사에 의해 난장판이 되어 있었다.

그는 침입자 주제에 정문과 이어진 대로를 당당하게 걸어왔다. 그리고 문지기들이 제지하기도 전에 손을 들어 올렸다. 그러자 그 앞에서 빛이 번쩍하더니 정문이 통째로 박살 나버리고, 문지기 역시 시체로 변해 버렸다.

부서진 정문을 넘어 들어온 마법사는 드넓은 정원과 저택을 보면서 중얼거렸다.

"호오. 이 나라 놈들은 마법에 한심할 정도로 신경을 안 쓰는 것 같더니 여긴 이것저것 마법이 많이 걸려 있군? 수준을 보니 용족을 초빙한 것 같지는 않지만……."

겉보기로는 20대 초반 정도로 보이는 청년이었다. 선이 가늘고 수려한 인상이었으며 새카만 배경 위로 은실과 푸른실로 마법의 문양이 수놓인 마법사의 로브를 걸치고 있었다.

특이한 것은 그의 머리카락이었다. 뒤로 땋은 긴 머리칼의 색은 검보랏빛을 띠고 있었던 것이다. 바람에 휘날리는 검보랏빛 머리칼 아래로 청회색의 눈동자를 빛내는 그는 여유있는 걸음걸이로 정원을 거닐었다.

"누구냐!"

잠시 후 저택의 경비병들이 몰려들기 시작했다. 대놓고 정문을 마법으로 부수고 들어왔으니 당연한 일이었다.

청년이 씩 웃으며 물었다.

"여기가 자링튼 후작가의 저택이지?"

"그걸 알고도 행패를 부렸단 말이냐?"

그렇게 되물은 것은 경비병들을 통솔하는 기사였다. 청년이 어깨를 으쓱했다.

"왕성에서도 행패를 부려봤는데 고작 후작가에서 그러지 못할 이유는 또 뭔가? 하여튼 인간들은 왜 이렇게 허세가 심하지? 물벼룩이랑 별로 큰 차이도 없는 주제에 자기들이 신하고 맞먹는 줄 안다니까?"

마치 자신은 인간이 아니라는 투였다. 그 말에 기사가 발끈했다.

"이 자식이 지금 자링튼 후작가를 모욕하는 거냐? 얌전히 꿇어라!"

기사의 말에 청년의 주변을 포위한 경비병들이 창을 내밀어 그를 위협했다. 청년이 가소롭다는 표정을 지으며 물었다.

"모욕하긴. 그냥 사실을 말하는 것뿐이지. 혹시나 해서 묻는 건데, 자링튼 후작은 집에 있나?"

"곧 뵙게 될 거다. 죽기 직전까지 두들겨 맞은 후에 말이다!"

"아, 그럼 있다는 거지? 순순히 대답해 줘서 고맙다. 그 답례로 너는 살려주지. 대답을 안 해주면 정신을 제압해서 물어봐야 했을 텐데, 그거 꽤나 귀찮거든? 자백하게 만드는 마법만 해도 상당히 난이도가 짜증나서."

"뭐라고?"

퍼어어어어어엉!

기사가 눈을 크게 뜬 순간, 청년을 중심으로 보이지 않는 힘의 파동이 폭발하듯 퍼져 나갔다. 갑자기 덮쳐 온 공격에 수십 명의 경비병들이 일거에 밀려서 쓰러져 버렸다.

단 한 번의 마법으로 포위망을 박살 낸 청년은 다시 느긋하게 발걸음을 옮기기 시작했다. 동시에 그의 오른손 위에 시퍼런 뇌격의 구체가 형성되면서 점차 덩치를 불려갔다.

파지지지직!

"이놈!"

청년이 그것을 발사하기 전에 기사가 노성을 지르며 뛰어들었다. 그는 강검의 힘으로 덮쳐 오는 역장을 갈라서 버텨낸 것이다.

질풍처럼 뛰어든 기사의 검이 청년의 머리 위로 떨어져 내렸다. 동시에 청년이 오른손 위에 생성된 뇌격의 구체를 저택에 집어 던지면서 왼손을 들어 올렸다.

파아아아앙!

강검의 기운이 맺힌 칼날이 청년의 왼손에 막혀 버렸다. 청년의 왼손에는 파르스름한 빛이 맺혀 있었는데, 그것은 기사가 발하는 강검의 기운을 상쇄시킬 정도로 강력한 역장이었다.

짜르르르릉!

한 박자 늦게 저택에 뇌격의 구체가 작렬하면서 폭발이 일어났다. 청년이 휘파람을 불었다.

"이것 참. 그놈의 강체술은 아무리 봐도 신기하단 말야. 툭치면 날아가 버릴 것 같은 인간이 우리들이랑 비슷한 육체 능력을 발휘하다니. 아무리 강체술사를 뜯어봐도 도대체 어떻게 된 구조인지도 파악 못하겠고……."

"큭!"

기사가 신음하며 뒤로 물러났다. 동시에 발차기를 날려서 틈을 만들려고 했지만 청년은 이번에는 막지도 않았다. 그새 펼쳐진 방어막이 그 공격을 대신 막아버렸다.

화르르르르륵!

그리고 이번에는 청년의 오른손 위에 커다란 화염의 구체가 생성되었다. 기사는 낭패한 기색으로 재차 달려들어 검을 휘둘렀다. 하지만 그의 검격은 청년의 방어막을 뚫지 못하고 튕겨 나왔다.

그사이 청년은 느긋하게 화염의 구체를 집어 던졌다. 포물선을 그리며 날아간 화염의 구체가 저택에 작렬했다.

콰아아아앙!

앞서 사용한 뇌격도 그랬지만 이번 것도 위력이 엄청났다. 일격에 널찍한 방 서너 개에 해당하는 구획이 완파되면서 저택 전체가 뒤흔들렸다.

샤아아아아아…….

폭발 때문에 불이 번지기 시작하자 저택에 걸려 있던 마법이 발동, 소화 작용이 일어났다. 그것을 본 청년이 재미있다는 듯 중얼거렸다.

"마법사에게 공격받을 경우의 대책이 제법 잘되어 있는데? 거의 이 나라 왕궁하고 비슷한 수준이겠어. 이거 좀 이해할 수가 없군. 오면서 본 이 나라의 다른 귀족들은 자기 집에 이런 대책을 안 세워뒀던데 왜 여기만 이렇지? 혹시 이유를 알고 있어?"

"닥쳐라!"

너무나도 여유 넘치는 청년의 모습에 기사가 분노하며 달려들었다. 하지만 그의 앞에 보라색 빛으로 그려진 반투명한 정사각형 수십 개가 떠올라서 검격을 막아냈다.

파바바바밧!

"크윽, 이, 이건 대체 뭐지?"

기사는 당황했다. 가로세로 1미터 50센티쯤 되는 그 정사각형은 강검의 힘조차도 막아내고 있었다. 두세 번 정도 치면 부서지긴 하지만 수가 너무 많아서 하나를 부숴봤자 새 벽의 피였다.

청년이 볼을 긁적이며 말했다.

"거참. 네 목숨은 살려준다고 했잖아. 그러니까 열 내지 말고 멀찍이 도망가든지 해. 네 실력으로는 백 명이 모여봤자 내 터럭 하나 건드릴 수 없거든. 인간 중에서 좀 쓸모있는 놈들은 기격의 경지에 도달한 강체술사뿐이지."

"으윽……."

기사는 치욕으로 몸을 떨었다.

그러는 동안 저택에서는 새로운 전투 인원들이 뛰어나오고 있었다. 대기하고 있던 기사들이 무장하고 나온 것은 물론이고 마법사까지 모습을 드러냈다.

청년은 그들이 다가오길 기다렸다가 말했다.

"혹시 너희 중에 자링튼 후작이 있나?"

"이 무도한 놈 같으니! 도대체 우리 자링튼 후작가에 무슨 원한이 있기에 이런 짓을 저지른단 말이냐!"

"용서하지 않겠다!"

기사들은 청년의 질문 따윈 들리지도 않는다는 듯이 화를 내며 달려들었다. 청년이 한숨을 쉬었다.

"왜 인간은 하나같이 이렇게 상대하기가 짜증나는 족속들만 있는 거람. 척하면 착하고 알아들어야지. 이렇게까지 주제 파악을 못하는 것도 재주라면 재주겠지만."

청년은 혀를 차며 기사들이 달려드는 것을 보고만 있었다. 기사들은 서로 다른 방향에서 달려들면서 검과 창을 내질렀지만 청년의 주변을 둘러싸고 전개된 보라색 빛의 사각형에 막혀 버렸다. 기사들의 공격이 강맹한지라 초당 몇 개씩은 파괴가 되었지만, 그만큼 새로운 개체가 형성되어 그 틈을 메워 버렸다.

기사들 중 하나가 경악해서 중얼거렸다.

"우리 모두의 공격을 막아내다니 어떻게 이럴 수가!"

"난 인간하고 싸워본 경험이 많은 편이거든. 일반적인 방어막으로는 사방에서 동시다발적으로 쏟아지는 강검의 공격을 막기가 힘들지. 그래서 고안한 게 이거야. 제법 쓸 만하지 않아?"

청년은 친절하게 대답해 주었다. 그러자 한 기사가 물었다.

"아까부터 인간, 인간하는데 그럼 너는 인간이 아니기라도 한단 말이냐?"

"응? 내가 말 안 했구나. 당연히 아니지. 이 나라 인간들은 용족하고 교류가 없어서 그런가? 내가 인간 모습을 하고 있긴 하지만 인간이 이런 마법을 쓸 수 있을 리가 없잖아?"

"용족? 용족이라고?"

경악하며 외친 것은 기사가 아니었다. 경비병들 뒤에서 굳어 있던 마법사였다.

원래대로라면 그는 기사들이 공격하는 틈을 타서 마법을 준비했어야 했다. 하지만 청년의 마력 파동을 접한 순간, 그는 그 자리에 못 박혀서 꼼짝도 할 수 없었다. 청년을 상대로 자신이 마법을 쓴다는 것은 그야말로 개미가 사자를 이기겠다고 달려드는 격이라는 것을 느꼈기 때문이다.

청년이 히죽 웃었다.

"기왕 이렇게 되었으니 너희 미천한 인간들에게 나에 대해 알 수 있는 영광을 주지. 내 이름은 샤디카."

청년의 오른손 위로 새하얀 마법의 섬광이 구체형으로 결집되어서 맹렬하게 회전하기 시작했다.

"이 세상에서 단 하나뿐인 위대한 용족, 아크 드레이크다."

그리고 그 섬광은 청년이 저택 안에 가장 큰 마력이 존재한다고 느껴진 곳을 향해 날았다.

쫘아아아아앙!

폭음과 함께 섬광이 저택의 한 지점을 완전히 관통하고 하늘 저편으로 날아갔다.

CHAPTER 30
궤멸

폭염의 용제

1

쿠르르르릉……!

섬광이 비스듬히 관통한 저택의 한 부분이 스스로의 무게를 버티지 못하고 주저앉았다. 수백 년 동안 버텨온 저택이 파괴되며 흙먼지가 피어오르는 광경에 다들 아연실색하여 굳어버렸다.

스스로를 아크 드레이크라 밝힌 청년, 샤디카는 미소 지으며 중얼거렸다.

"이렇게 때려대도 파괴된 면적이 3분의 1 정도라니 인간들은 참 거처를 쓸데없이 넓게 짓길 좋아하는군. 육체도 작은 주제에."

"이익……!"

"이 개자식!"

기사들이 눈이 뒤집혀서 달려들었다. 저택 안에는 미처 피신하지 못한 그들의 식솔들도 있었다. 그들 중 상당수가 지금의 붕괴에 휘말려서 죽었을 것이다. 그 사실에 생각이 미치자 분노를 주체할 수 없었다.

투두두두두둥! 투두두둥!

하지만 그래 봤자 샤디카의 방어를 뚫을 수가 없었다. 샤디카는 검보랏빛 머리칼을 쓸어 넘기며 한숨을 쉬었다.

"후우. 명확한 힘의 격차를 보여줘도 꼬리를 내리지 않다니, 하여튼 인간들이란 끝도 없이 우매하구나. 인간들이 그토록 저능하다고 폄하하는 짐승들도 어떻게 처신해야 스스로의 목숨을 연장시킬 수 있을지 잘 아는데."

샤디카는 피식 웃으며 손가락을 튕겼다. 그러자 기온이 급격하게 하강하면서 수분이 얼어붙기 시작했다.

쉬이이이이이!

"으윽, 이, 이건 빙결 마법? 이런 마법을 이렇게 쉽게 쓰다니!"

뼛속까지 얼어붙을 듯한 냉기가 엄습해 왔다. 기사들은 놀라서 뒤로 물러나려고 했지만 이미 그들의 몸은 절반쯤 얼어붙은 후였다. 샤디카가 피식 웃으며 말했다.

"얼음기둥이 되거라."

슈화아아아악!

샤디카를 중심으로 새하얀 냉기가 폭발적으로 퍼져 나갔다. 샤디카에게 가까이 있던 자들은 한순간에 얼음기둥으로 화했고, 그렇지 않은 이들도 몸 여기저기가 얼어붙어서 쓰러졌다.

"이야아아아아!"

하지만 그런 냉기를 뚫고 달려드는 기사들도 있었다. 그들은 강체술을 이용해서 냉기를 버텨내고 달려들면서 혼신의 힘을 다한 공격을 날렸다.

파아아아아아!

힘을 집중시켜 비기를 펼친 기사의 검이 단번에 다섯 개의 정사각형을 찢어버렸다. 하지만 거기까지가 한계였다.

대신 창을 든 기사가 몸을 내던지듯이 추가타를 날렸다. 무서운 기세로 회전하는 창끝이 동료 기사가 만들어낸 틈을 찔러서 샤디카에게 쇄도했다.

"놀랍군!"

둘의 연속 공격은 샤디카의 방어에 작은 구멍을 만들고 육체가 있는 곳까지 도달했다. 샤디카는 감탄을 금치 않으며 움직였다. 그의 왼손에서 푸른 섬광이 타오르면서 내리쳐졌다.

파아아아앙!

섬광을 두른 샤디카의 왼손이 기사의 창을 튕겨냈다. 동시에 샤디카가 스스로 구축한 방어진 밖으로 뛰쳐나오면서 오

른손을 들었다. 왼손과는 반대로 붉은 섬광이 타오르는 오른
손이 마치 검이 내리쳐지듯이 공간을 갈랐다.

"크아아악!"

허공에 피처럼 붉은 궤적이 그어지면서 창을 든 기사의 몸
이 크게 베어졌다.

샤디카는 허공으로 치솟는 핏방울들 너머에서 검을 든 기
사가 달려드는 것을 보았다. 동료가 당해서 쓰러지는데도 주
춤하지 않고 틈을 노리는 그 기세는 놀라웠다.

"하빈 경! 그대의 무덤 앞에서 사과하겠소!"

검을 든 기사는 그렇게 외치면서 검을 휘둘렀다. 빛의 사각
형을 다섯 개나 찢어냈던 비기가 다시 한 번 전개되면서 허공
에 섬광의 궤적을 그려냈다. 검이 그려내는 궤적에는 창을 든
기사와 샤디카가 모두 걸려 있었다.

콰창!

샤디카의 몸이 뒤로 주르륵 밀려났다. 동료까지 같이 베어
버리는 검격을 샤디카가 왼손의 푸른 섬광으로 받아낸 것이
다.

샤디카에게 깊숙이 베였던 기사의 몸이 완전히 두 동강 나
서 따로따로 땅에 떨어졌다. 흩뿌려지는 선혈 너머에서 기사
가 외쳤다.

"하아아아아아!"

힘을 완전히 쏟아내는 비기를 두 번이나 연속으로 쓴 그는

체내의 강체력 순환이 흐트러져 있었다. 하지만 그것을 억지로 메우면서 돌진해서 연속으로 검격을 날렸다.

파파파파파파!

샤디카는 즐거워하면서 그에 맞섰다. 붉은 오른손과 푸른 왼손이 현란하게 교차하면서 기사의 검격을 받아낸다. 무시무시한 기세로 공수를 교환하던 둘의 검과 손이 충돌하면서 움직임이 멈추었다.

샤디카가 말했다.

"역시 강체술사는 재미있어. 하지만 기격에 도달하지 못했군. 여기까지야."

"으윽, 이 괴물……!"

"인간이 쓰는 괴물이라는 말은 너무 의미가 불분명해. 어쨌든 즐거웠다."

쾅!

붉은 섬광을 두른 샤디카의 오른손이 기사의 심장을 꿰뚫었다. 기사는 눈을 부릅뜬 채로 나무토막처럼 쓰러졌고, 샤디카는 손에 묻은 피를 훑으면서 앞으로 걸어나갔다.

"근데 대체 자링튼 후작이라는 작자는 어디에… 음?"

문득 샤디카의 눈이 허공으로 향했다. 저택의 붕괴 지점으로부터 빛이 구체가 떠올라서 하늘 저편으로 날아가는 것을 보았기 때문이다.

"마법 통신? 뭔데 저렇게 멀리 날아가지?"

샤디카는 눈을 크게 떴다. 복잡하게 암호화된 마법의 정보체가 음속의 몇 배나 되는 속도로 하늘 저편으로 날아갔다. 아무리 봐도 인간이 쓸 수 있는 마법은 아니었다.

쉬이이이이이!

그리고 붕괴 지점에서 바람이 일어나며 흙먼지가 급속도로 흩어져 갔다. 그 너머에서 은색의 비늘을 가진 거구의 드라칸이 날개를 펼쳤다. 환영 마법으로 비늘색을 바꾼 다르칸이었다.

"뭐야? 어쩐지 마력이 좀 강하다 했더니 저 드라칸의 마력이었나?"

다르칸의 뒤쪽에는 두 엘프가 있었다. 그 모습을 본 자링튼 후작가의 사람들이 비명을 질렀다.

"한패가 있었다니!"

"목적은 후작님의 엘프 노예였나!"

"응?"

생뚱맞은 소리에 샤디카가 눈을 껌뻑거렸다. 하지만 자링튼 후작가 사람들은 샤디카가 무슨 반응을 보이든 벌써 다르칸을 샤디카와 한패로 인식하고 있었다.

"이 무도한 놈들! 감히 자링튼 후작가를 업신여기다니! 너희 마음대로 될 거라고 생각하지 마라!"

"뭔가 오해하고 있는 것 같은데… 아니, 오해하든 말든 상관없군. 어쨌든 도대체 뭘 믿고 그렇게 자신만만한 거지? 내가 뭘 하려고 하든 너희가 막을 수 있을 것 같아?"

"오만방자한 괴물 같으니! 네가 상대한 게 자링튼 후작가의 전부라고 생각하지 마라!"

"쏴라!"

그 직후 옆쪽에서 우렁찬 외침이 울려 퍼졌다. 활시위가 튕겨지는 소리와 함께 수십 발의 화살이 일제히 날아들었다.

파바바바바밧!

샤디카는 방어막에 맞고 튕겨져 나가는 화살들을 보며 미소 지었다.

"증원 병력이 와서 기고만장했던 건가? 하여튼 인간들이란 머릿수만 불리면 문제가 다 해결되는 줄 알지."

도시에 상주하고 있던 병력이 모두 집결하고 있었다.

동서남북에 난 문을 통해서 수백의 병력이 집결하며 화살들이 비처럼 쏟아져 내렸다. 화살이 노리는 목표는 샤디카와 다르칸이었다.

"이런! 인간들이여, 잠깐만 기다려라!"

겨우 붕괴한 저택에서 빠져나온 다르칸은 인간들이 다짜고짜 화살을 쏴대자 당황했다. 하지만 인간들은 그의 말을 듣지도 않았다.

"궁병들은 화살을 계속 쏴라! 기사들, 투창 공격! 반반씩 나누어서 공격해라!"

명령에 따라서 스무 명의 기사가 앞으로 나오더니 혼신의 힘을 다해 창을 던졌다. 평소에 전술적인 활용을 염두에 두고 훈련한 것인지 그 기세가 예사롭지 않았다. 화살보다도 두 배는 빠른 속도로 날아드는 투창에 샤디카의 눈이 크게 떠졌다.

콰콰콰콰쾅!

샤디카의 방어막이 투창 공격에 관통되었다. 샤디카는 잽싸게 하늘로 날아올라 그것을 피하면서 휘파람을 불었다.

"제법인데! 이건 꽤 쓸 만한 공격인걸?"

결계가 관통된 것은 다르칸도 마찬가지였다. 다르칸은 아슬아슬하게 그것을 피해서 하늘로 날아올랐다.

지휘를 내리는 중년의 기사가 노성을 질렀다.

"이 괴물 놈들! 살아서 돌아갈 생각은 버려라!"

그그그그그그!

그러자 놀라운 일이 벌어졌다. 무너진 저택의 잔해가 살아 있는 것처럼 들썩이더니 그대로 허공으로 날아오르는 것이 아닌가?

그것을 보는 순간 다르칸은 중년 기사의 정체를 알아차렸다.

'자링튼 후작!'

인근에 있던 병력이 집결하자 자링튼 후작이 직접 그들을 지휘하고 나선 것이다.

2

자링튼 후작의 능력으로 들어 올려진 돌덩이들이 무서운 기세로 샤디카와 다르칸에게 날아들었다.

콰쾅! 투학!

샤디카와 다르칸은 마법으로 그것을 산산조각 내면서 위치를 바꾸었다. 그것을 본 자링튼 후작이 외쳤다.

"아본스 경! 빌록 경! 마법으로 지원하라!"

이 자리에 있는 인간 마법사는 두 명이었다. 지원 병력에 속한 아본스와 저택에 상주하고 있던 빌록이었다. 겁먹고 굳어 있던 빌록이 떨리는 목소리로 외쳤다.

"하, 하지만 저들은 용족입니다! 우리들의 힘으로는 도저히 상대가 안 됩니다!"

"닥쳐! 그렇다고 앉아서 죽을 생각인가? 저들이 사자이고 네가 개미라도 있는 힘을 다하란 말이다! 비싼 봉급을 받았으면 제대로 일해! 안 그러면 어차피 다 죽는다!"

"후훗. 알았다. 네가 자링튼 후작이지?"

샤디카가 회심의 미소를 지으며 물었다. 자링튼 후작이 가슴을 치며 당당하게 말했다.

"그렇다! 인간의 모습을 한 괴물아! 내가 자링튼 후작이니라!"

"봉인의 조각은 감지되지 않지만… 자링튼 후작가에 대한 정보와 이 능력으로 보건데 확실한 것 같군. 찔러본 보람이 있어. 요즘 계속 허탕이라서 신경질이 났거든."

"무슨 소릴 하는지 모르겠군. 어쨌든 더 이상은 설쳐대지 못할 것이다!"

"과연 그럴까? 난 너희를 다 죽일 생각인데? 네가 자링튼 후작이라는 것을 확인했으니 이 자리에 있는 놈들은 다… 아, 아까 살려준다고 한 저놈만 빼고 다 죽는다. 어린것도, 젊은 것도, 늙은 것도 모두."

찌이이이잉!

그 말과 함께 샤디카가 한쪽으로 손을 뻗었다. 그러자 보이지 않는 힘이 하인들 사이에 있던 어린 소년을 붙잡고 하늘로 들어 올렸다. 다들 놀라서 눈을 크게 뜨는 순간, 샤디카의 손에서 붉은 섬광이 발사되어 소년의 몸통을 관통했다.

"아……!"

어린 하인 소년이 피를 쏟으며 지상으로 떨어져 내렸다. 그것을 본 이들이 모두 분노했다.

"이, 이 악독한 놈!"

"말했잖아, 다 죽일 거라고. 이제부터는 아무도 밖으로 나갈 수 없어. 저놈만 빼고."

이번에는 아까 전에 샤디카가 살려준다고 했던 기사가 허공으로 떠올랐다. 그는 강검의 힘으로 자신을 붙잡은 마법을 찢어발기려고 했지만 샤디카가 한발 빨랐다.

"여기에 있으면 귀찮으니 넌 좀 멀리 꺼져라."

"으아아아아아!"

샤디카가 손을 휘두르자 기사의 몸이 무시무시한 기세로 하늘 저편으로 날아가 버렸다. 그가 내지르는 비명이 급속도로 멀어져 가다가, 이윽고 완전히 자취를 감추었다.

샤디카가 손가락을 들어 보이며 말했다.

"궁금해할 것 같아서 미리 말해주는데, 저놈은 내가 살려주기로 했거든? 그래서 멀리 던져 버린 거야. 고속 비행 마법으로 날렸으니 한 3, 4킬로미터 정도 날아가다가 감속해서 땅에 떨어지겠지. 그전에 허튼 짓을 해서 추락사하면 그건 그놈 팔자고."

"웃기지 마라!"

자링튼 후작이 정신을 집중했다. 그는 이미 일부 인원들에게 여자와 아이들을 데리고 저택 밖으로 도망칠 것을 지시해 두었다. 샤디카가 그들에게 주의를 기울일 여유를 주어서는 안 되었다.

쿵!

"어?"

갑자기 울려 퍼지는 육중한 소리에 샤디카의 눈이 크게 떠졌다. 그는 갑자기 강력한 마력을 느끼고는 주변을 둘러보았다.

"뭐야? 이런 것도 움직일 수 있어?"

"대단하군!"

다르칸도 무의식중에 감탄했다. 자링튼 후작이 정신을 집중하자 정원에 있던 커다란, 크기가 5미터에 이르는 석상들이 생명을 부여받고 움직이기 시작하는 게 아닌가?

"저놈들을 막아라! 궁병들, 뭐하고 있는 거냐? 계속 쏴! 기사들도 교대로 투창 공격이다!"

두 개의 석상이 각각 샤디카와 다르칸에게 달려들었다. 다르칸은 자신을 향해 날아드는 석상의 주먹을 보며 기겁했다.

"크윽! 인간들이여, 오해다! 나는 적이 아니다!"

쿠우우웅!

하지만 그의 호소는 석상의 주먹이 저택과 충돌하는 소리에 묻혀 버렸다. 물론 들렸다고 해도 믿지 않았겠지만 말이다.

엘프들을 마법으로 붙잡고 날아오르는 다르칸을 향해 기사들의 투창 공격이 날아들었다. 다르칸은 속성력으로 돌풍을 일으켜서 투창의 궤도를 비틀고는 엘프들에게 말했다.

"날 수 있겠나?"

"으, 비, 비행 마법은 쓸 수 있지만……."

엘프들은 공포에 질려서 떨고 있었다. 너무 오랜만에 마법을 써서 마력 제어가 쉽지 않은 것 같았다. 그 모습을 본 다르칸이 혀를 찼다.

"너희를 위로 올려 보내겠다. 한동안 참고 있어주도록."

다르칸은 두 엘프에게 마법을 걸어서 허공으로 날려 보냈다. 예전에 그가 르센에서 루그에게 당했을 때 메이즈가 그를 하늘 위로 피신시켜 보내기 위해 썼던 것과 같은 마법이었다. 두 엘프들의 몸이 위로 떠오르기 시작하자 다르칸은 곧바로 날개를 펼치고 위치를 바꾸었다.

피피피피핑!

그런 그를 향해 화살과 투창 공격이 계속해서 따라붙었다. 하지만 그가 본격적으로 바람의 속성력을 일으켜 가면서 가속을 붙이자 감히 따라붙지 못했다.

"저놈은 대체 뭐람?"

샤디카는 고개를 갸웃거렸다. 아무리 봐도 다르칸의 정체가 짐작가지 않았다. 엘토바스가 주의해야 할 대상이라고 준적의 정보 속에도 은색의 드라칸 따위는 없었다.

"일단 목적부터 달성하고 나서 붙잡아서 물어보면 되겠지."

샤디카는 그렇게 결론을 내리고 앞을 바라보았다. 5미터의 석상이 위협적인 기세로 달려들고 있었다. 그는 육식동물처럼 미소 지으면서 손을 들어 올렸다. 그의 앞쪽에 눈부신 섬광이 맺히나 싶더니 그대로 공간을 관통하며 뻗어나갔다.

콰아아아아앙!

단 일격으로 5미터의 석상이 산산조각 나버렸다.

샤디카는 흩어지는 석상의 파편 너머로 검과 창, 도끼와 망치까지 실로 다양한 무기들이 달려드는 것을 보았다. 그가 눈을 크게 뜨며 물었다.

"호오, 꽤나 많은 수를 조종할 수 있군. 능력의 한계가 어느 정도인 거지?"

자링튼 후작이 조종하는 무기들이 거세게 그의 방어막을 두들겨댔다. 하지만 그는 조금도 동요하지 않고 그것들을 관찰했다. 강체술사의 검격이나 투창 공격이라면 모를까, 그저 빠르게 날아다닐 뿐인 무기들은 그의 방어막을 어쩌지 못하고 튕겨 나갈 뿐이었다.

"인간들이나 무지몽매한 마물들 상대였으면 꽤나 무시무시한 능력이었겠는데? 일인군단이라는 말이 아깝지 않아. 하지만 허약한 다수에게는 효율적일지언정 강대한 하나에게는 의미없는 몸부림에 불과해."

샤디카가 손짓하자 충격파가 터지면서 후작에게 조작되는 무기들을 모조리 떨궈 버렸다. 그 직후 그의 주변에 사람 몸통만 한 뇌격의 구체 다섯 개가 일제히 떠올랐다.

"너희의 재롱잔치는 질릴 만큼 봤으니 슬슬 정리 좀 하자. 얌전히 죽어주면 나도 좋고 너희도 좋을 텐데 왜 이렇게 짜증나게 버둥거리고 그래?"

쫘르르르르릉! 쫘과과광!

뇌격의 구체가 대지에 작렬하면서 섬광이 폭발했다. 방금 전까지만 해도 용맹하게 싸우고 있던 자링튼 후작가의 병력이 비명을 지르면서 사방으로 날아가 버렸다.

압도적인 힘이었다. 샤디카는 또다시 강맹한 섬광을 쏘아 내어 남은 하나의 석상마저 박살 낸 다음 땅에 내려서서 말했다.

　"이제 반항은 끝인가? 자링튼 후작, 상당히 재미있는 재주이긴 했어. 여유가 있으면 너를 차근차근 해체해서 그 능력이 어떤 구조로 작동하는지 알고 싶은데, 내게 부여된 명령이 그것을 허락하지 않는다는 점이 대단히 짜증나."

　"이익, 이 자식⋯⋯!"

　자링튼 후작 역시 뇌격이 작렬할 때 부상을 입었다. 그는 부러져 버린 왼팔을 붙잡은 채 이를 갈았다.

　그때였다.

　"꺄아아아아아!"

　어린 소녀의 비명이 울려 퍼졌다. 자링튼 후작이 깜짝 놀라서 고개를 돌렸다.

　그러자 팔랑거리는 드레스를 입은 어린 소녀가 허공으로 날아오르는 것이 보였다. 주변에 있던 하인들이 놀라서 그녀를 붙잡았지만, 그들 역시 하늘로 끌려 올라가고 말았다.

　"아니카!"

　자링튼 후작이 기겁했다. 하늘로 날아올라 간 소녀는 그의 일곱 살 된 손녀 아니카 자링튼이었던 것이다.

　샤디카가 말했다.

　"아, 설명해 주는 걸 깜빡했네. 내가 한 명도 여기서 나가지 못할 거라고 말했잖아? 저택 주변에 마법을 펼쳐 뒀지. 저대로 100미터 정도 날아오른 뒤에 휙 하고 떨어져 내릴 거야. 그리고 아래쪽의 지하 통로들은 진동파를 보내서 전부 붕괴시켜 뒀어."

"그, 그런… 어떻게 그럴 수가……!"

자링튼 후작은 창백하게 질려 버리고 말았다.

아이들과 여자들은 지하의 비밀 통로를 통해서 빠져나갈 것을 지시했다. 하지만 샤디카는 사전에 그 통로들을 막아두었고, 그들은 어쩔 수 없이 지상을 통해 나가려고 하다가 마법 함정에 걸려든 것이다.

샤디카가 악마처럼 웃었다.

"말했잖아, 아무도 빠져나갈 수 없다고. 여기서 다 죽을 거야."

"도, 도대체 왜 이런 짓을 하는 것이냐? 우리에게 무슨 원한이 있어서! 설마 고작 엘프 노예들을 탐내서 이런 짓을 한 것은 아니겠지?"

"그건 오해라고 했는데 정말 말귀를 못 알아먹는군. 어쨌든 내 목적은 당신이야, 자링튼 후작."

"나라고?"

자링튼 후작의 눈이 크게 떠졌다. 샤디카가 고개를 끄덕였다.

"당신 때문에 이렇게 다 죽이고 있는 거지."

"무슨 헛소리를 하는 거냐? 내가 목표라면 나만 죽이면 될 것을! 그런 힘이 있다면 내 목숨을 취하는 것은 아주 간단했을 터!"

"그렇긴 한데 내 목적은 그냥 당신을 죽이는 게 아니라 당신이 품고 있는 봉인의 조각을 가져가는 거라서."

그 말에 자링튼 후작은 아연해지고 말았다. 그의 뇌리에 이전에 찾아왔던 두 사람이 떠올랐다. 블레이즈 원이라는 비밀 조직에 대해서 이야기하면서, 그들이 노릴 때를 대비해서 자신이 지닌 능력의 원천을 마법적으로 감춰야 한다고 했던 그들.

"그 말이 사실이었나……."

자링튼 후작은 다리에 힘이 탁 풀리는 것을 느끼며 중얼거렸다. 샤디카가 고개를 갸웃했다.

"무슨 말이지?"

그때였다. 점차 하늘 높이 멀어져 가던 아니카의 비명이 다시 가까워지기 시작했다.

"꺄아아아아아아!"

자링튼 후작이 깜짝 놀라서 몸을 일으켰다. 그녀가 떨어지기 전에 몸을 던져서라도 구할 생각이었다. 하지만 그녀가 있는 곳을 본 순간 그는 더욱 놀라고 말았다.

"뭐, 뭐지?"

은색의 드라칸이 허공에서 그녀와 하인들을 낚아채서 지

상을 향해 내려오고 있었던 것이다.

3

다르칸은 하늘로 날아가던 아니카와 하인 두 명을 낚아채서 궤도를 틀었다. 그러자 아니카가 놀라서 비명을 멈추고 다르칸을 바라보았다.

"⋯⋯."

다르칸은 흘끔 그녀를 바라보았다. 눈을 마주치는 순간, 그녀가 조금 전보다 한층 겁에 질린 표정으로 비명을 질렀다.

"꺄아아아아아아!"

"후우. 이럴 줄 알았다."

다르칸은 땅이 꺼져라 한숨을 쉬면서 지상으로 내려가기 시작했다. 그리고 지상을 스치듯이 날면서 하인들을 던져두고, 아니카도 조심스레 내려주었다. 아니카는 발이 땅에 닿자 그대로 주저앉아서 다르칸을 올려다보았다. 그리고 짙은 그림자 속에서 빛나는 다르칸의 눈을 보며 울음을 터뜨렸다.

"으아아아앙!"

다르칸은 어쩔 줄 모르고 그녀를 바라보고 있었다. 그러다가 문득 얼마 전에 루그를 따라다니다가 본 광경을 떠올렸다.

그것은 루그가 마물과 싸우는 모습을 보고 근처에 있는 아이가 겁에 질려 주저앉았을 때였다. 루그는 얼굴에 튄 피를 닦아내고 아이의 머리를 쓰다듬어 주면서 부드러운 말투로 이제 안심해도 된다고 말해주었다.

'확실히 마스터의 그 행동은 인간 아이의 공포를 누그러뜨려 주는 효과가 있었던 것 같군.'

다르칸은 곧바로 그 생각을 실천으로 옮겼다. 그의 커다란 손이 아니카의 머리 위에 얹어졌다. 다르칸은 미소를 지으며 최대한 부드러운 말투로 말하려고 했다.

"얘야, 나는⋯⋯."

"꺄아아아아아아!"

하지만 다르칸이 뭐라고 말을 하기도 전에 아니카는 파랗게 질려서 비명을 지르더니 그대로 졸도해 버리고 말았다.

"⋯⋯."

다르칸은 쓰러지는 아니카를 붙잡은 채 하늘을 올려다보았다. 왠지 눈물이 흐를 것 같은 기분이었다.

'이건 혹시⋯ 슬픔인가?'

다르칸은 생전 처음 느껴보는 감정에 사로잡힌 채 몸을 일으켰다. 뒤에서 내 여동생을 해치지 말라느니, 제발 아가씨를 잡아먹지 말라느니 하는 소리가 들려왔지만 더 이상 신경 쓰고 싶지 않았다. 힘없이 터덜터덜 걸어오는 그를 보던 샤디카가 물었다.

"어이, 이름 모를 드라칸, 왜 내 일을 방해하지? 보아하니까 이 인간들이랑 상관도 없는 것 같고, 왠지 모르지만 엘프들 때문에 온 것 같은데 이제 가보지 그래?"

"시끄럽다."

다르칸이 신경질적으로 말했다. 그리고 그는 자신이 이런 말투로 말할 수 있다는 사실에 놀랐다. 이제까지 이토록 짜증이 치솟고, 누군가를 패서 죽여 버리고 싶을 정도로 화가 나본 적이 없는 것 같았다.

"보아하니 블레이즈 원의 신참인 모양이군. 인간들 상대로 천둥벌거숭이마냥 날뛰는 게 아주 즐거운 모양인데, 더 이상 즐겁지 않게 만들어주겠다."

쉬이이이이이!

다르칸을 중심으로 돌풍이 일어나기 시작했다. 그것을 본 샤디카가 눈을 크게 떴다.

"어라, 말하는 걸 보니 블레이즈 원 관계자냐? 엘토바스 그놈이 준 자료는 다 읽고 외웠지만 너 같은 놈에 대한 사항은 없었는데? 혹시 그놈이 빠뜨린 건가?"

"그야 그렇겠지. 하지만 이러면 어떠냐?"

다르칸이 환영 마법을 풀었다. 그러자 비늘색이 본래의 청색으로 돌아왔다. 그것을 본 샤디카가 놀랐다.

"뭐야? 환영 마법? 어째서 내가 꿰뚫어보지 못한 거지?"

"알 것 없다, 드레이크."

후우우우우우!

다르칸을 둘러싼 바람은 무서운 기세로 가속해서 회오리

바람으로 화하고 있었다. 그것을 본 샤디카가 흥미롭다는 듯 미소 지었다.

"아아, 그 비늘색, 그리고 바람의 속성력… 배신했을 가능성이 높다던 다르칸이라는 놈인가?"

"그렇다, 드레이크."

다르칸은 대답과 동시에 공격을 개시했다. 그가 손을 휘젓자 날카로운 진공파가 발생해서 샤디카를 노렸다.

파아아아앙!

바위를 가를 수 있는 위력의 진공파였지만 샤디카는 자신도 진공파를 발생시켜서 그것을 상쇄했다. 동시에 양손을 펼치자 오른손에는 붉은 섬광이, 왼손에는 푸른 섬광이 맺혀서 타올랐다.

샤디카가 놀란 표정으로 말했다.

"어떻게 내가 자링튼 후작가를 공격한다는 것을 알았지?"

"대답할 의무는 없다."

"아직 내 존재조차 모를 줄 알았는데 정말 놀라운 정보력이군. 강대한 상위 용족이 모인 블레이즈 원을 농락했다더니 이런 정보력이 있어서 가능했던 건가?"

"……."

순간 다르칸은 어이없어하며 샤디카를 바라보았다. 그와 다르칸이 이곳에서 만나게 된 것은 완전한 우연이건만, 뭔가 터무니없는 오해를 하고 있는 것 같았다.

"혹시 루그라는 인간은 예지 능력이라도 갖고 있는 건가? 아니면 특정한 용족을 탐지하는 능력이라도? 어느 쪽이든 우리 쪽의 움직임을 이런 식으로 읽을 수 있다면… 인간인 주제에 드래곤인 불카누스의 경계를 받을 만한 녀석이군."

'하긴 이성적으로 생각하면 저런 생각을 할 만도 하군. 굳이 착각이라고 정정해 줄 필요는 없겠지.'

다르칸은 그렇게 생각하며 콧김을 내뿜었다. 그것을 무언의 긍정으로 여긴 것일까? 샤디카가 혀를 찼다.

"반응을 보니 내 추측이 맞는가 보군. 어쨌든 네 오해를 정정하도록 하지. 나는 드레이크가 아니야."

샤디카가 말했다.

"아크 드레이크다. 똑똑히 기억해 두어라, 어린 드라칸!"

동시에 샤디카가 다르칸에게 달려들었다. 기사들 이상으로 빠른 속도였다.

'드레이크가 인간 형태로 나와 격투전을 해보겠다고?'

다르칸은 코웃음을 쳤다. 드레이크가 인간 형태일 때도 괴력을 발휘한다곤 하지만 드라칸에 비하면 어림도 없었다. 드라칸은 순수하게 육체 능력만으로도 오우거를 능가할 정도였으니까.

그 점을 잘 아는 다르칸은 자신의 육체를 활용하기 위한 격투용 마법을 다수 개발해 두고 있었다. 휘몰아치는 바람 속에서 그는 통나무 같은 왼 다리로 강맹한 발차기를 날렸다.

꽝!

샤디카의 오른손과 다르칸의 발차기가 격돌하며 폭음이 울려 퍼졌다. 섬광의 파문이 그려지면서 샤디카의 몸이 뒤로 날아갔다.

그 직후 다르칸이 한 걸음 다가들면서 오른발을 날렸다. 섬광을 머금은 발차기가 허공을 쪼갤 듯한 기세로 샤디카를 노렸다.

후우우웅!

하지만 샤디카는 허공 위를 미끄러지는 듯한 움직임으로 그것을 피하고는 다르칸의 품 안으로 파고들었다. 둘의 시선이 마주치는 순간, 샤디카의 입가에 차가운 미소가 걸렸다.

콰아앙!

갑자기 다르칸의 왼발에서 섬광이 폭발하며 그의 거구를 날려 버렸다. 다르칸은 섬광에 휘감긴 채 경악했다.

'설마 그 짧은 접촉으로 내 몸에 마법을 걸었단 말인가?'

섬광이 폭발한 지점은 맨 처음 발차기를 날린 왼발이었다. 샤디카는 아주 짧은 격돌 순간에 다르칸의 방어 마법을 잠식하고 거기에 마법을 걸어둔 것이다. 그리고 다시 한 번 접촉하는 순간 마법을 발동시켜서 다르칸을 날려 버렸다.

"역시 드라칸답게 속성력이 꽤 강하군. 스스로 만들어낸 회오리에 당해보시지?"

샤디카는 다르칸이 충격을 받고 잠깐 마력 제어가 약해진 순간, 그가 바람의 속성력으로 만든 회오리바람의 제어권을 빼앗았다. 다르칸이 겨우 허공에서 자세를 바로잡는 순간, 무서운 기세로 회전하는 회오리바람이 그를 덮쳤다.

"크으으으으윽!"

다르칸은 그대로 회오리바람에 휘말려 버렸다. 날개를 접고 마법으로 육체를 보호하는 그의 몸이 회오리바람 속에서 무시무시한 기세로 회전했다.

"하압!"

파아아아아앙!

다르칸은 최대한 빨리 마법을 시전해서 자신을 중심으로 폭발을 일으켰다. 폭압으로 회오리바람의 흐름이 끊어지자 그 틈을 타 밖으로 빠져나오면서 샤디카를 향해 뇌격을 날렸다.

"하하하! 마법 시전 속도가 상당히 빠르구나! 어린 드라칸 주제에 제법이야!"

하지만 샤디카는 미리 다르칸의 마법 구성을 간파하고 그에 대응하는 접지 마법을 사용했다. 청백색 뇌격이 샤디카의 방어막 위를 흘러서 땅에 작렬, 그대로 주변을 박살 내면서 퍼져 나갔다.

다르칸은 샤디카가 공격을 하기 전에 자신의 마법 무구를 소환했다.

"와라! 실드 아머!"

기기기기깅!

다르칸의 뒤에서 아공간이 열리면서 은백색의 갑옷이 장착되었다. 3미터를 넘는 거구를 감싸는 매끈한 갑옷은 상당히 기이한 형태를 띠고 있었는데, 그것은 인간의 키보다도 더 큰 커다란 방패 네 개가 전후좌우에 붙어 있다는 점이었다. 그 때문에 다르칸은 갑옷을 입은 것이 아니라 커다란 방패 네 개에 감싸진 것 같은, 다소 우스꽝스러운 모습으로 보였다.

샤디카가 고개를 갸웃했다.

"그건 뭐하는 짓이지?"

"이런 짓이다."

철컹! 철커컹!

대답과 함께 네 개의 방패가 갑옷에서 분리되어 허공에 떠올랐다. 그리고 희미한 빛을 발하면서 주변을 떠다니기 시작했다.

그 속에서 다르칸이 두 개의 철봉을 들어서 하나로 합쳤다. 그러자 길이가 3미터 50센티에 이르는 철창이 완성되었다. 끄트머리에 네 개의 칼날이 달려 있고, 그 한가운데에는 청록색 보석이 달린 기이한 철창이었다.

네 개의 커다란 방패의 수호를 받는 다르칸이 철창을 샤디카에게 향했다. 그러자 네 개의 칼날이 빛을 발하더니 가운데에 있는 보석이 굵직한 섬광을 쏘아냈다.

콰아아아아아!

푸른 섬광이 샤디카를 집어삼키면서 폭발이 치솟았다.

4

"젠장! 뭐 이런 경우가 다 있어?"

루그는 신경질을 내면서 날고 있었다. 붉은 스커드 코트를 입고 전력으로 고속 비행 마법을 쓰는 그의 속도는 화살이 날아가는 것보다 더 빨랐다.

그 옆에는 새하얀 사이클론 아머를 입은 메이즈가 따르고 있었다. 그녀가 물었다.

"볼카르님, 얼마나 남았어요?"

〈바로 앞이다.〉

루그가 이를 갈았다.

"쉬운 일이라고 생각해서 다르칸만 혼자 보내놨더니 정체 불명의 적이 덜컥 나타나다니, 살다 보니 별 같잖은 우연이 다 벌어지는군."

루그와 메이즈는 다르칸이 날려 보낸 통신을 받고 곧바로 자링튼 후작가를 향해 날아가는 중이었다. 다르칸의 통신은 간결했다.

―자링튼 후작가가 드레이크에게 공격받고 있음. 블레이즈 원인지는 알 수 없지만 자링튼 후작가에 상당한 악의를 갖

고 있는 것으로 판단됨.

통신 마법을 날린 시점에서는 다르칸도 샤디카가 블레이즈 원 소속이라는 것을 모르고 있었다. 하지만 루그는 자링튼 후작에게 장치해 둔 '불카누스의 지배를 받는 용족이 접근할 경우 알려주는' 마법을 통해 샤디카가 블레이즈 원의 간부임을 확신했다.

"아무래도 상황이 네가 우려한 대로 돌아가는 것 같다, 볼카르."

〈당연한 결과다. 힘이 극도로 약화된 지금, 상위 용족 부하의 부재는 불카누스에게 꽤나 뼈저리겠지. 문제는 새로운 간부들이 얼마나 강력하냐 하는 것이겠군.〉

"지금까지와 비슷한 수준 아닐까? 엘토바스 바이에 이상으로 강하다면 곤란한데……."

〈너는 엘토바스 바이에라는 놈을 꽤나 경계하고 있는 것 같군. 드래코니안과 악마의 혈족의 혼혈이라는 것은 대단히 독특하지만, 그래 봤자 네가 이기지 못할 수준이라곤 생각되지 않는다만.〉

"그놈은 격투 능력이나 마법도 뛰어나지만 용마안이 너무 귀찮아서… 하긴, 마법으로 정신 공격을 방어할 수 있는 지금이라면 괜찮을지도 모르겠군."

"주인님, 그렇지 않아. 엘토바스 바이에의 용마안은 마법으로도 제대로 방어할 수가 없어. 지금도 경계해야 할 대상이야."

"그래? 끄응. 골치 아프군."

메이즈의 말에 루그가 눈살을 찌푸렸다. 볼카르가 물었다.

〈메이즈 오르시아, 네 의견을 들어보고 싶군. 불카누스가 새로운 간부들을 영입했다면 그들의 수준이 어느 정도일 것 같은가?〉

"아마 우리들보다 강력한 존재를 찾지 않았을까요? 주인님과 볼카르님이 시공 회귀하기 전에는 불카누스가 봉인이 풀림에 따라 기하급수적으로 강해져서 간부들의 힘이 별로 필요없었던 것 같지만 지금은 그렇지 못하니까요. 게다가 우리가 적으로 돌아서기까지 했고."

"너희보다 강한 존재라는 게 찾기 쉬운 것은 아니잖아?"

"그건 아니야, 주인님. 상위 용족 중에 우리들보다 전투적인 측면에서 뛰어난 존재는 충분히 많은걸? 정확히는 우리들보다 강하면서 자유로운 상태의 존재를 찾기가 힘든 거야."

"응? 그건 무슨 소리야?"

루그가 눈을 크게 떴다. 메이즈가 대답했다.

"상위 용족들의 거주지는 대부분 드래곤의 거처와 인접해 있어. 그것만으로도 그들은 드래곤의 비호를 받는 셈이고, 그들 중 몇몇은 실제로 드래곤에게 지배를 받으면서 봉사해. 다르칸도 그런 경우였어."

"그럼 대다수의 상위 용족은 불카누스가 지배하려고 손을 뻗을 수 없다는 건가?"

"맞아."

"그래서 볼카르 네가 자기 영역에 있던 상위 용족들을 전부 이주시킨 거군. 지배할 만한 대상을 찾기 어렵도록……."

〈그렇다. 상위 용족을 제외한 나머지 용족들은 지배해 봤자 봉인을 풀 수 있을 정도로 도움이 될 만한 힘은 없으니까.〉

"블레이즈 원의 간부들이 다 출신 성분이 제각각이고 서로 사이가 좋지도 않았던 건 그런 이유였던 건가."

"응. 하지만 안심할 수는 없어. 그런 영역에서 벗어나서 사는 상위 용족도 상당히 많거든. 그중에서 얼마나 강력한 존재가 있는지는 별개의 문제지만, 엘토바스는 간부로 삼을 만한 존재를 찾아내는 재주가 아주 비상해. 우리보다도 강력하고, 자유로운 존재를 찾아내어 간부로 삼았을 수도 있지."

"골치 아프게 됐군. 그럼 블레이즈 원의 전력은 아무리 해치워 봤자 대국적으론 의미가 없다는 결론이 나와 버리잖아. 결국 불카누스 그놈을 해치워야만 하는 건가."

루그는 눈살을 찌푸렸다. 지금까지는 블레이즈 원의 간부들을 모조리 해치우면 조직을 와해시킬 수 있으리라 생각했다. 하지만 사실은 불카누스가 있는 한 그들은 잃은 전력을 얼마든지 보충할 수 있는, 무한한 재생력을 가진 조직이었던 것이다.

〈그들에게 맞서려면 너 역시 동료를 늘려야 한다. 상위 용족에게 필적하는 힘을 가진 자들을……〉

"그런 놈이 세상에 몇이나 있다고……."

한숨을 쉬던 루그는 문득 눈을 크게 떴다. 목적지가 보이기 시작했기 때문이다. 이전에 가봤을 때의 기억으로는 드넓은 영지의 중추가 되는 자링튼 후작가 저택과 그와 붙어 있는 도시가 번화하고 활기있었다.

하지만 지금은 전에 봤을 때와는 완전히 다른 풍경이 기다리고 있었다. 루그가 이를 갈았다.

"어떤 놈인지는 모르지만 살려둬서는 안 되는 녀석이군."

도시의 중심부가 불타고 있었다.

자링튼 후작가의 저택을 중심으로 번진 파괴의 흔적이 도시 곳곳을 덮치고, 사람들이 아우성을 치면서 파괴되지 않은 곳으로 도망치는 모습이 보였다.

루그는 그 파괴의 현장 속에서 다르칸의 모습을 발견했다.

"가자, 메이즈!"

"웅! 사이클론 아머 해제! 보이드 암즈 소환!"

메이즈는 즉시 사이클론 아머를 해제해서 아공간으로 돌려보내고, 보이드 암즈를 소환했다. 육중한 보이드 아머가 그녀의 몸을 감싸고, 거대한 보이드 블레이드가 그 손에 들려져 빛을 발했다.

전투 태세를 갖춘 루그와 메이즈는 그대로 지상을 향해 강하해 갔다.

5

쿠구구구구…….

두 상위 용족의 격돌은 인간들이 상상하지 못한 규모의 파괴를 불러왔다. 다르칸은 부서진 벽과 불타는 건물들을 보며 숨을 몰아쉬었다.

그 앞에서 샤디카가 웃고 있었다. 피어오르는 불길과 매캐한 검은 연기를 배경으로 검보랏빛 머리칼을 휘날리는 그의 모습은 악마 같았다.

"얼마나 더 버틸 수 있을까? 너를 잡아가면 불카누스가 어떤 반응을 보일지 궁금하군."

오만함으로 가득한 말에 다르칸은 이를 갈았다. 분하지만 둘의 실력 차는 역력했다. 샤디카는 드레이크 형태로 변신하지도 않은 채로 다르칸을 압도하고 있었다.

만약 죽이고자 했다면 지금쯤 다르칸은 형체를 알아보기 힘든 시체가 되어 있을지도 모른다. 하지만 샤디카는 다르칸을 사로잡을 생각으로 천천히 힘을 깎아가고 있었다.

"네 주인은 언제 나타나는 거지? 불카누스가 경계하는 인간을 한 번 보고 싶은데."

파지지지지직!

샤디카가 말하는 것과 동시에 주변에서 푸른 뇌광이 솟구쳐서 다르칸을 노렸다. 다르칸의 주변을 돌던 커다란 방패가 그것을 받아내는 순간, 그 뒤쪽에서 파괴의 섬광이 연달아 날아든다.

꽈아아앙!

결국 그때까지 공격을 버텨내던 방패 중 하나가 심하게 파손되어 땅에 떨어졌다. 요란한 소리와 함께 흙먼지가 피어올랐다.

네 개의 방패 중 두 개가 파손되었지만, 다르칸은 그에 신경 쓸 겨를이 없었다. 딛고 선 땅이 갑자기 진흙탕으로 변하더니 그대로 살아 있는 것처럼 솟구쳐서 몸을 휘감으려고 했기 때문이다.

"하압!"

다르칸은 기합을 내지르며 진흙의 올가미를 뿌리치고 철창을 뻗었다. 그러자 창끝에서 광선이 발사되어 샤디카를 관통했다. 아무리 그의 철창이 어떤 마법보다도 빠르게 파괴 광선을 발사하는 도구라지만, 샤디카가 이렇게 허무하게 관통될 리가 없었다.

'환영?'

다르칸이 경악하며 감각기관을 점검했다. 하지만 샤디카는 그의 감각을 현혹시킨 것이 아니었다. 단순히 빛을 굴절시켜서 눈속임 환영을 만들고 유유히 위치를 바꾼 것뿐이다.

화아아아아악!

그 직후 사방에서 폭염의 구체가 쏟아져 다르칸을 때렸다. 사방팔방에서 쏟아지는 폭염이 다르칸을 휘감으면서 불길이 치솟았다.

'놈은 어디지?'

다르칸은 혼란스러웠다. 마력의 움직임이 워낙 교묘해서 다르칸의 감각으로도 샤디카의 위치를 파악할 수가 없다. 여기인가 하면 저기고, 저기인가 하면 여기다. 샤디카는 자신의 주변에 커다란 마력의 흐름을 만들어내서 특정 지점에 자극적인 마력 발생원을 만들어내는 데 능수능란했다.

"여기야."

그리고 방어를 굳히고 있던 다르칸의 코앞에서 샤디카의 목소리가 들렸다. 다르칸은 흠칫하며 철창을 내질렀다. 하지만 거대한 철창은 허공을 갈랐을 뿐, 감촉이 느껴진 곳은 등 뒤였다.

"어린 드라칸치고는 마법 실력이 괜찮은데 전투 경험은 별로 없는 것 같구나."

그 말은 다르칸을 꼼짝달싹할 수 없게 만들었다. 다르칸은 샤디카가 자신의 뒤에 서서 손을 등에다 대고 있다는 사실을 알았다. 다르칸이 움직이는 순간, 그 손에 맺힌 마력이 작렬할 것이다.

샤디카가 말을 이었다

"하긴, 상위 용족 중에 전투 경험이 많은 녀석이 드물기는 하지. 대체로 싸움을 하게 되면 힘의 격차가 너무 커서 학살을 하거나 갖고 노는 형국이 되지, 제대로 전투를 하게 되는 경우는 없으니까. 아니면 자신의 영역에서 유유히 마법이나 연마하고 있거나 말이지."

"…정말 말이 많군."

다르칸이 으르렁거렸다. 아까 전부터 생각한 것인데 샤디카는 전투 중에도 수다스러웠다. 한시라도 말을 안 하면 죽는 병에라도 걸렸나 싶을 정도였다.

샤디카가 피식 웃었다.

"말은 좋지. 말을 함으로써 얻을 수 있는 것이 얼마나 많은지 아느냐? 생각의 속도는 너무나도 빠르고 잡다해. 그만큼 기억이 쌓이는 속도도 너무나 빨라서, 가끔 몇 년 전의 일을 떠올리려면 수천만 년 동안 퇴적된 지층을 파헤치는 것 같은 노력이 필요할 때도 있지. 하지만 말을 통해 정리된 생각은 보다 빠르고 정확한 흔적을 남긴다. 너처럼 단순하고 하등한 머리를 가진 존재는 이해 못하겠지만, 나의 고뇌를 해결하기 위해 말은 반드시 필요하지. 내가 이렇게 떠들고 있는 것 자체가 이 순간의 기억에 남기는 색인이거든."

"무슨 소릴 하는지 모르겠군."

"몰라도 괜찮아. 나는 하등한 너의 이해를 바라지 않는다.

내게 있어 말이 갖는 최대의 가치는 대화 따위가 아니야. 그건 부차적인 것이지. 말이야말로 내 기억의 폭주가 광기로 이어지지 않게 막아주는 훌륭한 제어 수단이야. 어쨌거나……."

혼자서 신나게 떠들던 샤디카는 눈을 깜빡거렸다.

"슬슬 뻗어 있어라. 어릴 때부터 남들한테 싸움 걸어서 치고받는 것을 즐기길 게을리한 스스로의 삶을 후회하도록 하고. 물론 그래 봤자 바꿀 만한 기회는 오지 않겠지만."

"잠깐……!"

다르칸의 말은 끝까지 이어지지 못했다. 샤디카가 주저없이 마법을 발동시켜서 그를 날려 버렸기 때문이다.

콰아아아앙!

다르칸은 비명조차 지르지 못하고 수십 미터나 날아가서 무너진 건물의 잔해에 처박혔다. 갑옷의 강력한 방어력 덕분에 목숨은 지켰지만, 등뼈가 부러지고 내장이 파열되는 중상을 입었다. 게다가 샤디카의 마법이 약해진 몸을 침식하면서 행동을 제약하고 있었다.

꼼짝도 할 수 없게 된 다르칸에게 샤디카가 여유있게 걸어왔다.

"역시 드라칸은 튼튼해. 인간이 그 정도 부상을 입었다면 죽었을 텐데. 뭐, 네 재생 능력이라면 움직일 수 있을 정도로 회복하는 데는 몇 시간 정도면 되겠지? 하지만 내 마법에 제압당했으니 회복이 더딜 거야. 그대로 내가 일하는 걸 지켜보기나……."

그렇게 말하던 샤디카는 흠칫 놀라서 하늘을 올려다보았다. 그리고 그 직후, 하늘 저편에서 쏘아진 강맹한 황금빛 광선이 작렬했다.

쏴르르르르릉!

압도적인 파괴력에 반경 수십 미터가 박살 나면서 섬광이 치솟았다. 그리고 불타오르는 섬광 너머로 붉은 코트를 휘날리는 남자가 질풍처럼 날아와서 내려섰다.

후우우우우!

그 직후 솟구치던 섬광이 갈라지며 샤디카의 모습이 드러났다. 그도 방금 전의 기습은 완전히 막아내지 못했는지 옷이 너덜너덜해지고, 머리카락이 그슬리는 등 낭패한 모습이었다.

샤디카가 처음으로 미소를 지우고 험악한 표정을 지었다. 그가 으르렁거리는 목소리로 붉은 코트를 휘날리는 남자에게 말했다.

"버러지 같은 인간이 주제를 모르고 나를 공격하다니! 죽여 버리겠다!"

"쓰레기 같은 드레이크가 주제도 모르고 인간을 공격하다니! 천번 죽어 마땅하다!"

남자가 지지 않고 받아치자 샤디카가 움찔했다. 자신을 상대로 이렇게 여유있게 비아냥거리는 자를 처음 만난 그는 상당히 신선한 충격을 느끼며 남자를 바라보았다.

그때 속수무책으로 상황을 관망하고 있던 자링튼 후작이 놀라서 외쳤다.

"자네는 지난번의 그 청년?"

"오랜만이군요, 자링튼 후작님. 웬만하면 다시 뵐 일이 없기를 바랐습니다만… 결국 우려한 대로 되고 말아서 유감입니다."

"정말로 자네 말이 옳았군."

"그 말을 듣지 않게 되길 바랐지만 말이죠."

투덜거리는 루그를 보던 샤디카의 눈이 이채를 발했다.

"그 외모를 보니 네가 불카누스가 경계하는 루그라는 인간인가?"

"지껄이는 꼴을 보니 불카누스가 새로 길들인 개인가 보군. 여기서 살아서 돌아갈 생각은 버려라, 드레이크!"

루그가 주먹을 들고 손가락을 꺾자 우드득 소리가 났다. 그 모습을 본 샤디카가 흥미로워하는 기색으로 말했다.

"재미있군. 내가 누구인지는 몰랐던 것 같은데, 그러면서도 내가 올 곳에 미리 수하를 보내두어 경계하고 곧바로 날아오다니 역시 예지 능력을 가진 건가?"

"뭐?"

루그의 눈이 휘둥그레졌다. 샤디카가 쿡쿡 웃으면서 말

했다.

"단숨에 네 정보력의 근원을 꿰뚫는 나의 혜안에 놀랐나? 지금까지는 잘 감춰온 모양이다만 이젠 소용없다. 네가 예지 능력자라면 이쪽에서도 대처할 방법이 있지."

"……."

루그는 어이가 없어서 샤디카를 바라보았다. 그리고 속으로 볼카르에게 물었다.

―볼카르, 이 녀석 바보인가?

〈그 의견에 동감하고 싶지만… 상황이 묘한 것은 사실이군. 엘프 노예를 구출하기 위해 다르칸을 보낸 때에 저놈이 쳐들어와서 싸우게 되었으니, 이 정도로 절묘하게 우연이 겹치면 저런 생각을 하는 것도 무리는 아니지.〉

―아무리 그래도 그렇지 예지 능력이라니…….

루그가 혀를 찼다. 예지 능력으로 적의 움직임을 사전에 알 수 있다면 이런 고생은 하지도 않았다.

볼카르가 혀를 찼다.

〈저놈은 마법사이니 만큼 이 사태를 단순한 우연으로 치부하기보다는 이성적으로 납득할 수 있는 이유가 있다고 생각하고 싶을 거다.〉

―하여튼 마법사들이란. 뭐, 굳이 오해를 정정해 줄 필요는 없겠지. 잘못된 정보가 흘러들어 가는 것은 바라는 바니까.

루그는 그렇게 말하면서도 살기를 피워 올리기 시작했다.

"물론 여기서 살려 보낼 생각은 없지만."

그 말에 샤디카가 날카로운 미소를 지었다.

"자료대로라면 너는 강체술사이면서 마법사지. 인간들 중에서는 한 번도 찾아보지 못한 타입이야. 어디 얼마나 재주가 특출난지 구경이나 해볼까? 마력은 별 볼일 없는 것 같지만 강체술은 제법 뛰어나겠지?"

"안달복달하지 않아도 몸으로 겪게 해주마. 우리 다르칸을 저 꼴로 만들어준 대가를 톡톡히 치르게 될 거다, 드레이크."

"틀렸어."

샤디카가 손가락을 흔들며 앞으로 한 걸음 나섰다.

"똑똑히 기억해 둬라, 인간. 내 이름은 샤디카."

"별로 기억하고 있어야 할 시간이 길 것 같지는 않지만…어려운 부탁은 아니니 들어주지."

루그가 비아냥거렸다. 샤디카가 말했다.

"나는 드레이크가 아니다."

"그럼 뭔데? 레비아탄이라도 되냐?"

루그가 시큰둥하게 묻자 샤디카가 움찔했다. 그가 불쾌해하며 말했다.

"그런 크기만 한 놈하고 비교하지 마라. 나는 아크 드레이크다!"

"아크 드레이크? 그게 뭐지?"

루그가 눈살을 찌푸리며 묻자 볼카르가 대답했다.

〈나도 모른다. 생전 처음 듣는군.〉

"그럼 뭐야? 드레이크 주제에 자기가 다른 드레이크보다 우월한 무언가라는 과대망상증에라도 걸려서 아크 드레이크니 뭐니 하는 건가?"

"아니다. 그 이유는 내가 변신하면 알게 될 것이다. 하지만 지금의 네게는 고귀한 나의 본모습을 볼 자격이 없지."

샤디카는 차갑게 웃으며 격투용 마법을 전개시켰다. 오른손에 붉은 섬광이, 그리고 왼손에 푸른 섬광이 맺히고 강렬한 마력 파동이 퍼져 나간다. 루그가 강력한 강체술사이며 마법사라는 것을 안 샤디카는 격투전으로 그와 맞붙어보겠다고 생각한 것이다.

"아, 그래?"

하지만 그때 샤디카의 코앞에서 루그의 목소리가 들려왔다. 분명 루그는 10미터도 더 떨어진 곳에 서 있는데 목소리만 앞에서 들려온 것이다. 그리고 위협적인 기척이 발산되면서 공기를 가르는 무언가가 감지되었다.

'기격!'

샤디카는 루그가 기격을 써서 자신의 감각을 현혹시켰다는 사실을 깨달았다. 그 직후 빛을 휘감은 루그의 주먹이 샤디카의 복부에 꽂혔다.

콰아아아앙!

주먹으로 몸을 때렸는데 천둥 같은 소리가 울려 퍼졌다.

기격으로 감각을 속이고 유유히 다가간 루그는 그가 알아차리기 직전에 라이트닝 바운드를 발동, 주먹을 꽂아 넣는 순간에 모먼트 스톰으로 변화시켜 작렬시킨 것이었다.

"저놈 드레이크 주제에 반응이 엄청 빠른데? 반사적으로 막는 걸 보니 격투전에 이골이 난 놈일세?"

루그가 혀를 찼다. 방금 전의 일격으로 샤디카는 30미터 이상이나 뒤로 날아가 버렸다. 하지만 그것은 루그의 공격이 준 충격을 상쇄하기 위해 미끄러져 간 거리였다.

샤디카는 격투전을 위한 마법을 발동시키는 순간, 마법으로 신체 능력을 극한까지 끌어올리고 동시에 압축시킨 방어 결계를 몸에 옷처럼 덧씌워서 갑옷을 입은 것 이상으로 방어력을 증가시켰다. 그리고 루그의 공격이 작렬하는 순간 왼 손바닥으로 그것을 받아내는 데 성공했다.

"…훌륭해."

그가 왼팔을 들어 올리며 말했다. 루그의 모먼트 스톰을 받아낸 그의 왼손은 참혹할 정도로 뭉개져 있었다. 그리고 왼팔의 뼈와 근육도 뒤틀려서 그저 들어 올리는 것만으로도 격통이 찾아들며 몸이 덜덜 떨릴 정도였다.

"기격의 경지에 이른 강체술사라니, 상당히 오랜만이군."

고통으로 물든 채 웃는 샤디카의 눈에서 광기가 타오르기 시작했다.

볼카르가 말했다.

〈감각을 보호하는 마법을 바꾸었다. 상당히 교묘한 구조로 변화시키고 있군. 이건… 거의 외부에서 에너지가 유입되는 것을 3중으로 차단하는 방식이다. 그 위에 파동 분산형 결계로 자신을 향한 모든 파동을 분산시켜서 손실을 일으키는군. 저렇게 되면 자신도 마법으로 감각의 사각을 보충할 수 없게 될 텐데, 과감한 수를 쓰는 것으로 보아 기격에 당해본 경험이 있는 것 같다.〉

"그렇지 않고서야 장점을 극단적으로 죽이면서까지 기격을 막기 위한 대응을 하진 않겠지. 도대체 정체가 뭐지? 용족은 강체술사에 대해서 잘 모르던데……."

루그가 혀를 찼다. 샤디카의 대응은 기격을 아주 잘 알아야만 할 수 있는 것이었다.

뛰어난 마법사는 언제나 자신의 감각을 마법으로 보호한다. 그러면서 동시에 마법으로 감각의 사각을 보충한다. 각종 탐지 마법이 접근하는 물체의 형태와 질량과 속도, 주변에서 일어나는 마법적 현상, 심지어 자신을 향한 적의나 공격 의지까지 감지해 내는 경우마저 있었다.

즉, 그들은 스스로 펼친 마법이 감각에 정보를 전달할 수 있는 경로를 항시 열어두고 있는 것이다. 그동안 강력한 마법으로 감각을 보호하는 상위 용족들이 루그의 기격에 농락당한 이유는 이런 틈이 존재하고 있기 때문이다.

그런데 샤디카는 그 틈마저 완전히 막아버렸다. 실시간으로 수집되는, 초감각적인 정보를 포기하는 대신 기격으로 공격받을 가능성도 최소한으로 줄인 것이다. 이제 루그가 샤디카를 기격으로 농락하려면 감각을 보호하는 힘을 더 큰 힘으로 뚫는 무식한 과정을 거쳐야만 했다.

우드득! 우드드드득!

경계하는 루그 앞에서 샤디카의 팔이 변화하기 시작했다. 재생하는 것이 아니었다. 부러지고 뒤틀린 부분을 억지로 제자리로 돌려놓은 뒤 그 위에 팔꿈치까지 덮는 금속 장갑을 소환해서 씌워 버렸다.

〈부상당한 부분의 통각을 죽였군. 마법으로 움직임을 제어할 수 있는 장갑으로 파손된 손을 억지로 움직이게 할 생각이다. 이상한 놈이군. 저쯤 당했으면 드레이크 형태로 변하거나, 아니면 철저하게 원거리 마법전으로 전술을 바꾸는 편이 나을 텐데 왜 저렇게까지 해서 격투전에 집착하지?〉

"글쎄. 떠들어대는 내용을 보니 전에 기격을 쓰는 강체술사한테 크게 한방 먹은 적이 있나 본데? 자존심이 상해서 격투전으로 나를 꺾지 않고서는 견딜 수 없는 모양이야."

루그는 그렇게 말하면서 달려들었다. 상대방이 전투 태세를 다 갖추길 기다려 주는 것은 미친 짓이다.

그때였다. 볼카르가 경고했다.

〈성급하게 굴지 마라! 저놈은 마법적인 독성을 일으키고 제어하는 속성력을 가졌다!〉

"독?"

루그가 눈을 크게 떴다. 스파이럴 스트림으로 전신을 휘감고 있는데도 불구하고 샤디카에게 접근하는 순간 코가 따끔거렸다.

"이 자식, 능력이 음흉하잖아!"

어느새 샤디카의 주변에서 검보랏빛 독무(毒霧)가 피어오르고 있었다. 거기에 닿은 풀들이 픽픽 쓰러져서 녹아버리는 것을 보니 엄청나게 강력한 독인 것 같았다.

쉬쉬쉬쉬쉿!

한곳으로 뭉쳐진 독무가 마치 뱀처럼 뻗어 나왔다. 루그는 스파이럴 스트림을 가속시켜서 그것을 흩어버리는 동시에 독에 저항하는 마법을 사용했다.

샤디카가 코웃음을 쳤다.

"고작 이 정도에 접근을 포기한다면 나와 격투전을 벌이는 것은 어림도 없다, 인간."

"누가 포기한대?"

화르르르륵!

루그가 삐딱하게 대답하면서 화염을 일으켰다. 몸을 감싼 스파이럴 스트림과 융합한 불길이 맹렬한 기세로 타오르면서 다가오는 독무를 모조리 날려 버렸다.

후우우웅!

소용돌이치는 에너지를 휘감은 루그의 주먹이 공간을 꿰뚫었다. 그것을 아슬아슬하게 피해낸 샤디카가 손가락을 들어 올리자 사방에서 섬광이 날아들었다.

"어딜!"

하지만 루그는 몸을 숙이며 10여 미터를 미끄러지듯이 돌격, 샤디카의 마법이 쏟아지는 공간에서 빠져나오면서 발차기를 날렸다. 샤디카가 그것을 피해 허공으로 솟구치는 순간 루그가 휘감은 화염이 뱀처럼 뻗어나갔다.

화아아악!

에너지의 소용돌이를 타고 가속한 화염이 샤디카를 덮쳤다. 샤디카는 놀라운 반응속도로 그것을 뿌리쳤지만, 루그가 도약해서 코앞까지 다가오는 것은 막을 수 없었다.

파바바바바밧!

허공에서 둘의 손발이 어지럽게 얽히면서 섬광의 파문이 연달아 퍼져 나갔다. 놀랍게도 샤디카는 격투전으로 루그에게 맞서고 있었던 것이다.

"이 자식이!"

루그가 발끈했다. 허공에서 서로 공방을 주고받는 둘은 나선의 궤적을 그리면서 상승해 갔다. 둘이 발하는 막강한 힘의 충돌로 인해 열풍이 휘몰아치고 있었다.

샤디카의 독무는 특성상 루그의 불꽃에 약했다. 맹렬한 기세로 타오르는 불꽃이 독무를 태워 버리는 데다가 소용돌이치는 스파이럴 스트림이 그 흐름을 흩어버리기까지 하니 당연한 일이었다.

그 사실을 깨달은 샤디카는 독무를 거두고 대신 마법으로 불꽃을 흘려내면서 루그와 격투를 벌였다. 불꽃을 휘감은 루그의 손발과 마법의 섬광을 두른 샤디카의 손발이 충돌할 때마다 폭음이 울려 퍼지면서 대기가 비명을 질렀다.

─이놈은 드레이크 주제에 왜 이렇게 인간 몸으로 잘 싸워?

〈인간의 몸을 쓰기 위해 많은 훈련을 한 것 같은데, 뭔가 이상하군. 확실히 일반 드레이크와는 다르다. 왠지 마력 구성을 제어하는 핵(核)이 하나가 아니고 셋이다.〉

─뭐? 어떻게 그럴 수가 있지? 머리가 셋도 아닐 텐데?

볼카르의 말에 루그가 경악했다. 마력은 온몸으로 발생시키고 감지하지만, 그것을 어떻게 제어할지 결정하는 핵은 머리다. 그런데 볼카르는 샤디카가 그런 핵을 세 개나 가졌다고 말하고 있는 것이다.

루그가 놀라면서 발생한 틈을 찌르고 샤디카의 수도가 송곳처럼 찔러 들어왔다. 루그는 아슬아슬하게 그것을 피하고는 팔을 굽혀서 잡아버렸다. 불꽃과 융합한 스파이럴 스트림이 샤디카를 휘감으면서 그대로 허공으로 내던졌다.

화아아악!

빙글빙글 돌면서 허공으로 치솟던 샤디카가 폭염에 삼켜졌다. 하지만 그것도 잠시, 샤디카는 터럭 하나 상하지 않은 모습으로 폭염 속에서 뛰쳐나와 루그에게 돌진했다.

그의 눈을 똑바로 쳐다보면서 루그가 외쳤다.

"너와 나의 몸에 흐르는 드래곤의 피에 걸고 명한다!"

불카누스의 그것과 완전히 똑같은 용제의 힘이 샤디카를 덮쳤다. 하지만 샤디카는 차갑게 미소 지으며 돌격할 뿐이었다.

그리고 볼카르가 말했다.

〈루그, 소용없다.〉

하지만 루그는 이미 명령을 외치고 있었다.

"멈춰라!"

"개처럼 짖기를 좋아하는구나, 인간!"

붉은 섬광을 두른 샤디카의 수도가 루그의 머리가 있던 자리를 꿰뚫었다. 루그가 기겁해서 피하는 순간, 그를 지나쳐 간 샤디카가 허공에 벽이 있는 것처럼 박차면서 뒤차기를 날렸다. 루그가 몸을 반전시키면서 아슬아슬하게 양팔을 교차시켜 그것을 받아냈다.

쾅!

순간 엄청난 충격이 몸을 관통했다. 루그는 뼈가 으스러질 듯한 충격에 신음을 토하며 날아가 버렸다.

볼카르가 말했다.

〈적들도 우리와 똑같은 대책을 세워뒀다. 종속의 계약을 맺었군.〉

"그런 건 좀 빨리 말해!"

루그가 신경질을 냈다. 반사적으로 충격을 흘려내긴 했지만, 정말 내장이 뒤흔들릴 정도로 강맹한 일격이었다.

샤디카가 웃었다.

"하하하! 실력으로 안 되니까 용제의 힘 따위에 의존하다니, 부끄러운 줄 알아라. 기격만 봉쇄하면 인간 따윈 무서워할 이유는 없지."

"너 혹시 기사냐?"

루그가 뚱한 표정으로 물었다. 샤디카가 의아해하며 대답했다.

"그럴 리가 없지 않은가? 왜 그런 말도 안 되는 망상을 한 거지?"

"아니, 규칙을 정해두고 시합을 하는 것도 아니고 목숨 걸고 실전을 치르면서 그런 소리를 하는 것은 대가리가 꽉 막힌 기사들 정도라서 물어본 거지. 용제의 힘 역시 내가 가진 무기 중 하나인데 그걸 쓴 것을 내가 왜 부끄러워해야 하지? 너는 내 자존심을 이상하게 정의하는군?"

"호오, 꽤 흥미로운 견해로군. 내가 지금까지 싸웠던 강체

술사들은 마법조차도 사술이라며 싫어했건만. 아, 그들이 기사라서 그런 건가?'

"아마도. 그리고 사실 내가 지적하고 싶은 게 또 하나 있다."

"뭐지?"

"네가 기격을 봉쇄했다고 생각하는 오만!"

문득 루그가 코웃음을 쳤다. 그러면서 허공을 박차고 가속해서 샤디카에게 달려들며 손날로 허공을 그었다.

'라이징 블레이드!'

손날이 휘둘러진 궤도를 따라서 날카로운 힘의 칼날이 샤디카를 덮쳤다. 샤디카는 푸른 섬광을 두른 왼손을 내밀어 그것을 받아냈다.

파아아앙!

라이징 블레이드가 샤디카의 왼손에 가로막혀 소멸해 갔다. 하지만 샤디카의 움직임이 일순간 멈추는 것은 어쩔 수 없었다.

그 앞까지 접근해 온 루그가 호쾌하게 주먹을 찔러넣었다. 하지만 워낙 동작이 컸는지라 샤디카는 가소롭다는 듯 그것을 피하면서 반격하려고 했다.

퍼억!

그런데 그때 보이지 않는 힘이 샤디카의 머리를 후려갈겼다. 방어 마법을 겹겹이 두르고 있는 샤디카의 입장에서는 가볍게 머리를 두들긴 정도의 충격이었다. 하지만 그가 눈치채지 못하게 그러했다는 것이 동요를 불러일으켰다.

"이건 또 뭐지?"

샤디카가 입을 여는 순간, 주변의 기류를 타고 흘러든 보이지 않는 힘의 덩어리들이 몸을 난타하기 시작했다.

두두두두두!

루그는 샤디카와 싸우면서 사방에 물리적인 영향력을 행사하는 기격을 흩뿌려 둔 것이다. 감각을 공격하는 것을 포기하자 여유롭게 물리력을 행사할 수 있었다.

"이런 맹점이 있었을 줄은……!"

혼란 속에서 샤디카가 신음했다.

그는 루그의 기격이 감각을 현혹시키는 것을 막기 위해 마법으로 감각의 사각을 보충하는 것을 그만두었다. 그러다 보니 루그가 기격으로 일으킨 물리적 에너지의 흐름을 파악할 수 없었던 것이다.

"이제 깨달아봤자 늦었어!"

기격의 난타와 함께 루그의 주먹이 날아들었다. 질풍처럼 가속하는 루그의 공격을 막아내는 샤디카의 방어가 점점 흐트러지기 시작했다.

퍽!

샤디카의 팔을 치운 루그의 주먹이 가슴에 꽂혔다.

뼈억!

미처 물러나지 못한 샤디카의 오른쪽 허벅지를 루그의 발차기가 후려갈겼다.

쉬이이이익!

그리고 격전을 벌이는 둘이 일으키는 기류가 점차 스파이럴 스트림으로 화하기 시작했다. 사방에서 정신을 분산시키는 공격을 받던 샤디카는 그것을 한발 늦게 깨달았다. 점점 움직이기가 힘들어진다 싶더니 스파이럴 스트림이 팔다리를 휘감고 강해지고 있었다.

점차 증폭되는 스파이럴 스트림이 한곳으로 수렴되었다. 샤디카의 왼팔이 번쩍 들리더니 그대로 꺾여 버렸다.

콰드드득!

"카아아악!"

팔이 사정없이 부러지자 샤디카가 비명을 질렀다. 그리고 그 틈을 타고 루그가 몸을 내던지는 듯한 기세로 주먹을 날렸다.

'스톰 브링거!'

최강의 공격력을 자랑하는 스톰 브링거가 크로스 오버 스타일로 전개되었다. 자세가 흐트러진 샤디카는 놀라운 속도로 방어막을 강화했고, 그리고……

콰아아앙!

폭음과 함께 그의 몸이 날아가 버렸다. 오른팔을 포함, 상반신의 일부가 박살 나버린 그의 몸이 지상으로 떨어지기 시작했다.

"확실하게 끝장을 내주지!"

루그는 그 뒤를 따라 날면서 손을 뻗었다. 그러자 원거리 공격 기술인 샤이닝 블래스터가 발동, 손끝에서 굵직한 섬광이 뻗어나갔다.

"캬아아아아아!"

반쯤 정신을 잃고 있던 샤디카가 반응했다. 그는 아직도 푸른 섬광을 두르고 있는 왼손을 들어 샤이닝 블래스터를 후려 갈겼다. 그러자 샤이닝 블래스터의 궤도가 꺾여서 지상을 강타했다.

콰아아아앙!

폭발을 배경으로 샤디카의 눈이 불타올랐다. 그가 고통과 증오로 얼룩진 눈으로 루그를 쏘아보면서 마법을 전개했다. 루그가 주변의 마력이 특정한 구성으로 얽히는 과정을 알아보지 못했을 정도로 빠른, 다르칸이나 메이즈보다도 몇 배는 더 빠른 마법 시전 속도였다.

〈피해라! 흡력장이 뒤쪽에 형성되고, 뇌격이 온다! 그 후에는 섬광탄이 연타로 올 거다!〉

볼카르가 경고했다. 하지만 루그가 반응하기도 전에 새카만 구체가 등 뒤에 발생되었다. 엄청난 흡력으로 루그를 끌어당기는 흡력장이었다.

루그가 라이징 블레이드를 날려서 흡력장을 파괴하는 순

간, 이번에는 허공에서 무시무시한 뇌격이 연달아 쏟아졌다.

콰르르르릉! 콰과광!

루그는 절연성을 띤 결계를 펼쳐서 그것을 받아냈다. 스커드 코트 때문에 마법적인 방어력이 증폭되어 있었기에 전혀 타격을 입지 않을 수 있었다. 그러나 움직임이 묶이는 것만은 어쩔 수 없었다.

그사이 샤디카가 루그의 위쪽으로 날아올랐다. 허공에 붉은빛으로 그려진 마법진이 나타나면서 거대한 파괴 에너지가 발생했다.

그것을 본 루그는 스커드 코트의 방어 기능을 최대 출력으로 일깨웠다.

"스커드 코트 디펜더 모드 전개!"

붉은 코트의 표면에 금실로 수놓인 마법의 문양들이 빛을 발하면서 저장되었던 마력이 모조리 방출되었다.

〈루그, 피해야 한다. 어째서……?〉

루그의 행동을 이해할 수 없다는 듯 충고하던 볼카르는 뒤늦게 이유를 깨달았다. 샤디카의 마법은 지상의 사람들이 모여 있는 지점을 노리고 있었기 때문이다. 루그가 피하면 그들이 몰살당하고 만다.

황금빛에 휘감긴 루그가 양팔을 펼치는 순간, 샤디카가 파멸적인 마법을 발동시켰다.

"죽어라, 인간!"

붉은 섬광의 구체가 날아들었다. 인간을 집어삼키고도 남을 정도로 거대한 섬광은 마치 작은 태양처럼 보였다.

콰아아아아아!

스커드 코트의 방어막에 섬광이 충돌하면서 무시무시한 열파가 퍼져 나갔다. 둘이 상공 70미터 지점에 있는데도 불구하고 그 열파가 지상에 닿아서 사람들을 나뒹굴게 할 정도였다.

"네 마력으로 몇 초나 버텨낼 수 있을 것 같은가? 인류 역사의 무수한 어리석은 사례들처럼, 자신의 안위를 돌보지 않는 희생정신이 네 죽음의 원인이다!"

샤디카가 광소했다. 이 마법은 자링튼 후작가의 저택 정도는 한순간에 잿더미로 만들 수 있는 파괴력을 자랑한다. 고작해야 인간 수준의 마력을 가진 루그가 그것을 버텨낼 수 있을 리가 없었다. 아무리 발악해 봤자 곧 저 마법 무구의 방어가 무너지면서 섬광에 삼켜질 것이다.

그 예측은 고스란히 들어맞았다. 스커드 코트의 방어도, 루그 자신이 마법으로 둘러친 방어막도 금세 한계에 달하면서 박살 나버렸다.

그리고… 빛이 사방으로 흩어지기 시작했다.

'뭐지?'

샤디카의 눈이 크게 떠졌다. 분명히 마법적인 방어가 무너졌는데도 섬광이 루그가 있는 지점을 관통하지 못하고 있었다. 그러기는커녕 사방으로 흩어지는 것이 아닌가?

쿠우우우우우!

샤디카가 끌어모은 에너지가 모조리 루그가 있는 공간으로 쏟아져 들어갔다. 대부분은 사방으로 흩어지면서 손실되었지만, 남은 에너지가 루그가 펼친 양팔 사이로 집결되고 있었다.

"저건 뭐지?"

샤디카의 눈이 크게 떠졌다. 그에게는 보이지 않았지만, 루그는 열풍에 머리칼을 휘날리며 웃고 있었다.

"죽는 건 너야."

오더 시그마 궁극의 방어 기술, 리버스 도메인.

그동안 지옥 훈련을 통해 그 완성도를 높여온 비기가 루그를 절체절명의 위기에서 구원한 것이었다.

"가라!"

그리고 루그가 자신의 통제하에 들어온 에너지를 방출시켰다. 샤디카가 쏘아냈던 붉은 섬광의 일부가 그를 향해 되쏘아졌다.

"크아아아아악!"

샤디카에게는 그것을 받아낼 여력조차 없었다. 속수무책으로 광선에 휘말린 그가 불길에 휩싸인 채 지상으로 추락했다.

7

"후우, 위험한 놈이었어."

지상에 내려선 루그는 한숨을 쉬었다. 드레이크 주제에 변신도 안 하고 인간 형태로 격투를 벌이는 샤디카의 행동은 루그의 자존심을 건드렸다. 덕분에 오기가 발동해서 리루도 불러내지 않고 본신의 능력만으로 맞섰는데, 마지막에 한순간 방심한 결과 죽을 뻔했다.

그때였다. 볼카르가 경고했다.

〈루그, 아직 승리의 기쁨을 만끽할 때가 아니다. 그놈은 아직 살아 있다. 드레이크 형태로 변신한다.〉

"뭐?"

루그가 놀라서 눈을 크게 떴다. 아무리 드레이크라도 그렇지, 그렇게 큰 부상을 입고도 살아 있단 말인가?

촤악!

폭연이 피어오르는 지점에서 커다란 두 장의 날개가 솟구쳤다. 다르칸을 부축하던 메이즈가 눈을 크게 떴다.

"저 날개, 형태가 이상해."

그 말대로였다. 일반적으로 드레이크의 날개는 박쥐의 그것을 수백 배 확대해 놓은 것 같은 형태다. 하지만 샤디카의 날개는 마치 곤충의 날개에 드레이크 날개 모양의 테두리를 씌워놓은 것 같았다. 게다가 그 크기는 이전에 본 리제이라의 것보다 두 배는 더 컸다.

갑자기 강렬한 마력 파동이 일어나면서 날개가 빛을 발했다. 그리고 거대한 무언가가 폭연을 헤치고 무서운 속도로 허공으로 솟구쳐 올랐다.

그 광경을 본 루그는 어이가 없었다.

"뭐야? 비행 마법을 쓰는 것도 아닌데 어떻게 저렇게 빠르게 상승하지?"

그야말로 집채만 한 덩치가 어떤 중간 과정도 없이, 즉 날갯짓을 하지도 않고 화살보다도 더 빠르게 상승한 것이다. 거기에 아무런 마법도 작용하지 않았다는 사실은 거의 공포스러울 정도였다.

〈그보다는 저놈의 머리가 셋인 것을 더 놀라워해야 할 것 같다만.〉

볼카르가 시큰둥하게 대꾸했다. 그 말에 루그가 경악했다.

"마력을 제어하는 핵이 세 개라더니… 드레이크 형태에서는 머리가 세 개였던 거야?"

〈그게 아니면 뭐라고 생각한 것이냐? 드레이크에게 세 개의 머리를 달아주다니 인간이 보기에는 놀라울 만한 발상이기는 하지.〉

검보랏빛 거체가 하늘을 선회하고 있었다.

곤충의 날개를 연상케 하는 반투명한 피막 부분에서 빛을 발하는 그것의 가장 큰 특징은 머리가 세 개라는 점이었다. 리제이라보다도 두 배는 큰 덩치의 몸에서 길게 뻗어나간 세 개의 목 끝에서 주홍색으로 불타오르는 여섯 개의 눈동자가 지상을 굽어보고 있었다.

"이래서 자기를 아크 드레이크라고 한 건가?"

루그가 혀를 찼다. 분명 이제까지 알던 드레이크와는 완전히 다른 존재였다.

볼카르가 말했다.

〈신체를 지탱하는 마력의 구성을 보니 아무래도 팔다르의 작품 같다.〉

"레비아탄을 만들었다는 그 드래곤?"

〈그래. 저 날개는 일반적인 고속 비행 마법 이상의 비행 능력을 일으키는 구조인 것 같다. 그리고 세 개의 머리는 하나의 정신으로 연동되어 있다. 아마 머리가 하나인 드레이크보다 수십 배는 뛰어난 정보 처리, 저장 능력을 자랑하겠어. 마법 시전 속도가 비상할 정도로 빠른 것도 그 영향이겠고.〉

"세 개의 머리를 하나로 묶었는데 왜 수십 배나 뛰어나지냐?"

〈고속의 연산 능력을 가진 정보체의 연동 효과는 덧셈보다는 곱셈에 가깝기 때문이지. 다만 연동하는 것 자체가 굉장히 어려운데 완전히 통합된 구성을 가진 하나의 육체를 통해서 안정성을 추구한 것 같군. 나도 비슷한 키메라를 만들어보긴 했지만 용족으로 실험해 본 적은 없었는데…….)

"주인님, 볼카르님, 굉장히 흥미로운 이야기이긴 한데 어째 여유있게 말씀 나누고 있을 때가 아닌 것 같아."

메이즈가 끼어들었다. 허공을 선회하는 샤디카가 점점 고도를 낮추기 시작했기 때문이었다. 마법으로 발생된 목소리가 쩌렁쩌렁 울려 퍼졌다.

"패배를 인정하지, 인간! 훌륭한 실력이었다!"

"뭐?"

루그가 눈살을 찌푸렸다. 기껏 머리가 셋인 드레이크, 아크 드레이크 형태로 변하더니 하는 말이 저거라니 어이가 없었다.

샤디카가 말했다.

"나는 인간의 모습으로 네게 도전했고 패했다. 경의를 표하도록 하지. 지금 상태로는 정면으로 대결해서 이길 수 있을 것 같지 않군."

드레이크의 인간 형태는 또 하나의 진짜 모습이다. 그렇기에 인간 형태일 때 입은 부상은 드레이크 형태로 변해도 그대로 이어진다. 육체의 면적이 압도적으로 커지고, 생명력 역시 압도적으로 커지긴 했지만 샤디카가 입은 부상은 너무 깊었다. 드레이크 형태로 변하는 것이 조금만 늦었어도 인간 형태인 채로 숨이 끊어졌을 것이다.

중상을 입은 데다 마력도 워낙 많이 소모했기에 샤디카의 전력은 심하게 저하되어 있었다. 드레이크 형태로 변한 지금은 인간 형태보다 훨씬 막강하지만, 그의 입장에서는 무리해서 루그와 대적할 이유가 없었다.

"그래서 도망칠 생각이냐? 올 때는 네 마음대로였지만 갈 때는 아니야."

"그건 조금 뒤의 선택지다."

"뭐라고?"

놀라는 루그 앞에서 샤디카가 가속하기 시작했다. 날개가 빛을 발하기 시작하자 거짓말처럼 허공을 미끄러지는데 그 속도가 보통이 아니다. 루그가 고속 비행 주문을 쓰고, 리루의 힘까지 빌린다고 해도 따라잡을 수 있을지 의심스러울 정도였다.

놀라운 속도로 하늘을 선회하는 그가 마법을 사용하기 시작했다. 곧 무수한 불덩어리가 그가 날아가는 궤적을 따라서 발생하더니 그대로 지상을 향해 쏟아져 내렸다.

콰콰콰콰콰쾅!

도시에 떨어진 불덩어리들이 폭발하면서 막대한 피해가 발생했다. 샤디카는 자링튼 후작가의 저택은 물론, 도시까지 파괴할 생각으로 닥치는 대로 마법을 쏴대기 시작한 것이다.

"이 자식이!"

루그가 발끈해서 날아올랐다. 그리고 리루를 소환했다.

"나칼라즈티!"

곧바로 바람이 집결하면서 작고 반투명한 녹색의 환영이 떠올랐다. 한동안 소환되지 않았던 리루가 얼떨떨한 표정으로 물었다.

「루그? 무슨 일인가요?」

"저놈을 잡아야 해! 도와줘!"

영문을 알 수 없는 상황이었지만 리루는 루그의 다급한 태도를 보고 부탁에 따랐다. 볼카르와 정신 감응으로 연결된 그녀가 바람을 다루기 시작하자 상공에서 난기류가 일면서 샤디카의 비행을 방해하기 시작했다.

후우우우우!

하지만 샤디카는 마법으로 기류를 헤치면서 균형을 잡았다. 날갯짓을 하지 않아도 추진력을 부여하는 기이한 날개와 그의 마법이 더해지자 리루가 일으키는 난기류로도 붙잡을 수가 없었다.

난기류에서 탈출한 그가 세 개의 아가리를 벌렸다. 그의 입에서 검보랏빛을 띤 맹독의 숨결이 쏟아져서 지상을 강타했다.

독에 직격당한 인간들은 비명조차 지르지 못하고 숨이 끊어졌다. 그것으로도 모자라서 독 기운이 사방으로 퍼져 나가면서 사람들을 죽이는 가운데 샤디카는 계속해서 맹독의 숨결을 내쉬었다.

"멈춰!"

그의 속도가 떨어진 틈을 타서 루그가 뒤쪽에 따라붙었다. 하지만 샤디카는 개의치 않고 계속 맹독의 숨결을 쏘아댔다.

"아아아아아악!"

지상에서 비명이 울려 퍼지기 시작했다. 루그는 놀라서 비명이 들려온 곳을 바라보았다. 지상에 작렬한 맹독의 숨결이 살아 있는 것처럼 의지를 갖고 사람들을 덮치기 시작했다. 바람을 따라서 퍼지는 게 아니고 마법적으로 힘을 부여받고 움직이는 것이다. 터전을 태우는 불길 속에서 우왕좌왕하던 사람들은 독에 중독된 자신의 몸이 빠르게 부식되는 것을 보며 발광했다.

"하하하하하! 그래, 따라와 봐라! 나를 붙잡아서 쓰러뜨리면 멈출 수 있겠지! 하지만 저 도시에 살아 있는 인간이 몇 명이나 남을까?"

샤디카의 노림수는 독무를 도시 전체로 퍼져 나가게 하는 것이었다. 그 사실을 알아차린 루그의 눈이 불탔다.

"이 개자식아!"

라이징 블레이드를 날렸다. 리루의 힘이 더해져 거대하게 증폭된 진공의 칼날이 수십 미터의 궤적을 그리면서 샤디카를 후려갈겼다.

파아아아아아앙!

샤디카의 거체가 튕겨 나갔다. 방어 마법으로 위력을 상쇄하기는 했지만, 충격을 완전히 버텨내지는 못한 것이다.

그런 그에게 루그의 신형이 내리꽂혔다. 오른손은 스톰 브링거를 장전하고 뒤로 당겨져 있었다. 이대로 낙하하는 기세로 주먹을 꽂아넣기만 하면 끝난다!

그때 샤디카의 세 개의 머리 중 하나가 휙 돌아서 루그를 바라보았다. 불타는 주홍색 눈동자를 마주한 루그가 섬뜩함을 느낀 순간, 거대한 아가리가 벌어지며 그로부터 검보랏빛 독무가 뿜어져 나왔다.

"제기랄!"

루그는 다급하게 화염을 일으켜 그것을 받아냈다. 샤디카가 입으로 쏘아낸 맹독의 숨결은 인간 형태일 때 일으킨 것과는 차원이 달랐다. 가까스로 막아내긴 했지만 그 압력으로 밀려 나가는 것만은 어쩔 수 없었다.

그 직후 샤디카가 갑자기 날개의 각도를 바꿔서 에어브레이크를 걸었다. 급격하게 감속한 그의 몸이 거리가 벌어졌던 루그에게 거대한 벽처럼 다가왔다.

우우우우웅……!

그리고 샤디카의 꼬리가 움직였다. 루그는 비로소 그의 꼬리 역시 기이한 형태라는 사실을 깨달았다. 다른 부분과는 달리 새카만 철갑으로 감싸진 그 꼬리는 아래쪽에서 검붉은 빛을 발하고 있었다.

'엄청난 속도로 진동하고 있어?'

루그가 그것을 눈치채는 순간, 볼카르가 다급하게 외쳤다.

〈보이드 블레이드와 똑같은 공간 절단이다! 피해라!〉

꼬리가 채찍처럼 휘둘러지자 허공에 검붉은 궤적이 그어졌다. 루그는 허공을 박차고 아슬아슬하게 그 궤도에서 벗어났지만, 공간이 절단되는 여파로 발생한 충격파에 휩싸여 날아가 버렸다. 그리고 그 위로 샤디카의 마법이 소나기처럼 쏟아졌다.

퍼버버버버벙!

"크악!"

루그가 지상으로 추락해 가자 샤디카가 코웃음을 쳤다. 그때였다.

쉬쉬쉬쉬쉬쉭!

지상에서 무기들이 날아들기 시작했다. 샤디카는 방어 마법을 믿고 피하지도 않았지만, 놀랍게도 그중 몇몇은 그의 방어를 관통해서 몸에까지 닿았다.

차앙! 투다당!

하지만 샤디카의 비늘이 워낙 단단한 데다가 빠르게 비행하고 있어서 상처를 내지 못하고 튕겨 나갔다.

"음? 뭐지?"

놀란 샤디카의 머리 중 하나가 지상을 굽어보았다. 그리고 놀라운 광경을 발견했다. 자링튼 후작가의 기사들 수십 명이 일제히 허공으로 날아오르고 있었던 것이다.

또한 그들의 곁에는 창과 검을 비롯한 무수한 무기들이 떠 있었다. 기사들은 그것을 잡고 혼신의 힘을 다해서 샤디카에게 투척했다. 아까 전에 샤디카를 위협했던 투창 공격과 같은 것이라 방어 마법이 뚫릴 수밖에 없었다.

"능력을 개방했구나!"

샤디카의 눈이 빛났다.

이 놀라운 현상의 중심에는 자링튼 후작이 있었다. 그는 수십 명의 기사들이 입은 갑옷들, 그리고 무수한 무기들 전부에 생명을 부여하여 허공에 띄운 것이다.

그동안 자링튼 후작이 능력을 사용할 때와는 완전히 다른 규모였다. 저택이 파괴되고, 자신의 터전이 궤멸되어 가는 절망 속에서 자링튼 후작은 목숨을 걸고 그 힘을 한계 이상으로 개방시켰다.

"하하하하하하!"

샤디카의 비행에 가속이 붙었다. 그가 폭염을 퍼붓자 허공에서 용맹무쌍하게 무기를 던져대던 기사들이 비명을 지르며 나가떨어졌다.

그리고 뻥 뚫린 공간 속으로 샤디카의 거체가 낙하해 갔다. 목숨을 도외시하고 능력을 쥐어짜 내던 자링튼 후작의 눈이 크게 떠졌다.

그때였다. 그 앞을 새카만 갑옷을 입은 메이즈가 가로막았다. 그녀가 속성력으로 일으킨 황금의 뇌격을 마법으로 증폭시켜서 쏘아냈다.

꽈과과과광!

하지만 놀랍게도 샤디카는 그것을 아무렇지도 않게 돌파했다. 메이즈가 공격을 가하는 순간, 샤디카의 거체가 허공에서 회전하나 싶더니 커다란 검붉은 궤적이 그어지면서 뇌격이 두 동강 나서 흩어진 것이다.

"어, 어떻게……!"

경악하는 메이즈에게 샤디카가 폭염을 날렸다. 메이즈는 다급하게 방어막을 세워서 받아냈지만, 갑자기 발밑에서 돌풍이 일어나면서 그녀의 몸을 허공으로 띄웠다. 그리고 거기에 대처하기도 전에 응축된 공기가 연달아 폭발하면서 그녀의 몸을 하늘 저편으로 날려 버렸다.

"꺄아아아아아……!"

메이즈의 비명이 멀어져 가는 것과 동시에 샤디카가 후작 앞에 내려섰다.

"고마워, 후작. 끝까지 자기 몸만 사리면 어쩌나 싶었는데, 역시 인간의 마음은 내 기대를 배신하지 않는군. 네가 사악하고 편협한 인간이 아니라서 다행이야."

"뭐라고?"

영문을 모르는 자링튼 후작이 눈을 크게 떴다. 그 직후 샤디카의 몸에서 빛의 파동이 쏟아져서 자링튼 후작을 휘감았다. 자링튼 후작은 어지러움을 느끼며 주저앉았고 그의 몸에서 작은 빛의 구체가 떠올랐다. 해방된 봉인의 조각이었다.

파학!

그 직후 허공에 빛의 궤적이 그어지면서 자링튼 후작의 몸이 두 동강 났다. 자링튼 후작은 자신의 몸에서 쏟아진 핏속에 잠긴 채 절명했고, 그의 능력으로 허공에 떠 있던 무기들이 비처럼 쏟아져 내렸다.

"볼일은 끝났다, 인간들! 잘 있어라!"

샤디카는 봉인의 조각을 마법으로 보관한 후 날아올랐다.

'음?'

문득 그의 머리 중 하나가 하늘을 올려다보았다. 그 직후 황금의 뇌격이 그에게 내리꽂혔다.

꽈르르릉!

"용서 못해!"

샤디카의 마법으로 하늘 저편으로 날아갔던 메이즈가 낙하해 오고 있었다.

8

뇌격으로 샤디카의 속도를 둔화시킨 메이즈는 보이드 블레이드의 힘을 개방시켰다. 거대한 칼날이 새카맣게 물드는 것을 본 샤디카가 마법을 날렸다.

투두두두두둥! 콰아아앙!

폭염과 섬광이 보이드 아머의 표면을 때려댔다. 메이즈는 내장이 뒤흔들리는 충격을 느끼며 이를 악물었다.

메이즈도 샤디카의 마법에 대응해서 방어 마법을 짜냈지만 마력도, 마법 시전 속도도 차원이 달랐다. 이쪽이 하나의 마법을 완성하는 동안 저쪽은 예닐곱 개의 마법을 완성했다.

하지만 보이드 아머는 마법사의 천적이라 불릴 정도로 뛰어난 방어력을 지닌 갑옷이었다. 메이즈는 보이드 아머의 방어력을 믿고 샤디카의 공격을 돌파했다. 놀라는 샤디카의 머리 위로 보이드 블레이드가 떨어져 내렸다.

메이즈는 승리를 확신했다. 아무리 뛰어난 마법사라고 할지라도 공허의 칼날을 정면으로 받으면 끝장이다!

츠팡!

샤디카의 머리 앞에서 스파크가 튀면서 보이드 블레이드가 가로막혔다. 메이즈가 경악했다.

"앗?!"

"그 검은 내 꼬리와 거의 같은 마법을 응용하고 있군. 하지만 그렇기에 막아내기 쉽지. 공허의 힘을 이용한 공간 절단은 공간이 올바른 형태를 유지하고자 하는 힘을 강화해 주기만 하면 반발력으로 튕겨낼 수 있거든?"

샤디카는 아크 드레이크 형태에서도 수다스러웠다. 그가 피식 웃으면서 꼬리를 휘둘렀다. 메이즈는 섬뜩함을 느끼며 그대로 몸을 돌려서 보이드 블레이드로 그것을 받아쳤다.

콰아아앙!

"꺄아아아아아!"

폭음과 함께 메이즈의 몸이 날아가 버렸다.

같은 공간 절단의 힘이라도 압도적인 위력 차이가 났다. 격돌하는 순간 보이드 블레이드를 놓쳐 버린 메이즈의 몸을 샤디카의 꼬리가 베고 지나갔다. 불사신의 갑옷이라는 별명까지 가진 보이드 아머가 무참하게 찢겨져 나가면서 메이즈의 몸에 깊숙한 상처가 나서 피를 흩뿌렸다.

콰직!

샤디카의 머리 중 하나가 뻗어나가서 메이즈를 물었다. 너덜너덜해진 보이드 아머가 부서지면서 맹독을 띤 이빨이 메이즈의 몸통에 닿았다.

"아……!"

메이즈는 비명조차 제대로 지르지 못하고 헐떡였다. 보이드 아머가 아니었다면 일격에 몸통이 박살 나고 말았을 것이다. 하지만 보이드 아머 덕분에 이빨이 완전히 파고들지 못하고 있었다.

"흥. 쓸데없이 단단하군."

샤디카는 메이즈가 씹히지 않자 짜증이 났는지 아가리를 벌리며 그녀를 허공에다 던져 버렸다. 그리고 맹독의 숨결을 뿜어냈다.

스아아아아아아!

검보랏빛 독무가 메이즈를 휘감았다. 메이즈는 가까스로

방어 마법을 구축했지만 완전히 막아내진 못했다. 맹독이 상처를 침식하면서 정신이 아득해지기 시작했다.

'아, 안 돼…….'

메이즈는 필사적으로 정신을 붙잡으려고 했다. 하지만 샤디카는 그럴 틈을 주지 않았다. 섬광이 그녀에게 작렬해서 지상에 내리꽂았다.

콰아앙!

"후훗. 아무리 발악해 봤자 어린 드래코니안의 힘은 이 정도지. 이런 연약한 것들을 데리고 계획을 수행했으니 차질이 생길 수밖에."

샤디카는 메이즈를 비웃으면서 무수한 화염구를 생성해서 지상에다 떨구었다. 사방에서 폭염이 치솟는 가운데, 메이즈는 아득한 눈으로 자신에게 다가오는 불꽃을 보고 있었다.

'여, 여기까지인가…….'

힘의 격차가 너무 컸다. 메이즈는 빠르게 다가오는 사신의 발소리를 들었다.

가물가물해져 가는 의식 속에서 그녀의 머리에 한 사람이 떠올랐다. 마지막 순간, 그녀가 떠올린 것은 루그였다. 그녀가 살아오는 동안 만난 가장 인상적인 과거를 가진 인간.

'이젠 주인님을 돌봐주지도 못하겠네. 내버려 둘 수 없는 사람이었는데…….'

그 직후 폭염이 그녀를 집어삼켰다.

화아아아아아악!

분명 불꽃에 삼켜졌는데도 이상할 정도로 뜨겁다는 느낌이 들지 않았다. 멍한 머리로 그렇게 생각하던 메이즈는 문득 자신의 앞에 드리워진 그림자를 보았다. 역광 때문에 검게 보이는 등은… 그녀가 항상 보아오던 그의 것이었다.

"……"

메이즈는 미소 지으며 뭐라고 말하려고 했다. 하지만 마음은 말이 되어 나오지 못했고, 그녀의 의식은 그대로 끊어지고 말았다.

그 앞에 선 루그는 악귀 같은 표정으로 샤디카를 노려보고 있었다.

"죽여 버리겠어."

절대로 용서 못한다. 불카누스 이래로 루그를 이토록 화나게 만든 존재는 없었다. 당장 샤디카를 지상으로 끌어들여 비명을 지르게 만들지 않으면 가슴속에서 타오르는 불길이 사라질 것 같지 않았다.

샤디카가 미소 지었다.

"익숙한 말이군. 셀 수 없을 정도로 많이 들었던 말이야. 인간들이 하는 말은 언제나 진부하고, 공허하지. 그들이 발하는 살의와 마찬가지로. 그 점은 너도 마찬가지로군."

루그는 더 이상 말하지 않았다. 주먹을 쥐고 땅을 박차려고 했다.

하지만 그때 샤디카의 말이 이어졌다.

"어쩌면 너는 나를 죽일 수 있을지도 모르지. 하지만 그래도 괜찮을까?

"뭐?'

루그가 움찔했다. 샤디카는 유유히 고도를 올리면서 말을 이었다.

"나는 지금부터 전력을 다해서 도망칠 거다. 적어도 속도만은 자신이 있지. 정면으로 싸우면 모를까, 도망치는 나를 잡는 것은 쉬운 일이 아닐 거야. 그러는 동안 네 귀여운 용족들이 무사할까? 드라칸이야 그렇다 치고 그 드래코니안은 내 독에 중독되었으니 가만히 내버려 두면 죽을 거다. 어쩌면 다음에 내뱉는 숨이 마지막일지도 모르지."

"……."

루그의 주먹이 부들부들 떨렸다. 당장에라도 뛰어올라서 저놈의 입을 후려갈기고 싶었는데 그럴 수가 없었다.

그것은 샤디카의 말이 진실이기 때문이다. 그는 분노로 폭주하려던 루그가 잊어버렸던 현실을 정확히 일깨워 주었다.

샤디카가 뻔뻔스럽게 말했다.

"나는 오늘은 승자에게 경의를 표하며 이만 물러가겠다. 선택의 기회를 주지. 나를 잡을 수 있을지 불확실한 확률에 걸고 쫓아올 것인지, 아니면 그동안 네 귀여운 용족들과 인간들을 하나라도 더 구할 것인지."

샤디카는 그렇게 말하며 몸을 돌려 가속하기 시작했다. 한 번 날갯짓을 한 뒤에 가속하기 시작하자 거대한 몸이 순식간에 하늘 저편으로 멀어져 갔다.

루그는 그 모습을 지켜볼 뿐 추적할 엄두를 내지 못했다. 샤디카는 스스로를 패자라 칭했지만 지금 이 순간 참혹한 패배감을 느끼는 것은 루그였다. 인간 형태로 루그의 특기 분야인 격투전에 집착하다 패배했을 뿐, 샤디카는 자신의 목적을 달성하고 수천 명의 인명을 살상한 뒤 유유히 물러간 것이다.

"으아아아아아아아!"

루그는 괴성을 지르며 땅을 내려쳤다.

9

한때 그녀에게 어째서 인간을 사랑하냐고 물었던 존재가 있었다.

메이즈는 그와 나누었던 대화를 아직도 기억한다. 예전에도, 지금도 증오하는 남자.

그가 감언이설로 꾀어낸 덕분에 메이즈는 수십 년간 원치 않는 운명에 묶여 있었다. 사악하고 파멸적인, 그리고 그녀가 사랑하는 것들을 짓밟아야만 하는.

"깨어났군요. 메이즈 오르시아."

그렇게 말한 것은 긴 백발에 약간 어두운 피부색을 가진 청년이었다. 양쪽의 색깔이 서로 다른 눈동자는 왼쪽은 청백색, 오른쪽은 붉은색이었고 머리 양옆에는 둥글게 휘어진 암갈색 뿔이 나서 드래코니안임을 증명했다. 하지만 그 뿔은 다른 드래코니안에 비하면 절반 정도밖에 안 되는 작은 것이었고 꼬리 역시 얄팍했다.

"엘토바스 바이에."

메이즈는 기억에 혼란이 오는 것을 느끼며 그를 바라보았다.

엘토바스 바이에. 이상한 드래코니안. 스스로 불카누스에게 종속되었고 그 뜻에 동조하는 자. 동정받을 과거를 가졌지만, 용서받지 못할 죄악을 저지르는 자.

'내가 왜 이런 것을 알고 있지?'

메이즈는 의아함을 느꼈다. 그녀가 엘토바스와 만난 지는 며칠 되지 않았고 그에 대해서 아는 사실은 거의 없었다. 그런데 왜 그를 아주 오랫동안 알고 있었던 것 같은 느낌이 들까?

"티아나에게 당한 상처는 치료해 뒀습니다. 내일 정도면 통증도 없을 거예요."

"티아나? 티아나 아카라즈난……"

그 말을 듣는 순간, 메이즈는 혼란스러워하며 중얼거렸다.

그제야 왜 이곳에서 의식을 잃고 있었는지 기억이 났다. 엘토바스에게 속아서 볼카르라는 드래곤에게 오게 되었고, 이

상한 낌새를 느끼고 탈출했지만 티아나 아카라즈난이라는 밉
상 드래코니안 여자에게 추적당해서 싸우다가 의식을 잃었
다. 그리고 추적해 온 다른 이들의 손에 이끌려서 볼카르라는
드래곤에게 종속되고 말았다.

'볼카르? 아니, 아니야. 그의 이름은······.'

뭔가 이상하다. 자신을 종속시킨 드래곤의 이름은 볼카르.
하지만 왠지 다른 이름인 것 같은 기분이 들었다. 자신이 종
속된 과정을 생각하면 증오가 일어야 할 것 같은데 이상할 정
도로 그 이름이 친숙하게 느껴졌다.

메이즈는 기억이 뒤죽박죽 엉킨 것을 느끼며 머리를 감싸
쥐었다. 뭐가 어떻게 된 것인지 혼란스럽다.

엘토바스가 말했다.

"저를 죽여 버리고 싶겠죠. 제게 살의를 품는 것은 상관없
습니다. 저는 볼카르의 하수인이지만, 가장 적극적인 지지자
이기도 하니까."

"볼카르는 블레이즈 원이라는 조직을 이용해서 뭘 하려는
거지?"

"인간을 멸망시킬 겁니다."

"인간을? 어째서?"

메이즈는 이해할 수 없다는 듯 물었다.

그녀가 알기로 드래곤은 신처럼 강대하지만 세상사에 무
관심한 존재다. 그들이 원한다면 인간을 멸망시키는 것은 손

바닥 뒤집는 것처럼 쉬울지도 모르지만, 어째서 그런 무의미한 일을 한단 말인가?

엘토바스가 미소 지었다.

"글쎄요."

"이유도 모르면서 그를 지지하는 거야? 단순히 명을 따르는 것이 아니라 지지한다면 그의 목적에 공감한다는 의미잖아?"

"그렇습니다. 하지만 굳이 이유를 알 필요는 없지 않나요? 저는 다만 인간을 향한 그의 증오가 진짜라는 사실을 압니다. 그리고 저 역시 인간들이 지상에서 사라지길 원하니까요."

"제정신으로 하는 말이야?"

메이즈는 어이없어하며 물었다. 미치지 않고서야 어떻게 저런 말을 할 수 있단 말인가.

"제정신이니까 할 수 있는 말입니다. 볼카르는 실제로 인간을 몰살시킬 힘과 의지를 모두 갖춘 유일한 존재예요. 제가 아무리 증오해도 인간을 몰살시킬 수는 없죠. 하지만 그라면 가능한 일이에요. 그러니 제 목표는 망상으로 끝나지 않고 현실성을 갖게 됩니다. 간단한 이치 아닙니까?"

"드래코니안인 당신이 어째서 인간을 증오하지? 우리는 인간에게 증오를 느낄 만큼 그들과 가깝지도, 위협을 받지도 않는데⋯⋯."

"메이즈 오르시아, 그럼 당신은 어째서 인간을 사랑하죠?

드래코니안이 인간을 증오할 정도로 가까워질 수도 없는 존재라면, 사랑하는 것 역시 말이 안 되지 않아요?"

"……."

그 말에 메이즈는 말문이 막혔다.

메이즈는 인간을 사랑한다.

하지만 그 사랑은 인간이 인간을 사랑하는 것과는 다른 감정이었다. 그녀는 지금까지 어떤 특정한 인간을 다른 누구와도 맞바꿀 수 없을 정도로 사랑해 본 적이 없었기 때문이다.

메이즈는 오랜 세월 동안 인간으로 위장하고, 인간들 속에 섞여서 그들이 만들어낸 것을 향유해 왔다. 인간의 아름다운 일면, 추한 일면을 보아오면서도 그들을 향한 메이즈의 사랑은 커지기만 할 뿐 사그라지지 않았다.

그녀가 사랑하는 것은 인간의 가능성이다. 인간이 만들어낸 문화를 사랑하고, 그것을 더욱 발전시킬 수 있는 잠재력을 사랑한다.

그렇기에 메이즈는 지긋지긋할 정도로 인간의 추한 일면을 보아왔으면서도 그들을 사랑할 수 있었다. 그녀는 언제나 인간들 속에 있었지만, 한 번도 그 일원이 된 적은 없었다. 그녀는 언제나 마음속으로는 이방인의 감성을 가진 채로 그들의 친구이며 동료인 자를 연기할 뿐이었다.

엘토바스가 말했다.

"어쩌면 당신은 인간들 중에 소중한 존재가 있었을지도 모르죠. 당신에게 애정을 주고, 좋은 모습을 보여주고, 좋은 경험을 하게 해준 그런 존재가……."

분명 그 말대로였다. 비록 언제나 스스로를 감추고 있었다고는 하나 메이즈가 그들과 함께한 시간 동안 웃고 울고 떠들었던 것만은 진실이었으니까. 그런 추억이 마음 한켠에 차곡차곡 쌓이는 만큼 메이즈의 인간을 향한 애정도 깊어졌다.

엘토바스가 웃었다.

"그래서 당신이 인간을 사랑하는 것이라면… 그 반대의 일을 당한 제가 인간을 증오하는 것 역시 당연하지 않겠습니까?"

"엘토바스, 당신은 인간에게 무슨 일을 당한 거지?"

"언젠가 듣게 될 겁니다. 당신이 블레이즈 원으로서 활동하면서도 여전히 인간에 대한 사랑을 지킬 수 있다면 반드시."

"……"

메이즈는 가만히 그를 바라보았다. 머릿속이 점점 더 혼란스러워졌다. 왠지 자신은 엘토바스가 품고 있는 이유를 알고 있는 것 같았다.

그의 과거는 동정받을 만한 것이었다. 그가 인간을 증오하고 지워 버리고자 한 것도… 이해할 수는 있을 것 같았다.

하지만 그것이 정확히 어떤 내용이었는지는 기억나지 않았다. 그녀의 기억은 과거와 미래가 한데 뒤섞인 것처럼 혼탁해져 있었다.

그 혼란 속에서 메이즈는 확신을 담아 말했다.

"내 마음은 변치 않을 거야."

그러자 엘토바스는 연민하는 눈으로 그녀를 바라보았다. 마치 아무것도 모르는 어린아이가 겪을 가혹한 미래를 상상하는 어른이라도 되는 것처럼……

메이즈는 그의 심중을 알면서도 확신할 수 있었다. 자신의 인간을 향한 애정이 변치 않을 것이며, 200년 동안 한 번도 만나지 못했던 특별한 존재가 자신의 앞에 나타날 것임을.

"난 믿고 있어."

스스로에게 들려주듯 말하는 메이즈의 뇌리에 누군가의 모습이 스쳐 지나갔다.

아직까지 본 적이 없는 사람.

한때는 그녀를 세상 그 누구보다도 증오했고, 그리고 이제는 누구보다도 신뢰해 주는 사람.

200년을 살아온 그녀에 비하면 인간은 누구나 어린아이이다. 그러나 그들은 짧은 삶 속에서 눈 깜짝할 사이에 자라고, 변하고, 성숙해져서 그녀를 놀라게 하곤 한다. 물가에서 노는 어린아이처럼 내버려 둘 수 없으면서도 때때로 놀랍도록 듬직하고 믿음직스러워서 보고 있노라면 가슴이 두근거린다.

그녀에게 있어 그는 경이였다.

그렇기에 그녀는 처음으로 한 인간을 진정 특별한 존재로 여기고 바라보았다.

"언젠가 나는 분명 인간들 속에서 지쳐서 그들에게 절망할지도 몰라. 그러면 지금 내 가슴속에 있는 애정도 싸늘하게 식어서 내가 왜 그런 마음을 품었을까 의아해하는 때가 올지도 모르지. 하지만……."

"하지만?"

"분명히 지금의 나를 긍정하게 해주는 사람이 나타날 거야. 내가 인간을 사랑하고 그들을 바라보길 잘했다고 믿게 해주는… 그런 사람이 나타나리라고 믿어."

"……."

엘토바스는 더 이상 아무 말도 하지 않았다. 갑자기 그의 모습이 하얗게 지워지는 가운데… 메이즈는 시야를 메운 빛속에서 누군가의 목소리를 들었다.

―죽지 마.

그것은 누군가의 기원이었다.

언제나 소중한 것들을 무력하게 잃기만 했던 남자가 흘리는 눈물에 담긴 기원.

얼굴에 떨어지는 뜨거운 눈물을 느끼면서 메이즈는 새하얀 빛 너머를 보았다. 흐릿하게 보이는 얼굴에서 절박함이 느껴졌다.

―죽으면 안 돼. 제발.

분명 그는 과거에도 몇 번이고 같은 기적을 소망했을 것이다.

죽어가는 사람을 붙잡고 죽지 말라고, 제발 눈을 떠달라고 외치며 눈물을 흘렸을 것이다.

그런 상실을 몇 번이고 겪어 만신창이가 된 끝에 그는 여기에 있다.

'울지 마.'

그 사실을 깨달은 메이즈는 가슴이 아팠다. 당장에라도 손을 들어 그의 눈물을 닦아주고 싶은데 그럴 수가 없다는 사실이 슬펐다.

스스로의 무력함을 한탄하는 가운데 점차 감각이 돌아오기 시작했다. 그중에서 가장 압도적인 것은 추위였다. 모르는 새 겨울이 오기라도 한 것처럼, 뼛속까지 얼어붙어 버린 것 같은 한기가 느껴졌다.

그러나 메이즈는 떨지 않았다. 죽어가던 심장이 뛰는 소리가 들리는 가운데 몸을 촉촉하게 적시는 온기가 느껴졌다. 그 온기는 강하게 맞닿은 입술에서 오고 있었다.

봄철에 흐드러지게 핀 꽃향기를 연상케 하는 좋은 향기가 났다. 그 향기가 고갈된 생명력을 되살리는 온기가 되어 목구멍을 넘어가고 있었다.

'아…….'

메이즈는 비로소 자신이 그와 입맞추고 있다는 사실을 알았다.

그 사실을 깨닫는 순간, 마침내 소리가 돌아왔다.

"…이 트였어!"

그 목소리는 먼 곳에서 들려오는 듯 아스라했다. 흐릿한 시야 너머에서 눈물로 얼룩진 남자의 얼굴이 보였다. 방금 전까지 그 얼굴에 가득했던 절박함과 두려움이 안도와 환희로 바뀌어 있었다.

─아아, 다행이다. 정말로… 다행이다.

그의 마음이 들려오는 것 같았다.

목소리가 들려온다. 한 명의 목소리가 아니고 여러 명의 목소리. 모두가 그녀가 아는 목소리였다.

"볼카르, 숨이 트였어! 더 먹여야 해?"

〈한 번 더 먹여라. 흘러나간 양이 많아서 충분히 먹이는 게 좋다.〉

"알았어."

그는 병을 집어 들더니 그 안에 든 액체를 입에 머금었다. 그리고 멍하니 허공을 올려다보는 그녀의 입술에 주저없이 자신의 입술을 겹쳤다. 따뜻하고 물컹한 감촉과 함께 그녀의 입안에 조금 전의 그 향기가 가득 찼다. 목구멍을 통해서 액체가 넘어가면서 온기가 퍼져 나갔다.

"해독은 이걸로 된 거지? 뼈를 바로잡아야겠는데, 통증 때문에 심장이 멈추면 안 되는데… 이 상태에서 내 명령을 알아들을 수 있을까?"

"마스터, 그건 안 하는 게 좋겠소. 알아듣는다 한들 통각을 끊으라는 명령 같은 것은 후유증을 남기지 않는다는 보장이 없으니. 통각을 끊는 것은 내가 보조하겠소."

"그 몸으로 괜찮겠어?"

"몸 하나는 튼튼하오. 그 정도는 도울 수 있소."

"부탁할게. 다섯을 센 다음에 뼈를 맞추겠어."

"알겠소."

정신이 몽롱하기 때문일까, 이제 말은 또렷하게 들리는데 의미를 잘 알아들을 수 없었다. 다만 당장 죽을 것처럼 춥고 아플 뿐이었다.

누군가 자신의 마력을 침식하는 것이 느껴졌다. 마법으로 감각에 간섭하고 있었다. 그 사실을 느낀 그녀는 반사적으로 저항하려고 했지만, 뜻대로 되지 않았다.

곧 살아나던 감각이 사라졌다. 더 이상 아무것도 느껴지지 않는다. 추위도, 아픔도, 심지어 자신이 살아서 숨을 쉬고 있다는 것조차 실감할 수 없었다. 그저 보고 들을 수 있을 뿐이다.

우드드득!

소름끼치는 소리가 들려왔다. 눈을 찔끔 감고 싶을 정도로 끔찍한 소리. 그런 소리가 연달아 들려오면서 몸이 들썩거렸다. 통각은 없었지만, 시야가 흔들리는 것으로 그 사실을 알 수 있었다.

"마스터, 이 정도면 괜찮소. 드래코니안의 재생 능력이면 충분히 나을 수 있을 거요."

"통각을 다시 살리긴 해야겠지?"

"너무 오랫동안 통각을 차단시키면 육체의 기능에 이상이 생길 수도 있소. 일단 살리면서 환부의 통각만 둔화시켜 두지. 좀 고통스럽겠지만……."

그 말과 함께 사라졌던 통각이 다시 살아났다. 메이즈는 몸을 칼로 찌르는 격통에 눈을 부릅떴다. 너무 아파서 비명조차 지를 수 없었다.

몸을 부들부들 떠는 그녀의 얼굴에 누군가의 손이 얹어졌다. 다정한 목소리가 들려왔다.

"괜찮아."

그리고 몸이 찢어질 것 같던 통증이 사그라지기 시작했다. 그 목소리가 되풀이해서 말했다.

"이젠 괜찮아. 푹 자도록 해."

그 목소리는 마치 마법처럼 안도감을 불러일으켰다. 통증 대신에 푹신한 침대에 안겨 있을 때처럼 따뜻하고 안락한 감각이 전신을 덮었다. 메이즈의 의식이 빠르게 어둠 속으로 가라앉기 시작했다.

의식을 잃기 직전, 그녀는 입술을 달싹였다. 하지만 결국 목소리는 나오지 않았다.

'당신을 만나서 다행이야, 주인님.'

불카누스는 자신이 납치하고, 해체하고, 만들어낸 무수한 용족의 시체들을 거대한 붉은 드래곤의 모습으로 보고 있었다.

'어째서 인간밖에 될 수 없는가?'

그 의문은 오랫동안 그를 괴롭히고 있었다.

한때 그는 자유를 갈구하며 외유용 육체들을 만들었다. 급속도로 쌓아올린 마법의 지식을 이용, 온갖 사악한 방법을 마다하지 않고 납치한 생명을 유린해 가며 창조한 그릇들은 다양한 용족의 형상을 가졌다.

드라칸, 드레이크, 드래코니안, 드래고닉 리저드… 그 외에도 많은 용족의, 적어도 인간보다는 신체적으로 뛰어나고 강대한 마력을 지닌 종족들의 육체를 외유용 그릇으로 삼고자 했다.

하지만 그 결과는 모조리 실패였다.

불카누스는 진신(眞身)일 때도 오로지 드래곤과 인간의 형상만을 오갈 수 있었으며, 외유할 때는 인간의 육체만을 그릇으로 쓸 수 있었다.

'어째서 인간의 몸에서 벗어날 수가 없는 거지?'

답답해하던 그는 자신을 구속하는 봉인을 향해 분노했다.

호박색 불길이 회오리치며 봉인의 벽을 강타했다.

화아아아악!

인간 수십 명을 일거에 불태울 만한 폭염이었지만 봉인의 벽은 꿈쩍도 하지 않았다. 스스로를 볼카르라 칭하던 시절, 한없이 전능에 가까운 권능을 가졌던 때 스스로를 가두기 위해 만든 봉인의 힘은 절망적이었다.

"어째서 인간인 것이냐?"

불카누스는 봉인을 노려보며 중얼거렸다.

그는 인간을 증오한다.

아니, 실은 용족이 아닌 지상의 모든 존재를 증오한다고 해도 과언이 아니었다.

그런데 이 봉인은 그에게 인간의 모습을 취할 것을 강요한다. 그에게는 선택의 여지가 없었다. 블레이즈 원의 활동으로 봉인의 조각이 상당수 해제되었는데도 그 제약만은 변하지 않았다. 아니, 오히려 더 강해지는 것 같았다.

'분명 기억이 돌아오지 않는 것과 관련이 있을 것이다.'

루그라는 인간이 봉인의 조각을 탈취하기 시작한 후부터 모든 것이 뒤틀어졌다. 봉인의 조각을 해제해도 기억이 돌아오지 않게 되었고, 심지어 마력조차도 거의 돌아오지 않았다. 약간씩 회복되는 마력만 해도 엄청난 양이긴 했지만 세계를 한번 뒤엎고자 하는 입장에서는 부족하기만 했다.

'루그, 네 정체는 대체 뭐지? 너는 뭘 알고 있는 거냐?'

불카누스는 자신에게 굴욕을 준 루그를 떠올리며 이를 갈았다. 마치 오래전부터 자신을 알고 있는 듯 증오를 보였던 인간. 비루한 인간이면서 상위 용족을 초월하는 힘을 가진 방해자.

그의 정체가 무엇인지 알 수가 없었다. 하지만 그가 과거의 자신과 관계가 있다는 것만은 분명했다. 그러지 않고서야 납득할 수 없는 일이 너무 많았다.

봉인의 조각들이 해제되면서, 잃어버린 기억은 꿈이라는 형태로 조금씩 돌아왔다. 마법에 대한 기억들이 빠져 있을 뿐, 불카누스가 꿈을 통해 기억을 엿본 시간을 전부 합치면 적어도 인간의 일생보다는 길 것이다.

하지만 불카누스는 그것을 스스로의 과거라 여길 수 없었다. 그것은 어디까지나 타인의 삶을 엿보는 것뿐이었다.

'나는 결여되어 있다.'

자유를 잃고, 권능을 잃고, 기억마저 잃었다. 그런 상태에서 이전과는 완전히 다른 불카누스의 인격이 나타나 이전과는 다른 행동을 하고 있다.

불카누스는 자신이 어떤 존재인지 명확히 모른다. 오로지 감정을 따라서 행동할 뿐, 이성적으로 납득할 수 있는 이유를 갖지 못했다.

심지어 그를 움직이게 하는 가장 근본적인 감정인 증오마저도 그러했다.

'이 증오는 어디서 왔는가?'

기억을 잃은 불카누스는 자신의 감정을 신뢰하고 있었다. 봉인되어 기억을 잃기 직전까지 활화산처럼 폭발하던 감정의 그림자가 영혼에 각인되어 그의 앞길을 결정한다.

하지만 시간이 지날수록 마음속에서 혼란이 싹터서 자라났다. 과거의 기억을 알수록, 그리고 불카누스의 인격으로 살아가는 시간이 길어질수록 의문이 깊어져 갔다.

'과거의 나는 그들을 증오하지 않았어.'

예전에는 과거의 자신, 볼카르도 그들을 증오하고 있다고 생각했다. 꿈으로 그의 삶을 엿보면서도 그가 겉으로 드러내지 않았을 뿐, 증오가 가슴속에 끊임없이 쌓이고 있으며 결국 폭발한 것이 지금의 자신에게 계승되었으리라 여겼다.

하지만 이제는 그러한 생각이 틀렸음을 인정할 수밖에 없었다. 볼카르는 스스로의 운명을 저주하고, 신들을 증오했다. 그러나 인간을, 자유의지를 가진 생명들을 증오하지는 않았다. 그들에 대한 볼카르의 감정은 한없이 무관심에 가까웠다. 마법의 발전에 관한 것이 아니라면 그들이 무엇을 하든 흥미를 느끼지 못하고, 그들에게 아무런 가치도 부여하지 않았다.

'잃어버린 기억 속에 열쇠가 있을 거다. 분명히 중요한 것이 빠져 있어. 아주 중요한 것이…….'

불카누스는 초조했다. 예전에는 감정에 따라 행동하며 봉인을 풀기만 하면 기억과 권능을 되찾을 수 있으리라 믿었다.

하지만 시간이 지날수록 자신은 잃어버린 것들을 무엇 하나 되찾을 수 없고, 아무런 의문도 풀 수 없을지도 모른다는 두려움이 몰려들었다.

'알아야 해.'

모든 것을 잃어버린 봉인의 순간에 대해서 알아야 한다.

마족의 공격이 어떤 것이었고, 왜 불카누스의 인격이 깨어났는지를 알아야 한다.

부르르.

불카누스가 생각에 잠겨 있는 동안 봉인 바깥에서는 어떤 변화가 일어나고 있었다.

쉬지 않고 휘몰아치는 불길 너머에 존재하는 거대한 일그러짐, 다른 세계로 통하는 차원의 균열.

그것을 틀어막은 불사의 포식자가 진동하고 있었다. 거대한 살덩어리라고밖에 할 수 없는 그것은 항시 꿈틀거리며 때때로 무시무시한 소리를 토해내기에 불카누스는 이상을 감지하지 못했다.

볼카르였다면 눈치챘을 것이다. 그러나 불카누스는 온전한 드래곤이 아니었고, 봉인 바깥으로는 감각이 완전히 미치지 않았기에 그 변화를 놓치고 말았다.

불사의 포식자의 표면에서 흐물거리며 녹아내린 작은 덩어리가 땅으로 뚝 떨어졌다. 이글거리는 불꽃 한복판에 떨어진 그것은 잠깐 동안 끓어오르면서 버텼지만, 결국은 새카맣게 탄 재가 되어 흩어지고 말았다.

키득……

하지만 불길 속에서 흩어지는 재는 잠시 동안 인간의 얼굴을 닮은, 기분 나쁘게 웃는 모습을 그려내다가 사라져 갔다. 마치 살아 있기라도 한 것처럼.

CHAPTER 31
엘프들과의 재회

폭염의 용제

1

　티아나 아카라즈난은 불카누스의 거처에 발을 들여놓았다.

　올 때마다 삭막한 느낌이 들어서 오기 싫은 곳이었다. 그녀는 대략 보름쯤 전에도 이곳으로 불려와서 불카누스를 절대적인 주인으로 섬기는 종속의 계약을 치른 바 있었다.

　'다르칸, 어리석은 남자. 아니, 어쩌면 현명한 것인지도 모르지.'

　사실상 블레이즈 원의 시작이었다고 해야 할 다르칸의 배신은 불카누스에게 경각심을 불러일으킨 모양이다. 그 사실이 확정되기 전, 즉 다르칸의 반응이 사라진 시점에서 새롭게 합류한 간부들은 물론이고 티아나와 엘토바스 역시 불러와서 종속의 계약을 치러야만 했다.

다르칸의 배반이 확인되었을 때 티아나는 놀라지 않았다. 자신을 찾아와서 불카누스를 따르는 것에 회의를 드러냈을 때부터 그녀는 어렴풋이 이런 결과를 예측하고 있었으니까.

'당신은 마지막 기회를 잡았지. 어차피 내가 당신과 같은 선택을 했을 리는 없지만, 그래도……'

티아나는 복잡한 심정을 느끼며 쓴웃음을 지었다.

불카누스의 지배에서 벗어나고는 싶다. 티아나는 인간을 멸살시키고 싶지 않았으니까. 그녀에게 있어 인간들의 사교계는 귀중한 것이었다. 수가 적고 따분한 용족들에게는 없는 활기와 화려한 무대의 이면을 가득 채운 검은 욕망은 그녀의 영혼에 충실함을 불어넣어 주었다.

하지만 그녀는 무슨 일이 있어도 루그라는 인간을 주인으로 섬기고 싶지 않았다.

'내게 만족스러운 선택지 따윈 없었어.'

자조한 티아나는 긴 통로를 지나 불카누스가 거하는 공간으로 들어섰다. 그곳에 들어서자마자 숨이 막힐 듯 강대한 존재감이 느껴지기 시작했다.

'이건……'

그녀의 눈이 가늘게 떠졌다.

불카누스를 가두는 봉인을 둘러싸고 다섯 개의 강대한 기척이 존재하고 있었다. 그들 중 티아나가 아는 것은 단 한 명, 엘토바스뿐이고 나머지는 모두 모르는 이들이었다.

"마지막 간부가 온 것 같군. 엘토바스가 준 자료대로 젊고 아름다운 아가씨인걸?"

그렇게 말한 것은 검보랏빛 머리칼을 길게 땋아내린 청년이었다. 티아나는 한눈에 그가 자신보다 훨씬 오래 살아온 드레이크임을 알아보았다.

"젊고 아름다운 아가씨라니, 마치 인간처럼 말씀하시는구려. 샤디카 경."

"비요텐, 당신은 젊고 아름다운 아가씨라고 안 불러줘서 서운한가? 하지만 당신은 나하고 나이가 비슷하잖아?"

"여자의 나이를 갖고 따지는 남자는 신랑감으로 인기가 없는 법이오. 경은 좀 말을 가려서 하시는 게 좋을 것 같구려."

고혹적이면서도 위협적인 미소를 지은 것은 티아나에게도 낯선 외모를 가진 용족 여성이었다. 아름다운 인간 여성의 상반신에 3미터도 넘는 황백색 뱀의 하반신을 가진 존재, 나가.

"흠."

그리고 그 옆에서 못마땅한 표정으로 입을 다물고 있는 회색 머리칼의 남자는… 다른 이들과는 비교를 불허하는 거대한 기척을 발하고 있었다.

'이 남자가 레비아탄인가?'

엘토바스가 알려준 바에 의하면 새로운 간부는 세 명. 아주 특이한 드레이크와 남방에서 사는 상위 용족 나가, 그리고 강대한 힘을 가진 레비아탄이었다.

문득 회색 머리칼의 남자, 레비아탄 기즈누의 푸른 눈동자가 티아나에게로 향했다. 마치 마음속을 꿰뚫어보는 듯한 그 시선에 티아나가 흠칫했다.

기즈누가 말했다.

"젊은 아가씨가 위험한 짓을 하고 있군. 아무리 드래코니안의 수명이 길다고 해도 목숨을 소중히 하는 편이 좋을 텐데?"

티아나의 눈동자가 흔들렸다. 기즈누의 말은 티아나의 마음을 읽지 않고서는 할 수 없는 것이었으니까.

그녀는 뭔가 말하려고 했지만 기즈누는 더 이상은 할 말이 없다는 듯 고개를 돌려 버렸다. 어떤 대화도 거부하는 듯한 그 태도에 티아나는 입술을 깨물었다.

'마음에 안 드는 작자야.'

티아나는 속으로 투덜거리고는 나머지 한 명을 찾아보았다. 이 자리에서 느껴지는, 불카누스의 것을 제외한 기척은 다섯이었는데 눈에 보이는 것은 샤디카, 비요텐, 기즈누, 그리고 엘토바스뿐이었다.

곧 봉인의 빛이 꿈틀거리며 거기에서 마지막 기척의 주인이 모습을 드러내었다. 다르칸보다도 더 덩치가 큰 붉은 드라칸이었다.

"이건 누구죠?"

티아나가 엘토바스에게 물었다. 엘토바스가 턱을 쓰다듬으며 미소 지었다.

"다르칸의 빈자리를 메울 새로운 간부입니다. 이름은 아레크스."

"처음 듣는 이야기로군요."

"그럴 만하죠. 그가 태어난 지는 아흐레밖에 되지 않았으니까."

"아흐레? 덩치가 저런데 어떻게 그럴 수가 있죠?"

티아나가 눈살을 찌푸렸다. 그때였다. 봉인의 빛이 옅어지면서 그 너머에서 불길에 휘감긴 거대한 붉은 드래곤, 불카누스의 모습이 드러났다.

"모두 모였군."

그가 나타나자 간부들은 모두 고개를 숙였다. 오로지 아레크스라 불린 붉은 드라칸만이 고개를 갸웃거릴 뿐이었다.

불카누스가 말했다.

"오늘 너희를 한곳에 부른 것은 아레크스를 소개하고자 함이다. 엘토바스와 비요텐은 이미 알고 있겠지만 이제부터 너희의 동료로 활동할 것이다. 단, 아레크스는 단독으로 활동하지는 않고 항상 너희 중 누군가와 파트너로 활동할 예정이다."

"근데 불카누스님, 이 녀석 왠지 며칠 전에 언뜻 봤을 때하

고 외모가 달라진 것 같습니다만?'

그렇게 말한 것은 샤디카였다. 샤디카는 고개를 갸웃하면서 아레크스에게 다가가서 그를 살펴보았다.

비요텐이 놀라서 물었다.

"그런 걸 알아볼 수 있단 말이오?"

"하지만 지난번하곤 많이 다른 얼굴이잖아? 척 보면 알 수 있는 거 아냐?"

"비늘 색도, 뿔 색도, 눈동자 색도 똑같소만?"

"…당신 말대로라면 피부색하고 머리색이랑 눈 색 같은 인간은 전부 똑같이 생긴 거야? 게다가 그 세 부위의 색깔도 미묘하게 달라. 비늘 색은 좀 더 밝고, 뿔 색은 약간 더 어둡고, 눈 색은 좀 더 진하잖아. 이 녀석 지난번에는 눈매가 약간 쳐졌었는데 지금은 안 그래서 인상도 완전히 달라. 주둥이 각도도 좀 더 예리한 느낌이고 뿔도 지난번보다 살짝 더 많이 휘었어."

"나는 만들면서 봐도 잘 모르겠던데 잘도 알아보는구려."

비요텐이 혀를 찼다. 샤디카가 피식 웃었다.

"하긴 나가는 인간에 가까운 생김새를 가졌으니 알아보지 못하는 게 당연한가? 당신, 웬만큼 외모상의 특색이 뚜렷하게 갈리지 않으면 드레이크나 리저드맨도 누가 누군지 못 알아보지?"

"으음. 그렇소."

"그럴 거야. 내 경우 옛날에는 인간이나 엘프, 드래코니안의 개체별 생김새가 구분이 안 갔어. 하지만 많이 보다 보니까 알겠더라고. 그에 비해 드레이크나 드라칸의 생김새는 처음부터 잘 알아볼 수 있었지. 이놈은 내 입장에서는 며칠 전의 그놈이라고 볼 수 없을 정도로 생김새가 달라. 하지만 이 멍청한 표정은 똑같군."

그 말에 티아나는 자연스럽게 죽은 리제이라를 떠올렸다. 그녀는 인간의 생김새를 알아보기 힘들어해서 루그를 찾을 때는 그 인물의 외견상의 특성을 인식해 주는 마법을 따로 만들어서 썼을 정도였다.

그때 불카누스가 입을 열었다.

"재미있군. 종족별 외모 인식의 문제라니 생각해 보지 못한 문제야."

"불카누스님은 어떻습니까?"

샤디카가 물었다. 불카누스를 상대하면서도 전혀 주눅 들지 않는 태도였다.

불카누스가 말했다.

"아레크스의 외모에 대한 내 인식은 너와 같다, 샤디카. 나는 드레이크나 드라칸의 외모도, 인간이나 드레이크의 외모도 모두 다르게 인식하니까."

"과연 드래곤은 다르군요."

"너희 모두를 만든 것이 드래곤이기 때문인지도 모르지.

어쨌든 아레크스의 경우는 네가 며칠 전에 봤을 때와 육체가 달라졌으니 그렇게 느끼는 것이 당연하다."

"육체가 달라져? 무슨 의미입니까?"

"사흘 전에 한 번 죽었어."

둘 사이의 대화에 끼어든 것은 그때까지 침묵하고 있던 아레크스였다. 다들 놀라서 아레크스를 바라보았다. 아레크스는 전혀 감정이 드러나지 않는 목소리로, 하지만 왠지 어린애 같은 말투로 말하고 있었다.

"아버지의 명에 따라 엘토바스와 봉인의 조각을 찾으러 갔어. 거기에서 무지 센 인간과 싸우고, 그리고 죽었어."

"아버지… 라면 불카누스님을 말하는 거냐?"

샤디카가 재미있어하며 물었다. 아레크스가 고개를 갸웃하며 대답했다.

"응."

그 말에 샤디카가 흥미진진한 기색으로 불카누스에게 물었다.

"졸지에 아들이 생기셨군요? 혹시 진짜로 드라칸으로 변해서 여성과의 생식 행위를 통해서 잉태시킨 것은 아니겠죠?"

"그 방법도 생각해 보지 않은 것은 아닌데 여러 가지 형편상 불가능했지."

불카누스는 어디까지나 진지한 표정으로 대답했다. 샤디카는 잠시 동안 그를 바라보다가 웃었다.

"그럼 이 녀석은 호문클루스입니까? 근데 육체에 흐르는 마력을 보니 정상적인 생명체이긴 한 것 같은데?"

호문클루스는 연금술로 만들어내는 인공 생명체였다. 겉모습은 정상적인 생명체와 흡사하지만 그 속에 흐르는 마력의 흐름은 판이하게 달랐고, 핵이 되는 마력의 응집체가 없으면 생명 기능을 유지할 수 없을 정도로 공허한 존재였다.

하지만 샤디카가 보기에 아레크스는 그런 존재가 아니었다. 그는 기본적으로는 온전한 드라칸으로 보였다. 다만 마력이 비정상적으로 높을 뿐.

그때 티아나가 끼어들었다.

"그보다 그가 죽었다고 한 부분을 신경 써야 하는 것 아닌가요? 게다가 죽인 대상이 인간이라니… 혹시 루그라는 인간과 싸운 건가요?"

"그러게? 죽었는데 어떻게 살아났지?"

"그러니까 그 부분이 중요한 게 아니라……."

또다시 샤디카가 다른 부분, 마법적인 기술과 연관되었을 부분을 짚고 나서자 티아나가 짜증을 냈다. 그러자 엘토바스가 말했다.

"일단 샤디카 경은 아레크스에 대해서는 나중에 비요텐 공에게 묻도록 하시죠. 이번에 저와 아레크스가 싸웠던 인간은 강체술사였는데 황당할 정도로 강력했습니다."

"인간이라… 아, 그러고 보니 나 그 루그라는 인간에 대해서 할 말이 있는데."

"뭡니까? 그러고 보니 싸워서 패했다는 보고는 들었습니다만."

"아픈 기억이 되살아나는군. 끄응. 괜히 격투전에 집착하다 멋지게 한방 먹었지 뭐야. 어쨌든 이건 다들 알고 있어야 할 것 같은 정보라서 말해주는 건데… 내 생각에 그 인간 아무래도 예지 능력이나 그에 준하는 정보 수집 능력이 있는 것 같은데?"

"뭐라고?"

다들 놀라서 샤디카를 바라보았다. 샤디카가 우쭐해하며 말을 이었다.

"그렇게밖에 생각할 수 없어. 안 그러고서야 내가 충동적으로 쳐들어간 동네에 그 다르칸이라는 놈을 미리 보내놓을 수 있었을 리가 없잖아. 안 그랬으면 나도 괜히 죽을 고생 안하고 쉽게 봉인의 조각을 수집해 올 수 있었다고."

"예지 능력이라니… 그런 속성력을 갖고 태어나는 존재가 없는 것은 아니지만, 대부분 광장히 모호하게 작용하지 않던가?"

"하지만 예지 능력을 가졌다면 인간 주제에 우리의 행사를 파악하고 훼방 놓는 정보력을 가진 것도 납득이 가긴 하오. 모든 국면을 예지하는 것은 아니지만, 자신이 원하는 사항을 예지할 수 있다면……."

루그도 전혀 생각하지 못했던 우연을 샤디카는 단단히 오해하고 있었다. 하지만 다른 간부들에게도 그 말은 굉장히 설득력있게 들렸다. 심지어 티아나도 그랬다.

'예지 능력? 확실히 그런 능력이 있다면 리제이라를 해치우고 나를 그런 식으로 농락한 것도 이해가 가긴 하지만……'

이들이 알기로 완전한 예지 능력 따윈 존재하지 않는다. 하지만 불완전한 예지 능력이라도 적중도만 높다면 정보력이라는 측면에서는 어마어마한 가치를 가진다.

불카누스가 말했다.

"재미있군. 확실히 루그라는 인간에게 그런 능력이 있다면 큰 조직을 운영하지 않으면서도 단독으로 우리 일을 방해하고 다닌 것을 납득할 수는 있지."

"혹은 예지 능력을 가진 누군가를 동료로 두고 있을 수도 있겠지요. 제가 보아온 예지 능력자는 하나같이 재능 자체가 그쪽으로 치우쳤기 때문인지 전투 능력과는 담을 쌓고 있었습니다. 선입견일 수도 있겠지만, 왠지 루그라는 인간이 예지 능력을 가졌을 것 같지는 않군요."

엘토바스의 견해에 불카누스가 동의했다.

"내 생각도 그렇다. 예를 들면 그는 아라로스에서 나와 만났을 때 놀랐지. 그가 예지 능력자를 동료로 두고 있다면 상당히 모호한 경고를 들었을 수는 있다. '커다란 위험이 닥쳐올 것이니 주의하라' 같은."

"일리있는 말씀입니다."

엘토바스도 고개를 끄덕였다. 불카누스는 잠시 생각에 잠겼다가 말했다.

"아직 확인된 사실은 아니지만, 일단 적에게 예지 능력 혹은 예지 능력에 준하는… 우리의 움직임을 파악할 수 있는 정보 수집 능력이 있다고 가정하고 움직이는 편이 좋겠다. 너희는 앞으로 혼자 행동하지 말고 무조건 둘 이상이 한 조가 되어 움직이도록."

불카누스는 그렇게 방침을 정했다. 그러자 간부들은 서로를 바라보았다.

엘토바스는 미소를 지었고, 아레크스는 아무 생각이 없었고, 나머지는 모두 눈살을 찌푸렸다.

'이놈들을 파트너로 삼아서 활동하라니 잘할 수 있을까?'

그것이 나머지 넷의 머리에 공통적으로 떠오른 생각이었다.

2

메이즈가 눈을 뜬 것은 그로부터 이틀이 지난 후였다. 인간이라면 한달 후에도 눈을 뜰 수 있을지 없을지 몰랐지만, 드래코니안의 재생 능력은 루그도 눈이 휘둥그레질 정도로 강력했다.

"주인님, 걱정 많이 했지? 이제 괜찮아."

메이즈는 눈을 뜨자마자 애교를 떨면서 루그에게 달라붙었다. 그녀가 팔에 안겨들자 루그는 당황해서 떼어놓았다.

"걱정은 무슨. 다르칸이 목숨에 걱정은 없을 거라고 말해줬다고."

"에이, 부끄러워하기는."

메이즈는 손가락으로 루그의 볼을 쿡쿡 찌르며 웃었다.

"나 다 봤는걸. 주인님 아주 눈물을 펑펑 쏟더라."

"그런 적 없거든?"

"거짓말쟁이. 나랑 키스도 했잖아? 모른 척하려고?"

"……."

그 말에 루그가 돌처럼 굳어버렸다. 메이즈가 키득키득 웃으면서 볼을 잡아당기자 그제야 얼굴을 붉히면서 변명했다.

"그, 그건 키스가 아니었어!"

"그럼?"

"어디까지나 네 목숨을 구하기 위한 응급처치였다고! 그땐 네가 혼자서 해독제를 먹을 수 있는 상황이 아니었으니까. 다르칸은 주둥이가 길어서 내가 할 수밖에 없었고."

"아, 해독제였구나. 근데 굉장히 좋은 맛이 나던걸?"

"그야 불완전하긴 해도 암브로시아였으니까 그렇지."

루그가 툴툴거렸다.

샤디카의 독은 정말로 지독했다. 드래코니안의 육체가 인간과는 비교할 수 없을 정도로 강인하고, 또 메이즈가 항시 마법으로 독이나 산에 대한 대비하고 있었기에 망정이지 그렇지 않았다면 중독된 부위가 순식간에 녹아내렸을 것이다.

그런 독은 일반적인 해독제로는 해독할 수 없다. 그래서 루그는 비장의 약을 사용해야 했다. 예전에 엘프 마을에 들렀을 때 만들어두었던, 원래는 후에 그레이슨이 시공 회귀 전과 같은 일을 당했을 경우 살리기 위해 만든 암브로시아였다.

신들의 만찬이라고까지 불리는 암브로시아는 그 어떤 독도 해독할 수 있으며, 모든 병마를 치유할 수 있다고 하는 기적의 약이었다. 하지만 그 약을 만들기 위해서는 아주 귀한 재료뿐만 아니라 인간은 엄두도 내지 못할 정도의 마법도 필요했다. 그래서 모든 재료를 갖추었음에도 불구하고 루그가 만든 암브로시아는 불완전했다.

하지만 그것만으로도 충분했다, 메이즈를 중독시킨 샤디카의 독을 해독하는 것은.

메이즈가 눈을 휘둥그레 떴다.

"암브로시아를 썼구나……."

"그 샤디카라는 놈의 독은 정말로 지독했으니까. 양이 그리 많진 않기 때문에 중독된 부위에 붓고 나니까 거의 안 남았어. 그래서 남은 것은 정말 그냥 못 삼키고 흘려 버려서 낭비하면 안 되겠다 싶어서… 어쩔 수 없이 그렇게 한 거지."

루그는 시선을 피하면서 말했다. 얼굴을 붉힌 그를 보며 메이즈는 장난기있게 웃었다. 그러다가 문득 생각난 사실을 말했다.

"하지만 주인님."

"응?"

"그럼 마법으로 먹였으면 되잖아?"

"어?"

루그의 눈이 크게 떠졌다. 그것은 전혀 생각지도 못한 방법이었다.

"액체를 제어하는 마법으로 먹였으면 입에 머금어서 먹이는 것보다 훨씬 더 손실없이 먹일 수 있었을 텐데. 아니면 리루의 힘을 빌려서 기류 제어로 먹였어도 됐을 거고, 주인님은 기격으로 모래 알갱이 하나도 들 수 있으니까 기격으로 먹였어도 됐을 거고……."

"……."

"역시 키스하고 싶었던 거야?"

메이즈가 얼굴을 가까이 들이대며 묻자 루그는 질겁해서 뒤로 물러났다. 그리고 울그락불그락하면서 소리쳤다.

"야, 볼카르! 왜 저런 방법을 쓰라고 말해주지 않았어?"

〈왜 갑자기 나한테 화살을 돌리는 거지? 비겁한 변명이다.〉

"어디서 발뺌이야? 입술로 머금어서 먹이라고 한 건 너잖아!"

그때 루그에게 암브로시아를 입에 머금어서 메이즈에게 먹이라고 조언한 것은 볼카르였던 것이다. 루그는 워낙 마음이 급했고, 또 그게 마법을 익히기 전까지는 굉장히 정상적으로 떠올릴 수 있는 방법이었기에 아무런 의심 없이 행했다.

〈나도 마음이 급해서 저런 당연하고 현명한 방법은 생각이 나지 않았다.〉

"거짓말!"

〈맞다.〉

"정말 끝까지 발뺌할 생각이… 어? 맞다고?"

〈거짓말이었다. 실은 네가 정신적으로 워낙 불안정한 상태였기 때문에 마법으로 세심한 제어를 할 것을 요구하느니 그냥 입으로 먹이라고 하는 게 좋을 것 같았…….〉

"웃기지마! 다르칸한테 시켰으면 되잖아!"

〈으음. 안 속는군.〉

"야!"

〈하지만 인간들의 이야기를 보면 다 그렇지 않나? 공주님을 깨우는 것은 왕자님의 키스라고. 인간들은 그런 로망을 가진 것 같더군. 평소 네가 메이즈의 입술을 보며 야릇한 생각을 하는 적이 많은 것 같아서 소원을 성취시켜 준 것뿐이었다.〉

"너 이리 나와! 야! 이 자식아!"

루그는 길길이 날뛰며 허공에다 주먹을 휘둘러댔다. 그 모습을 가만히 보고 있던 메이즈는 웃음을 터뜨렸다.

"풋."

유쾌했다. 죽을 고비를 넘겼는데도 무섭다거나, 고통스럽다거나 하는 생각이 들기보다는 웃음이 먼저 나왔다.

살아서 다행이었다. 그리고…….

'당신을 만난 것에 감사해.'

메이즈는 그렇게 생각하면서 루그에게 다가갔다. 볼카르와 옥신각신하고 있던 루그는 한 박자 늦게 그녀의 접근을 알아차렸고, 그래서 그녀가 자신에게 얼굴을 들이대는 것을 피할 수 없었다.

입술에 따뜻하고 부드러운 감촉이 느껴졌다.

"……"

그녀의 입술이 자신의 입술에 닿아 있는 동안, 루그는 눈을 휘둥그레 뜨고 굳어 있었다.

잠시 후, 루그에게서 떨어진 메이즈가 혀를 쏙 내밀며 말했다.

"이제 진짜 키스한 거지?"

"야, 너……!"

당황한 루그가 제대로 말을 하지 못하고 더듬거렸다. 가슴이 미친 듯이 쿵쾅거리고 있었다.

메이즈가 생긋 웃으며 말했다.

"아끼던 암브로시아에 대한 답례야. 이래 봬도 내 손이라도 한번 잡아보고 싶어했던 남자들이 산더미처럼 많았는걸. 그들이 주인님을 알았다면 질투의 해일이 덮쳤을 거야."

"으, 너 진짜……."

루그는 뭐라고 말하려고 하다가 결국 한숨만 쉬고 말았다. 메이즈가 말했다.

"고마워, 주인님."

"고마워할 일도 아니야. 암브로시아야 이번에 엘프들에게서 새로 재료를 구해서 만들면 되고."

루그가 입술을 삐죽였다. 나이도 먹을 만큼 먹었지만 메이즈에게는 언제나 어린애 취급을 받는 기분이었다. 정말로 소년 시절로 돌아간 기분이랄까?

고개를 절레절레 저은 루그가 물었다.

"근데 몸 상태는 어느 정도로 회복된 거야? 안색은 괜찮아 보이긴 하는데, 아직 좀 더 정양하는 게 좋겠지?"

"글쎄?"

메이즈는 팔을 들어서 휘저어보고, 다리를 들어보는 등 체조를 하듯 다양한 포즈를 취해 보였다. 그리고 살짝 인상을 찌푸렸다.

"많이 아파."

"…그럼 그렇게 열심히 움직이질 말든지."

루그가 황당해하며 물었다. 죽을 고비를 넘긴 지 이틀밖에 안 된 주제에 관절이 움직일 수 있는 한계 수준까지 몸을 움직여대니 아프지 않을 리가 없지 않은가.

메이즈가 말했다.

"어쨌든 암브로시아 덕분인지 많이 회복되긴 했지만 전투는 무리야. 몸 상태도 그렇지만 마력의 흐름이 불안정해."

"난 솔직히 이틀 만에 사제의 치유술도 없이 거기까지 회복된 게 더 놀랍다."

"그야 나는 드래코니안이니까."

메이즈가 생긋 웃었다.

드래코니안의 육체는 인간과는 비교도 안 될 정도로 강인하다. 재생력이라고 불릴 정도로 회복 능력이 뛰어나기 때문에 인간이 몇 달은 침대 신세를 져야 할 부상도 열흘 안에 완치될 수 있고, 심지어 사지가 잘려 나가도 시간이 지나면 다시 복원된다. 인간은 고막이나 관절 등 복잡한 기관이 파괴될 경우 불구가 되지만 드래코니안은 회복할 수 있었다.

루그가 말했다.

"어쨌든 움직일 만하다니 다행이네."

"그러고 보니 다르칸은 어때?"

"너보다 훨씬 멀쩡해."

드라칸의 육체는 드래코니안보다도 더욱 강건하고 재생 능력이 뛰어났다. 다르칸의 경우 어제 이미 힘쓰는 일을 돕기 시작했을 정도였다.

메이즈가 물었다.

"자링튼 후작가는?"

"그곳은… 너무 피해가 컸어."

루그의 표정이 어두워졌다.

자링튼 후작가의 피해는 막심했다. 자링튼 후작은 죽었고, 저택은 완전히 박살 난 데다가 도시도 반쯤 몰살을 당했다.

루그는 그곳에서 오래 머물지는 않았다. 도시에 퍼져 나간 샤디카의 독기를 정화시킨 뒤, 나중에 다시 찾아오겠다고 말하고 떠나왔다.

메이즈가 한숨을 쉬었다.

"그 샤디카라는 놈은 다른 간부들보다도 훨씬 더 막 나가는 것 같아."

"내 생각도 그래. 어떻게든 빨리 잡아야 할 놈이야."

메이즈나 다르칸을 압도할 정도로 강력한 힘을 가진 데다 세간의 이목 따윈 신경 쓰지 않는 행보는 너무나도 위험했다.

그때였다. 잠자코 있던 볼카르가 불쑥 끼어들었다.

〈하지만 내가 보기엔 그놈에게 속수무책으로 무너진 너와 다르칸이 더 문제다.〉

"네?"

메이즈가 눈을 크게 떴다.

〈샤디카라는 놈의 성향상 루그가 혼자서 그놈을 잡기는 어렵다. 수틀리면 주변을 이용해서 루그의 움직임을 묶고 도망쳐 버릴 놈이기 때문이지. 이번에도 네가 사경을 헤매고 있는

상황이 아니었다면 루그는 그놈을 추적해서 끝장을 봤을 수도 있다.〉

"야, 볼카르. 무슨 말을 그렇게 하냐?"

메이즈의 표정이 어두워지는 것을 본 루그가 볼카르를 타박했다. 하지만 볼카르는 코웃음을 쳤다.

〈이건 냉정하게 짚고 넘어가야 할 문제다. 생각해 봐라. 만약 불카누스가 그 샤디카라는 놈 정도의, 혹은 그 이상의 상위 용족들을 몇 명 정도 새로운 간부로 들였다고 생각하면 앞으로의 싸움은 굉장히 힘들어진다.〉

"으음……."

그건 사실이었다. 샤디카는 루그 외에는 감당할 수 없을 정도로 강력한 적이었다. 무서운 속도로 성장하고 있을 불카누스에게 그런 부하가 몇 명이나 생긴다면 도저히 이길 수 없을 것이다.

〈메이즈와 다르칸이 적어도 샤디카와 단독으로 맞설 수 있는 수준까지는 강해져야만 한다. 그러지 않고서야 우리의 승산은 없을 것이다.〉

"하지만 강해진다는 게 그렇게 단시간에 되는 것은 아니잖아?"

〈그 점은 내가 생각한 방법이 있다. 메이즈 오르시아, 너는 고통을 감내하고서라도 강해지고자 하는 의지가 있는가?〉

볼카르의 물음에 메이즈가 진지하게 표정을 굳혔다.

루그의 편으로 돌아선 뒤 그녀는 자기연마를 게을리하지 않았다. 볼카르에게 조금씩 가르침을 받는 것만으로도 마법 기량이 놀라운 속도로 성장하는 것을 느낄 수 있었다.

하지만 그런 자신감은 샤디카와의 전투에서 산산조각 나 버렸다. 샤디카와 그녀 사이에는 도저히 메울 수 없는 절대적인 격차가 있었다.

메이즈는 결연한 표정으로 고개를 끄덕였다.

"네. 볼카르님께서 이끌어주신다면 지옥 끝까지라도 가겠어요."

"잠깐, 메이즈. 그런 말을 함부로 하면 안 돼."

루그가 당황해서 말했다. 그는 왠지 볼카르가 무슨 생각을 하고 있는지 알 것 같았던 것이다.

하지만 루그의 속을 모르는 메이즈는 의욕을 활활 불사르며 두 주먹을 불끈 쥐었다.

"아니야. 주인님, 나는 각오가 되어 있어. 인간인 주인님도 언제나 고통을 감수하며 지옥 같은 훈련을 해서 이만큼 강해진 거잖아. 나도 그만큼 노력할 거야."

"그러니까 그건……."

〈훌륭한 마음가짐이다! 그런 마음가짐이라면 내 가르침을 따라오지 못할 염려는 하지 않아도 되겠군. 조만간 너희에게 새로운 훈련을 시켜주도록 하마.〉

루그가 뭐라고 하기 전에 볼카르가 재빨리 말했다. 둘이 의

욕을 불사르는 것을 보면서 루그는 한숨 섞인 목소리로 중얼
거렸다.

"분명히 후회할 텐데……."

그리고 그 말은 예언이 되었다.

3

「루그가 말했던 선물이 이분들이었군요?」

루그에게 소환된 리루는 열아홉 명의 엘프들을 보며 눈을
휘둥그레 떴다.

그동안 루그는 엘프들을 구출한 사실을 리루에게 말해주
지 않았다. 자링튼 후작가에서 싸웠을 때도 그곳에서 구출한
두 명은 다르칸이 마법으로 하늘 높이 올려보내 두었기에 리
루의 눈에 띄지 않았다.

루그가 멋쩍은 듯 웃었다.

"그렇지. 엘프들에게는 신세를 많이 졌으니까."

「모두 좋아할 거예요.」

리루는 배시시 웃으며 바람을 타고 날아서 엘프들 앞으로
갔다. 엘프들은 모두 신기해하며 리루를 바라보았다. 그중에
리루 또래로 보이는 어린 소녀 엘프는 손을 들어 그녀를 만져
보려고 했지만, 헛되이 통과할 뿐이었다.

"당신은 상위 정령이세요?"

그녀가 묻자 리루가 고개를 저었다.

「아니에요. 나는 당신들과 같은 엘프랍니다. 하지만 상위 정령이기도 하지요. 루그에게 소환될 때는 언제나 제 의식이 소환되거든요.」

리루는 신이 나서 엘프들과 재잘거렸다. 한동안 그녀가 대화를 나누는 것을 지켜보던 루그가 말했다.

"내일 오전에는 도착할 거야. 그렇게 알고 맞이할 준비 좀 부탁해."

「네. 모두에게 말해둘게요. 고마워요, 루그.」

리루는 기뻐하면서 고개를 끄덕였다.

그리고 다음날, 루그는 넬리아냐가 있는 숲에 발을 디뎠다. 임시로 만들었던 거처는 넬리아냐와 그리 멀리 떨어지지 않은 곳에 있었고, 이동할 때는 마법을 썼기 때문에 몇 시간 만에 도착할 수 있었다.

루그는 대략 2년 만에 다시 보는 숲의 풍경에 감회에 젖었다. 하지만 그 감회는 어느 정도 숲 속으로 들어선 후에 맞이한 풍경에 깡그리 날아가 버리고 말았다.

"…아, 이것 참. 시체 정도는 치워두지."

대략 스무 구 정도의 시체가 숲 여기저기에 널브러져 있었다. 그중 한 명은 마법사였고, 나머지는 전부 용병처럼 무장하고 있다는 사실과 이곳에서 전투를 벌여서 죽었다는 사실,

그리고 대부분이 화살에 맞고 죽었다는 사실만으로도 루그는 쉽게 진실을 유추해 냈다.

메이즈가 물었다.

"주인님, 엘프들이 죽인 거지?"

"응. 엘프 사냥꾼들일 거야. 죽은 지 얼마 안 된 것을 보니 드웬이 위험을 감수하고 손님맞이를 위해 미리 청소를 한 것 같군."

루그가 복잡한 표정으로 말했다.

2년이 지났건만 엘프 사냥꾼들의 행태는 변하지 않았다. 엘프 주거지 근처에 자리를 잡고 밖으로 나오는 엘프가 나타나기만을 기다리는 자들.

이런 자들은 나름 무력에 자신이 있는 편이고, 엘프들이 주거지를 보호하기 위해 마법을 걸어둔 영역을 파악할 지식과 경험도 가졌다. 그렇기에 스스로 안전하다고 판단한 영역에 진을 치고 있는 그들을 몰살시키는 것은 엘프들에게도 꽤 위험부담이 큰 일이었을 것이다.

그러나 드웬은 루그가 열아홉 명이나 되는 엘프들을 데려온다는 것을 알고 위험을 감수한 것이다. 좀 지나치게 살벌하긴 하지만 그들은 인간들 밑에서 고생하던 동포들을 환대함을 알려준 것이었다.

널브러진 시체들을 보면서 그런 마음을 느낄 수 있을까 고민하는 것은 인간의 감성이다. 실제로 엘프들은 루그와 메이즈의 대화로 정황을 파악하고는 기뻐하고 있었다.

"나칼라즈티."

루그는 한숨을 쉬면서 리루를 불러냈다. 리루가 주변을 두리번거리더니 말했다.

「아, 루그. 도착했군요?」

"이 살벌한 광경을 보아하니 드웬하고 다른 수호자 여러분이 힘 좀 쓰신 것 같은데……."

「네. 환영의 표시로 근방에 몰려든 엘프 사냥꾼들을 전부 몰살시켰어요.」

"끄응."

귀엽게 웃는 리루의 말에 루그는 신음하고 말았다. 예전에도 느꼈지만 엘프들은 아름다운 외모를 보고서는 상상도 못할 살벌함과 과격함을 갖고 있었다.

리루가 말했다.

「우리 쪽은 큰 피해는 없어요. 수호자 중에 세 분이 다치시긴 했지만, 목숨이 위험할 정도의 부상은 아니고 사망자는 없어요.」

"아니, 내가 지적하고 싶은 건 그게 아닌데… 됐다."

루그가 한숨을 쉬자 리루는 그의 반응을 이해할 수 없다는 듯 고개를 갸웃거렸다. 루그가 더 따지는 대신 시체를 가리키며 물었다.

"근데 이것들 이대로 놔둬도 되는 거야?"

「죽은 자의 육신은 자연의 품으로 돌려보내는 거잖아요?」

"아, 엘프는 풍장(風葬)을 치르지, 참."

의아해하는 리루의 대답에 루그가 이마를 짚었다. 엘프에게는 유해를 매장하거나 화장하는 풍습이 없었다. 그들은 유해를 숲에 버려두어 살은 짐승들이 뜯어먹게 하고, 나머지는 숲의 양분이 되길 바란다.

'인간의 시체는 썩어도 뼈가 그대로 남는데… 하긴 모르고 이렇게 놔둔 것도 아닐 테니.'

반요정인 엘프의 시체는 자연 속에 놔두면 뼈까지 스러져서 흔적도 남지 않는다. 그렇기에 엘프들은 죽은 자의 몸이 완전히 숲의 일부가 된다고 믿었다.

루그가 이런저런 생각을 하고 있는 동안 리루가 엘프들 앞으로 나서서 말했다.

「여러분, 넬리아냐는 여러분을 환영해요. 따라오세요.」

일행은 작은 정령의 모습을 한 리루의 뒤를 따라서 숲을 걸었다.

얼마간 걸어가자 한 치 앞도 볼 수 없는 안개의 흐름이 나타났다. 그 안에 담긴 강력한 마법의 힘을 느낀 메이즈가 놀랐다.

"이게 엘프 주거지를 수호하는 마법의 방벽이구나. 굉장하네."

"메이즈, 너는 엘프 주거지에 와본 적 없는 거야?"

"웅. 난 엘프들은 별로 만나본 적이 없어."

"다르칸은?"

"나는 볼카르님의 명령으로 다른 엘프 주거지를 찾아가 본 적이 몇 번 있소. 하지만 아무런 적대 행위 없이 들어가 보는 것은 처음이군."

"적대 행위? 싸웠던 거야?"

"저쪽에서 다짜고짜 공격을 하는 바람에 방어적인 전투를 치른 적은 몇 번 있소. 으음."

"고생이 많다."

루그는 더 듣지 않아도 다르칸이 무슨 일을 겪었는지 알 수 있을 것 같았다. 그는 혀를 차며 다르칸의 어깨를 두들겨 주고는 앞을 바라보았다.

10분 정도 걸어가자 안개가 순식간에 걷히면서 숲의 전경이 선명하게 드러났다. 숲 그 자체를 마을로 개조한 듯한, 인공적인 기술과 자연이 완벽하게 융화된 넬리아냐의 모습에 메이즈가 감탄했다.

"너무 예쁘다."

눈을 반짝반짝 빛내며 주변을 살피는 그녀의 모습에 루그가 씩 웃었다.

입구 부분에는 루그가 아는 얼굴들이 기다리고 있었다. 수호자 드웬을 비롯한 열 명 정도 되는 인원들이었다. 그리고…….

"어라, 리루?"

루그가 눈을 동그랗게 떴다. 드웬과 다른 이들이 서 있는 곳에서 조금 떨어진 곳, 은은한 빛을 발하는 노란 꽃이 피어 있는 곳에 리루가 옆으로 쓰러져 있는 것이 아닌가?

4

「네?」

루그의 중얼거림에 리루가 뒤를 돌아보았다. 루그가 쓰러진 리루의 육체를 가리키며 말했다.

"아니, 그러니까 네 몸 말인데……."

멀쩡한 성인 엘프들이 일행을 마중하러 나온 가운데 리루가 옆에 쓰러져 있으니 참 형용할 수 없을 정도로 미묘한 분위기였다.

하지만 엘프들은 전혀 개의치 않는 기색이었다. 드웬이 미소 지으며 인사했다.

"우리의 친구 루그 아스탈, 오랜만이오."

"아, 드웬. 오랜만입니다. 변함없군요."

"당신은 그새 많이 변했군. 인간은 정말 빨리 성장하는 것 같소. 이제는 나보다도 눈높이가 높은 걸 보니 놀랍구려."

"아, 키가 좀 크긴 컸죠? 하하."

루그는 드웬의 말에 숨길 수 없는 기쁨을 드러냈다. 메이즈가 실소했다.

"너무 좋아한다, 주인님."

"음. 아니, 뭐… 키 크면 좋지."

루그는 애써 표정을 정리하자 드웬이 말했다.

"이렇게 동포 여러분을 데리고 와줘서 감사하오. 예전에도
그랬지만 당신은 정말 우리를 놀라게 하는군."

"뭐, 엘프들에게는 나도 신세를 많이 졌으니까요. 이번에
도 신세를 질 거고, 앞으로도 신세를 질 거고 하니 이건 제 작
은 성의라고 생각해 주세요."

"그러겠소."

"그리고……."

루그가 슬쩍 시선을 옆으로 돌리면서 조금 전부터 무진장
신경 쓰이는 점을 물었다.

"…리루는 저렇게 놔둬도 괜찮은 건가요?"

"아, 리루 말이오?"

기껏 용기를 내어 지적했지만 드웬은 아주 자연스럽게 반
응했다. 애가 옆에 저렇게 쓰러져 있는데 아무도 신경 쓰지
않는다니 견디기 어려울 정도로 어색한 상황 아닌가?

드웬이 말했다.

"괜찮소. 요즘은 언제나 저러니까."

"언제나?"

「루그가 소환할 때마다요.」

루그의 주변을 돌던 리루가 말했다. 그리고는 쓰러져 있는 자신의 몸에게로 날아가서 신기한 듯이 살펴보았다.

「소환됐을 때는 잠든 거랑 똑같아요. 호흡은 정상적으로 하고 있고요.」

"그거, 그렇게 태평하게 말할 게 아닌 것 같은데……."

「하지만 딱히 신경 쓸 일은 아니잖아요?」

"신경 쓰여!"

고개를 갸웃거리는 리루에게 루그가 황당해하며 말했다.

그러자 드웬이 말했다.

"리루는 요즘 시도 때도 없이 저런 상태가 되기 때문에 다들 그러려니 하고 있소. 밥을 먹다가 머리를 박고 잠들어 버릴 때도 있고, 샘에서 목욕을 하다가 쓰러져서 둥둥 뜨는 때도 있고, 걸어가다가 쓰러질 때도 있고……."

"……."

루그의 안색이 창백해졌다. 하지만 드웬은 그것을 눈치채지 못하고 가볍게 말을 이었다.

"일단 나무에서 떨어지는 것 같은 위험한 상황이 있을 수도 있으니까 되도록 다른 이들의 시선에서 벗어나서 혼자 행동하는 일이 없도록 지시해 두었소. 위험할 때는 곁에 있는 이들이 손을 쓰면 그만이고, 그 외의 경우에는 신경 쓰지 않고 놔두지. 딱히 문제는 없으니까 말이오."

'신경 써! 신경 쓰라고!'

루그는 머리를 쥐어뜯고 싶은 심정이었다. 엘프는 가뜩이나 몸이 약한데 픽 쓰러졌다 잘못되면 어쩌려고! 일견 안전해 보이는 곳에 쓰러져도 풀 사이에 돌뿌리가 있어서 거기에 머리를 찧는다거나 하는 사고가 일어날 수도 있지 않은가?

'아악, 내가 지금까지 무슨 짓을 한 거야?'

루그는 무지로 저지른 죄악에 전율했다. 세상에, 아무 생각 없이 리루를 소환하는 짓이 이렇게 위험한 것이었을 줄이야!

메이즈가 조심스레 말했다.

"주인님, 그러니까… 앞으로는 리루를 소환할 때 신경을 좀 쓰는 편이 좋겠어. 예를 들면 어떻게든 통신을 해서 상황을 미리 알려줄 방법을 마련한다거나…….”

"여, 역시 그렇지? 그래야겠지?"

〈흠흠. 이런 문제가 있었을 줄이야. 루그는 지금까지 자신의 작은 편의를 위해서 죄없는 어린 생명을 헤아릴 수도 없을 정도로 많은 죽음의 위협 속에 내몰았던 것이로군. 쯧쯧.〉

"그, 그렇게까지는…….”

〈오호, 잘못을 부정할 생각인가? 리루는 잘못하면 죽을 뻔한 고비를 셀 수 없이 넘겼던 셈인데 말이다. 네가 지금까지 리루를 소환한 것은 278번. 확률적으로 따져 보면 리루의 육체가 지금까지 무사한 것이 기적이다. 반성해라.〉

"……."

루그는 입이 열 개라도 할 말이 없었다. 조금만 리루의 처지를 생각했으면 궁금해할 수 있었던 부분 아닌가?

〈이 사태에 대한 해결책은 두 가지가 있겠군.〉

"두 가지?"

〈첫 번째는 네가 두 번 다시 리루를 소환하지 않는 것이다. 뭐, 전력이 많이 주는 셈이니 아쉽지만 도리를 안다면 그래야 하겠지.〉

"…두 번째는 뭔데?"

루그는 불길함을 느끼며 물었다. 볼카르가 음흉하게 웃으며 되물었다.

〈너는 이미 답을 알고 있을 텐데? 이런 난감한 사태를 해결할 수 있는 심원한 지혜의 소유자는 단 하나뿐이지.〉

"……."

볼카르의 우쭐거리는 감정이 노골적으로 전해져 왔다. 여기서는 네 도움 따위 필요없다고 말하고 싶지만, 현실은 비정했다. 루그는 굴욕감을 느끼면서 말했다.

"볼카르, 이 문제의 해결에 도움을 받고 싶은데……."

〈내가 너를 통해 인간세상을 보다 보니 인간들은 상대방에게 부탁을 할 때 좀 더 예의와 성의를 보이는 모양이던데…….〉

볼카르의 뻔뻔스러운 말에 루그의 주먹이 부들부들 떨렸다. 진짜 눈앞에 있었으면 한 대 후려치고 싶은 마음이었다.

'으, 이대로 당할 수는 없어.'

별것 아니라면 별것 아닌 일이다. 하지만 이대로 당하기에는 너무 억울했다. 특히 요즘은 계속 볼카르에게 당하기만 하고 갚아주질 못하고 있는 형편 아니던가.

끙끙거리던 루그는 문득 한 가지 사실에 생각이 미쳤다.

"볼카르, 사실은 고백할 게 있어."

〈음?〉

루그가 기대했던 것과는 다른 이야기를 하자 볼카르가 의아해했다. 루그가 사악한 미소를 지으며 말했다.

"이번에 엘프들한테 받아갈 약재들 있잖아."

〈무슨 문제라도 있나?〉

"거기 스승님이 알려주신 새로운 오더 시그마의 비약을 만들기 위한 것들도 있다?"

〈……..〉

볼카르의 기분이 급속도로 저하되는 것이 느껴졌다. 루그가 말을 이었다.

"너도 내가 스승님과 대련할 때마다 느꼈겠지만 오더 시그마의 비약은 꽤 종류가 많지. 게다가 그중에는 내가 그전까지는 모르던, 장기간 복용해야 하는 약들도 꽤 있어. 체질을 개선하기 위한 것들이지."

〈끄흐으음! 하지만 너는 이미 300번의 복용을 마쳐서 체질을 개선하지 않았느냐?〉

"그렇지. 하지만 그중에는 귀한 재료를 써서 그보다 더욱 뛰어난 체질 개선 효과를 보이는 약들이 있더라고."

〈그래 봤자 이미 한 번 개선한 체질이 얼마나 더 나아지겠느냐? 그냥 강체력이 팍팍 늘어나는 비약이나 먹어라. 아니, 잠깐. 그러고 보니 귀한 재료를 쓴 약이라면 맛은 어떻지?〉

허둥거리던 볼카르가 한 가지 사실에 생각이 미쳤다. 루그가 씩 웃으며 대답했다.

"그야 물론 이전에 먹었던 것보다 더 끔찍하지."

〈…어떻게 마셔보지 않고도 그렇게 단언할 수 있는 건가?〉

"마셔보진 않았지만 맛은 체험해 봤으니까. 내가 스승님이랑 대련할 때 기격으로 맛본 비약의 맛 중 하나거든. 기억나? 비바람 몰아치는 날에 스승님과 대련할 때……."

〈…….〉

볼카르의 마음에 한기가 몰아쳤다. 그때 기격으로 맛본 비약의 맛은 확실히 루그가 300번 먹었던 그 약보다도 한층 더 끔찍했다.

루그가 말했다.

"원래는 코번에게 먹일 생각으로 주문한 약이지만, 왠지 나도 먹는 게 좋지 않을까 싶어. 나도 요즘 슬슬 강체력이 성장하는 속도가 둔화되는 것을 느끼고 있는지라……."

〈마, 말도 안 되는 소리 하지 마라! 그럴 필요가 어디 있나!〉

볼카르는 절박했다. 하지만 루그는 연극배우처럼 과장된

표정으로 말했다.

"아아, 하지만 현실에서 나는 리루의 문제조차 해결하지 못할 만큼 무력해. 조금이라도 더 강해지기 위해서라면 얼마든지 고통을 감내해야 하지 않겠어?"

〈으윽…….〉

정말이지 속이 뻔히 보이는 수작이었다.

하지만 그렇다고 무시할 수도 없었다. 루그의 성격으로 보건데 볼카르가 괴로워하는 것을 볼 수만 있다면 끔찍한 비약을 매일 같이 마시는 것 정도는 얼마든지 감수할 것이기 때문이다.

볼카르는 속으로 이를 갈았다. 여기서는 패배를 인정할 수밖에 없을 것 같았다.

〈그런 문제라면 내가 있지 않은가? 신경 쓰지 마라. 네가 부족한 점은 내가 최선을 다해 메워줄 테니 그런 어리석은 생각은 하지 않아도 된다.〉

"오오, 그래?"

〈물론이다. 나만 믿어라.〉

"난 네가 그렇게 말해줄 거라고 믿고 있었어. 잘 부탁해."

루그는 흡족한 듯 고개를 끄덕였다.

그 대화를 듣고 있던 메이즈가 푸훗 하고 웃음을 터뜨렸다.

"언제나 생각하는 건데, 참 주인님이나 볼카르님이나 이럴 때는 정말 대여섯 살 먹은 꼬맹이들 같다니까?"

일행이 넬리아냐에 온 지 사흘이 지났다. 원래는 당일에 물품만 수령해서 떠날 생각이었지만 리루 때문에 일정을 변경한 것이다.

리루가 정령으로 소환되어 쓰러질 때를 대비한 마법을 볼카르가 개발하고 있을 동안 메이즈와 다르칸은 충분한 휴식을 취할 수 있었다. 메이즈의 경우 아직 몸이 다 낫지도 않은 주제에 분주하게 움직였다.

"엘프들의 요리를 배울 기회는 너무 귀중해! 쉬고만 있을 수는 없어!"

인간들의 요리법을 배우기 위해 온 대륙을 돌아다녔던 그녀였다. 지금까지 접해보지 못한 엘프의 요리법은 어떤 금은보화보다도 배움의 욕구에 불을 붙였다.

또한 약재가 넘쳐 나는 엘프들은 회복을 위한 마법의 약들도 많이 보유하고 있었다. 그들은 자신들의 친구로 인정한 메이즈를 위해 그 약들을 아낌없이 베풀었고, 메이즈의 몸은 급속도로 회복되었다.

그에 비해 다르칸은 배정된 거처를 떠나지 않았다. 리루와 함께 넬리아냐를 돌아다니면서 엘프들이 어려워하는 '힘쓰는 일'을 도와주던 루그는 꽃밭 한가운데에서 명상하고 있는 다르칸을 발견했다.

다르칸이 명상을 하는 모습은 마치 석상 같았다. 통나무 같은 다리로 가부좌를 틀고 양손을 그 위에 모아 올린 채 눈을 감고 있노라니 너무나도 고요해 보였다.

그 모습을 신기한 듯 바라보던 리루가 말했다.

"고요하네요."

"그러게. 무서울 정도로 안정되어 있군."

루그도 조심스레 고개를 끄덕였다.

명상에 잠긴 다르칸의 모습은 명상하는 자의 이상적인 모습이 무엇인지 보여주는 것 같았다.

평소라면 그의 위압적인 기세 때문에 벌레들조차 접근하지 않는다. 하지만 지금은 토끼 한 마리가 주변을 기웃거리질 않나, 나비와 잠자리들이 날아다니질 않나, 그리고 그들보다는 조금 지능이 높은 페어리들조차도 그의 뿔 위에 앉아서 인간은 알아들을 수 없는 소리로 재잘거리고 있었다.

문득 다르칸이 눈을 떴다.

그러자 고요가 깨어지면서 모든 것이 정상으로 돌아왔다. 모여들었던 동물과 곤충들, 페어리들이 깜짝 놀라서 사방으로 흩어져 갔다.

루그가 물었다.

"뭘 하고 있었던 거야?"

"잠깐 새로운 마법의 구상을 정리하고 있었소. 그러니까…

라나를 위한 마법을 말이오."

"마법 연구가 그런 식으로 돼?"

루그가 황당해하며 물었다. 다르칸이 고개를 끄덕였다.

"심상 공간을 다루는 방법을 터득하면 현실에서 연구하는 것과 비슷하게 할 수 있소. 물론 여러 가지 제약이 있으니 충분한 여건이 갖춰진다면 현실에서 하는 편이 더 낫지만 말이오."

"흐음. 볼카르가 심상 공간에서 하는 것과 비슷한 건가?"

"볼카르님과는 비교할 수 없소. 내 심상 공간은 어디까지나 내면에서 정보를 체계적으로 정리할 수 있을 뿐이고 실제로 어떻게 작용하는지의 실험은 현실에서 해야 하니까."

"하긴. 지난번에 한 번 봤는데 정보량이 상상을 초월했지. 아마 지금도 거기서 뭔가 열심히 하고 있을 거야."

"그러고 보니 볼카르님의 존재가 멀게 느껴지는군. 연구에 몰두하셨나 보구려."

"응. 뭐, 슬슬 리루의 문제는 해결할 수 있을 것 같다고 하더라고."

루그는 그렇게 말하며 리루의 머리를 쓰다듬어 주었다. 리루가 배시시 웃으면서 루그에게 달라붙었다.

"볼카르는 마법에 대해서만은 믿을 만하지. 아, 근데 너는 왜 여기서 이러고 있어? 모처럼 엘프 거주지에 왔는데 구경도 하고 다니지 그래? 경관을 구경하거나 하는 것만이 아니라 마법사로서도 살펴볼 만한 가치가 많은 곳이잖아?"

엘프 거주지는 그야말로 마법적인 요소의 총집합이라고 봐도 과언이 아니었다. 마법사라면 누구나 이곳을 이루는 요소들에 관심을 갖지 않을 수 없을 것이다.

하지만 다르칸은 지난 사흘간 계속 이곳에만 틀어박혀서 움직일 생각을 하지 않았다.

다르칸이 말했다.

"내가 돌아다니면 다들 무서워할 테니 그냥 가만히 있는 게 낫다고 판단했소. 호기심으로 이곳저곳을 돌아다녀 본다 한들 반응이 뻔히 예상되니……."

그렇게 말하는 다르칸의 표정은 쓸쓸해 보였다.

루그는 뭐라고 위로해야 할지 몰라서 난감한 표정을 지었다. 다르칸이 안고 있는 문제는 그가 어떻게 해줄 수 없는 것이었다.

'진짜 볼카르한테 변신 주문이라도 하나 만들어내 보라고 닦달해야 되나?'

이쯤 되면 정말 불쌍해 보인다. 이 거구의 드라칸이 안쓰러워 보이는 날이 올 줄은 상상도 못했다.

그때 리루가 다르칸에게 다가갔다. 그리고는 앉아 있어도 훨씬 눈높이가 높은 그를 노을빛 눈동자로 올려다보았다.

다르칸이 의아해하며 리루를 바라보자 그녀가 생긋 웃었다.

"다르칸님은 무섭지 않아요."

"……."

"인간들이 훨씬 무서웠지요."

"인간들이?"

다르칸이 눈을 크게 떴다. 리루가 고개를 끄덕였다.

"다들 그랬을 거예요. 우리를 원하고, 우리를 자신의 소유물로 삼으려 했던 인간들이 정말 무서운 존재였어요."

그렇게 말하던 그녀는 뒤를 돌아보며 덧붙였다.

"물론 루그는 예외지만요."

"뭐, 솔직히 '인간'이라는 큰 범주로 묶으면 내가 무슨 할 말이 있겠어?"

루그는 쓴웃음을 지으며 어깨를 으쓱했다.

리루는 미소 지으며 다르칸의 손을 잡았다. 손끝에 와 닿는 온기에 다르칸이 흠칫했다.

너무나도 작은 손이었다. 다르칸의 손가락 밑둥이 리루의 손목만큼이나 굵었으니, 마치 성인 장정의 손에다가 아기 고양이의 손을 올려둔 것 같았다.

다르칸은 그 작은 손에서 전해지는 온기에 전율했다. 이제껏 300년 이상을 살아오면서 한 번도 해본 적 없는 경험이었다.

리루가 말했다.

"처음에는 조금 무서워했을 거예요. 하지만 이젠 다들 다르칸님이 우리 동포의 은인이라는 것을 아는 걸요. 엘프는 친구를 무서워하지 않아요. 가요."

"어, 어딜?"

"다르칸님이 우리를 오해한 채 떠나면 너무 섭섭하니까요. 넬리아냐를 구석구석 구경시켜 드릴게요."

리루는 힘차게 다르칸의 손을 잡아끌었다.

물론, 바위처럼 무거운 다르칸은 꿈쩍도 하지 않았다.

"......"

인간 소녀보다도 훨씬 근력이 약한 리루가 있는 힘을 다해 잡아끌어도 다르칸이 꿈쩍도 안 하는 것은 당연한 일이었다. 여기서는 못 이기는 척 일어나서 끌려가 줄 만도 하건만 둔감한 다르칸은 멍청하니 리루가 힘쓰는 모습을 보고만 있을 뿐이었다.

'저 둔탱이 같으니.'

한 손으로 잡아끌다 못해 양손으로 다르칸의 손가락을 잡고 낑낑대는 리루의 모습에 루그가 혀를 찼다. 그리고는 멍청하니 굳어 있는 다르칸에게 기격을 행사했다. 보이지 않는 기운이 다르칸의 감각을 자극하면서, 그는 자신도 모르게 천천히 움직였다.

놀란 다르칸이 루그를 바라보았다. 루그는 한쪽 눈을 찡긋하면서 손을 슬쩍 흔들어 보였다. 다르칸은 그제야 눈치를 채고는 리루가 이끄는 대로 성큼 한 걸음을 내디뎠다.

다르칸은 자신에 비하면 너무나도 작고 연약한 엘프 소녀의 손에 이끌려서 엘프들의 숲으로 발걸음을 내디뎠다. 생전 처음으로 어떤 기대감으로 가슴이 두근거리기 시작했다.

6

일행은 그 후로도 이틀간 더 넬리아냐에 머물렀다. 넬리아냐에서 보내는 마지막 날 밤, 볼카르가 말했다.

〈루그, 리루를 소환해 봐라.〉

"괜찮은 거지?"

루그는 바로 앞에 있는 리루를 흘끔 보면서 물었다. 볼카르가 자신만만하게 대답했다.

〈물론이다.〉

"알겠어. 나칼라즈티."

"아……"

루그가 바람의 정령을 소환하자 리루가 곧바로 의식을 잃어버리면서 옆으로 쓰러졌다. 루그가 흠칫 놀라서 손을 뻗으려는 순간, 쓰러지던 리루의 몸이 빛을 발하더니 두둥실 떠올랐다가 천천히 대지에 바로 눕혀졌다.

그 광경을 본 루그가 턱을 쓸었다.

"쓸 만해 보이는데?"

〈어떤 상태에서 소환되더라도 안전하게 바로 눕혀지게 된다. 마법 자체에 상황 판단 기능이 들어 있어서 무조건 그 자리에 눕혀지는 것이 아니라 주변에 안전하고 누워 있어도 몸에 문제가 생기지 않는다고 여겨지는 곳으로 이동하게 되지.〉

녹색 환영의 모습으로 루그 옆에 나타난 리루가 눕혀진 자신의 몸에 다가갔다. 그 주변에는 반투명한 빛의 막이 나타나 있었다.

「이건 무슨 마법인가요?」

〈만약의 사태에 대비하기 위해서 네가 의식을 잃고 있는 동안에는 몸을 보호하는 결계가 형성되도록 했다. 비가 오거나 눈이 오거나, 혹은 다른 뭔가가 위를 덮치거나 해도 문제 없을 거다.〉

볼카르는 루그가 소환하면 자동으로 발동되는 마법의 문신을 리루의 왼쪽 어깨에 새겨 넣었다. 루그는 리루의 몸에 문신을 새긴다는 것이 마음에 들지 않았지만, 리루는 오히려 어깨 부분에서 신비롭게 일렁이는 녹색의 신기루 같은 문신을 마음에 들어했다.

루그가 못마땅한 기색으로 물었다.

"저거 지워지지도 않을 텐데, 정말 괜찮은 거야?"

「괜찮아요. 아주 예쁜걸요? 그리고 드래곤이 호의로 새겨 준 문신이라니, 누구나 부러워할 거예요.」

리루는 문신을 쓰다듬으며 배시시 웃었다. 볼카르가 말

했다.

〈이 마법은 기본적으로는 네 마력을 써서 발현된다. 하지만 너를 중심으로 주변의 마력을 순환시키는 방식을 써서 마력을 아주 적게 소모하도록 만들었으니 루그가 장시간 소환하는 상황이라도 걱정하지 않아도 될 거다. 그리고… 음, 리루 나칼라즈티. 일단 몸으로 돌아가도록.〉

그 말에 루그가 리루의 소환을 취소했다. 그러자 리루를 감싸고 있던 빛이 서서히 사그라지면서 리루가 잠에서 깨어나듯이 몸을 일으켰다.

그녀가 몸을 이리저리 움직여 보더니 말했다.

"평소보다 훨씬 편안하네요."

"…그야 평소에는 그런 식으로 방치되어 있었으니 당연하지."

루그가 고개를 절레절레 저었다. 평소에는 옆으로 누워 있든, 앞으로 자빠져 있든 아무도 신경 쓰지 않았다. 그런 자세로 장시간 방치되어 있었으니 일어났을 때 그리 좋은 느낌은 아니었으리라.

볼카르가 말했다.

〈너희의 교감 능력을 이용해서 원거리에서 실시간 통신이 가능하도록 했다. 루그, 너와 리루 사이에 이어진 교감을 더듬으면서 그것을 통해 통신 마법을 시도해 봐라.〉

"알았어."

루그는 그 말에 따라서 자신과 리루 사이에 이어진 교감을 더듬었다. 그러자 놀랍게도 거리가 가깝든 멀든 상관없이 그녀와 통신을 할 수 있었다.

─리루, 들려?

─네. 아주 잘 들려요.

리루는 재미있어했다. 루그와 마법 통신으로 대화를 나누는 것이 마치 정령으로 소환되었을 때와 비슷한 감정적 교감을 동반했기 때문이다.

〈일단 내가 필요하다고 생각하는 요소는 다 넣었다. 혹시 추가로 필요하다고 생각되는 기능이 있나?〉

"내가 보기엔 없는 것 같아. 정말 완벽해."

〈내가 하는 일이니 당연하지 않은가.〉

볼카르가 우쭐거렸다. 루그가 피식 웃었다.

"우와, 아니꼬운데 뭐라고 반박을 못하겠어."

"고마워요, 볼카르님."

리루가 고개 숙여 인사했다. 기분이 좋아진 볼카르가 말했다.

〈뭐, 고마워할 것까진 없다. 어디까지나 이 녀석이 저지른 실수를 수습한 것뿐이니.〉

"끄응. 할 말이 없군. 위대하신 드래곤 볼카르님, 완벽한 일처리에 감탄했소이다."

루그가 장난스럽게 고개를 숙이며 볼카르의 노고에 감사

했다.

리루의 일이 처리된 이상 넬리아냐에 더 머무를 이유는 없었다. 그날 밤에는 떠나는 일행을 위한 작은 잔치가 열렸다. 리루와 알라냐, 드웬을 비롯한 루그와 잘 아는 엘프들과 일행에게 구함을 받은 엘프들이 한데 모인 자리였다.

엘프들의 잔치는 인간처럼 홍겹고 요란하지는 않았다. 그들은 마법으로 피운 불을 중심으로 조용조용하게 떠들다가, 한두 명씩 나와서 춤추고 노래를 불렀다.

메이즈가 말했다.

"정말 귀중한 경험이야. 아무것도 모르는 인간이 이런 경험을 했다면 요정의 나라에 다녀왔다고 호들갑을 떨겠지?"

"그럴걸."

"주인님, 이 술 정말 맛있다. 그치?"

"응."

루그가 이전에도 맛본 적이 있는 엘프들의 술은 천하일품이었다. 메이즈는 인간들이 만든 온갖 미주들을 맛보았지만 지금 마시고 있는 이 투명한 술에 비하면 달 앞의 반딧불 정도밖에 안 되는 듯했다.

지상에서 가장 아름답다는 엘프의 노래를 들으며, 천상의 맛과 향을 자랑하는 술을 마시는 이 순간은 그 자체로 너무나도 즐겁고 만족스러운 시간이었다. 메이즈가 투덜거렸다.

"이 술을 바깥에서도 만들 수 있으면 좋을 텐데……."

"제조법을 알아도 만들 수 없는 건 확실히 아쉬워."

루그가 쓴웃음을 지었다.

엘프들의 술은 엘프 주거지라는 지극히 특수한 환경에서만 만들 수 있는 것이다. 지금 이 잔치를 위해 그들이 내놓은 술은 여덟 종류였는데, 그것 중에는 100년 이상 숙성시킨 술이 있는가 하면 은령수의 잎새에 맺힌 달빛을 녹여 만든, 두 시간만 지나도 향이 달아나 버리는 순간의 미학이 빛나는 것도 있었다.

술잔에 놓고 달빛을 받으면 보석처럼 빛나며, 목구멍을 타고 넘어가면 주변의 나무들과 교감하는 기분을 맛볼 수 있는 술이 어떤 것인지는 세상의 모든 호사를 누려본 왕후장상들도 상상하지 못하리라.

문득 리루가 일어나서 말했다.

"루그, 노래하지 않을래요?"

"아, 그것만은 제발 봐줘. 이런 자리에서 내가 노래를 불렀다가는 분위기 다 깨진다."

"어머, 난 주인님 노래 들어보고 싶은데?"

메이즈가 슬그머니 달라붙으며 말했다. 루그가 입술을 삐쭉였다.

"나는 그러는 네 노래가 들어보고 싶다만? 어쨌든 안 돼."

〈아는 노래가 있긴 한가? 그러고 보니 나도 네가 노래 부르

는 것은 들어본 적이 없군.〉

볼카르가 끼어들었다. 엘프들의 술은 그도 무척 마음에 들어하는 것이라서, 평소보다도 한층 더 집중해서 루그의 감각을 전달받고 있었다. 그렇게 술맛을 계속 본 탓인지 목소리가 들떠 있는 것 같았다.

"아는 노래라……."

루그는 난처한 듯 중얼거렸다.

없었다.

사람들 앞에 나서서 부를 만한 노래 따윈 정말 단 한 곡도 아는 것이 없었다.

"으으음. 없네."

루그는 자신이 얼마나 삭막하게 살아왔는지 실감했다. 남 앞에서 불러본 노래라고는 라나를 위해 생일 축가를 불러준 것 정도였으니…….

메이즈가 눈을 휘둥그레 떴다.

"진짜로 아는 노래가 없는 거야?"

〈그건 정말 나보다도 못하군.〉

"뭐?"

볼카르가 코웃음을 치며 한 말에 루그가 눈을 번쩍 떴다. 메이즈도 놀란 기색이었다.

"볼카르, 너 노래할 줄 아는 거야?"

"노래하는 드래곤이라니… 듣도 보도 못했어요, 볼카르님."

〈훗. 노래 정도는 마법을 추구하는 자로서 기본적인 소양이라고 할 수 있지. 교양과는 담쌓은 루그와 똑같은 수준으로 취급하면 곤란하다.〉

"말을 해도 꼭 그런 식으로 하냐? 근데 그렇게 말하면 정말 궁금한데. 어디 한번 들려줘 보시지?"

〈지금 내가 노래를 해봤자 별로 의미가 있을 것 같진 않다만.〉

"그건 그렇지."

확실히 볼카르의 목소리를 들을 수 있는 것은 루그, 메이즈, 다르칸, 리루 넷뿐이다. 게다가 몸도 없는 볼카르가 노래를 부른다 한들 어떤 감흥이 있겠는가?

볼카르가 피식 웃었다.

〈어쩌면 가까운 시일 내로 들려줄 날이 올지도 모르지. 그건 미래의 즐거움으로 남겨두도록 하자.〉

"기대하고 있도록 하지. 얼마나 잘 부르는지 내가 인류를 대표해서 똑똑히 들어줄 거라고."

루그가 그렇게 말할 때 리루가 다르칸에게 다가갔다. 그리고 그에게 손을 내밀었다.

"다르칸님, 춤춰요."

"춤?"

다르칸이 눈을 휘둥그레 떴다.

이틀 전, 리루에게 이끌려서 숲을 돌아다니면서부터 다르칸은 생전 처음으로 다른 종족에게 환대를 받아볼 수 있었다. 엘프들은, 특히 아이들은 처음에는 다르칸을 무서워했지만 전혀 무서워하지 않고 그를 대하는 리루 덕분인지 다들 다가와서 말을 걸었다.

그리고 저녁쯤에는 다르칸은 손발에 엘프 아이들을 태우고 하늘을 날면서 그들의 감탄성을 즐기는 자신을 발견할 수 있었다. 그것은 그의 삶에서 한 번도 느껴보지 못한 만족감을 선사했다.

"어서요."

리루가 다르칸의 손가락을 붙잡고 잡아당겼다.

300년을 넘게 살아왔지만 누군가에게서 춤 신청을 받아보는 것은 처음이었다. 다르칸은 주저주저하면서도 몸을 일으켜서 리루를 따라 앞으로 나섰다.

다들 신기해하며 둘을 바라보았다. 리루와 다르칸의 키 차이는 세 배에 가깝기 때문에 도저히 같이 춤을 출 수 없어 보였다.

이 난관을 리루는 아주 간단하게 해결했다. 바람의 정령을 소환해서 몸을 두둥실 띄움으로써 다르칸과 눈높이를 맞추었다.

그녀와 양손을 맞잡은 다르칸이 물었다.

"춤은 어떻게 추는 거지?"

"그냥 노래에 맞춰서 몸을 조금씩 흔들면서 돌면 돼요."

굉장히 모호한 설명이었다. 하지만 어차피 자세하게 가르치는 것은 무리였다.

리루와 다르칸은 춤을 추기 시작했다. 엘프의 노래에 맞추어 불빛 주변을 어색하게 도는 두 사람의 모습은 굉장히 이질적이고, 또한 즐거워 보였다.

문득 메이즈가 루그의 옆구리를 쿡쿡 찌르며 말했다.

"주인님, 우리도 춤추자. 설마 춤도 못 추는 건 아니지?"

"춤이야 약간은 출 줄 알긴 하지만……."

"그럼 나와 춤출 수 있는 영광을 드리겠나이다. 어서 일어나서 이 손을 맞잡으세요."

"야, 대사가 이상하잖아?"

루그는 그렇게 핀잔을 주면서도 메이즈의 손을 잡고 앞으로 나섰다. 리루와 다르칸이 용케 보조를 맞추어 도는 궤적의 뒤를 따라서 춤추기 시작한 두 사람은 제법 보조가 잘 맞았다.

그렇게 넬리아냐에서의 마지막 밤이 저물어가고 있었다.

CHAPTER 32
침략자의 유혹

폭염의 용제

1

"으윽……."

악의 비밀 결사 블레이즈 원의 중추라고 할 수 있는 드래곤 불카누스의 거처. 삭막하기 그지없는 그곳의 복도에서 한 청년이 비틀거리고 있었다. 검보랏빛 머리칼을 늘어뜨린 그는 완전히 만신창이가 된 채 숨을 헐떡거렸다. 강력한 마법이 걸려 있는 로브는 완전히 너덜너덜해져 있었고, 전신에서 흘러나온 피 때문에 짙은 피냄새가 풍겼다.

그는 블레이즈 원의 간부인 아크 드레이크 샤디카였다. 그가 복도에 몸을 기댄 채 숨을 헐떡거리고 있을 때, 복도 저편에서 두 개의 그림자가 나타났다.

"샤디카 경? 이게 무슨 일이오?"

놀라서 물은 것은 상반신은 아름다운 여성의 모습이며, 하반신은 황백색 뱀의 형상을 띤 나가 비요텐이었다.

샤디카가 숨을 헐떡거리며 그녀를 올려다보았다. 눈에 초점이 흔들리는 것을 보니 반쯤 의식이 없는 것 같았다. 비요텐은 혀를 차며 아공간에서 약병 하나를 소환했다. 그리고 마법으로 뚜껑을 열고 그 안에 있던 약을 샤디카의 목구멍으로 흘려 넣었다.

곧 샤디카의 몸이 조금씩 회복되면서 눈에 빛이 돌아왔다. 그가 숨을 고르면서 말했다.

"아, 이거 신세를 졌군. 나중에 반드시 갚도록 하지."

"도대체 무슨 일인지 설명이나 해보시오. 당신이 이곳을 나가는 것은 보지 못했는데, 어쩌다가 이런 꼴을 당한 것이오? 혹시 기즈누 경에게 시비라도 걸었소?"

"설마. 레비아탄에 대해서 궁금한 것은 사실이지만 일단 같은 편끼리는 싸우지 말라는 방침이 내려왔으니 그럴 수는 없지."

불카누스의 명령만 아니었으면 벌써 싸웠을지도 모르는 말투였다.

샤디카는 눈을 감고 약 기운이 퍼져 나가는 것을 즐겼다. 그리고 대충 다 소화가 됐다 싶자 자신도 아공간에서 약병을 소환하더니 꿀꺽꿀꺽 마셨다.

"이제 좀 살겠군. 당신이 물어본 게… 그러니까 어쩌다가 이렇게 됐냐는 거였지?"

"그렇소."

"별건 아니고, 금지 구역에 가본 것뿐이야."

"금지 구역에? 거긴 대체 왜 간 거요?"

비요텐의 눈이 휘둥그레졌다.

불카누스의 거처는 인간의 발길이 닿지 못하는 팔데스 산맥의 깊숙한 곳에 있었다. 이곳에서 블레이즈 원의 간부들이 돌아다니는 곳은 불카누스가 봉인된 공동과 그 주변의 일부 주거지뿐이었다. 하지만 사실 마법을 이용해서 형성시킨 지하 공간의 넓이는 웬만한 도시보다도 더 넓을 정도였다.

그 태반은 불카누스가 금지 구역으로 지정해 두고 있었다. 이곳으로 들어서는 길은 무수히 많지만, 그중에서 블레이즈 원의 간부들이 이용할 수 있는 것은 단 하나뿐이다. 왜냐하면 나머지 길들은 모두 금지 구역을 지나게 되며, 그곳은 불카누스조차도 통제하지 못하는 방어 시스템과 괴물들이 즐비하기 때문이었다.

샤디카가 비요텐의 뒤를 가리키며 말했다.

"저놈을 이용해서 금지 구역을 탐사한다는 이야길 들으니 궁금해지더라고."

그곳에는 불카누스와 비요텐에 의해 만들어진 붉은 드라칸, 아레크스가 서 있었다. 그는 인간은 들어 올릴 엄두조차

내지 못할 거대한, 메이즈의 보이드 블레이드보다도 더욱 크고 둥글게 휘어진 칼날을 등에 찬 채 무심한 표정으로 샤디카를 바라보았다.

비요텐이 혀를 찼다.

"그곳은 왕조차 섣불리 접근할 수 없다고 공언하신 곳이오. 궁금하다는 이유만으로 그런 곳에 들어가다니……."

"난 궁금한 건 못 참거든. 그리고 사실 그 양반, 아직은 당신이나 나보다 약하잖아?"

"음……."

샤디카의 불경스러운 말에 비요텐이 눈살을 찌푸렸다.

하지만 그 말은 사실이었다. 불카누스가 그들을 지배하는 것은 드래곤으로서 가진 절대적인 용제의 힘 때문이다. 마법사로서의 능력을 따지자면 아직은 샤디카나 비요텐이 그보다 우위에 있었다.

비요텐이 한숨을 쉬었다.

"곧 뛰어넘으실 것이오."

"그렇겠지. 마력은 끝을 모르겠고 학습 능력은 정말 괴물 같으니까. 당신의 지식을 전부 흡수하는 데 얼마나 걸릴 거라고 생각하지?"

"길어봐야 반년이오. 그것도 지금까지는 아레크스를 만드느라 연구를 우선으로 했고 그 과정에서 필요한 것을 배워가는 정도였지. 하지만 본격적으로 마법 전수에만 힘을 쏟는다면 그보다 더 짧은 기간에 학습을 완료하고, 당신이나 기즈누 경을 다음 스승으로 지정할 것이오."

"그 정도인가? 기억을 잃었어도 드래곤은 드래곤이라 이거지. 정말로 재미있어. 하긴 그만큼 재미있는 존재니까 내가 진심으로 따르고 있는 거지만……."

샤디카가 키득거렸다. 비요텐이 물었다.

"금지 구역은 어땠소?"

"보다시피 죽을 뻔했어. 다시는 안 들어갈 거야. 천 년을 넘게 살았거늘 이렇게 짧은 시일 동안 두 번이나 죽을 뻔한 것은 처음이야. 방어 시스템이 작동하는 영역까지는 가지도 않았고 과잉 번식한 키메라들이 있는 영역만 돌다 왔는데 그 중에 상대하기 까다로운 괴물들이 즐비해."

"구체적으로는?"

"일단 대부분이 항마력이 말도 안 되게 강해. 우리한테는 최악의 적이지. 한 마리라도 포획해서 오는 게 목표였는데 그러기는커녕 겨우 목숨만 부지했어."

샤디카가 혀를 찼다. 아무리 드래곤이 만든 키메라들이라고 해도 얼마나 강할까 싶었는데, 실제로 상대해 보니 장난이 아니었다. 자율적인 의지가 희박할 뿐이지, 자신이 맡은 구역을 지키기 위한 전투 시에 발휘되는 전술적인 지능은 놀라울 정도였다.

"그렇구려."

"확실히 우리보다는 저 녀석이 오히려 유리할지도 모르지. 죽어도 부담이 없으니."

샤디카는 아레크스를 보며 말했다. 비요텐이 고개를 끄덕였다.

"그렇지 않아도 그 일 때문에 금지 구역으로 가던 길이오."

"이 녀석을 거기다가 풀어놓을 생각인가?"

"목적은 당신이 하려던 것과 마찬가지로 금지 구역을 지키는 키메라의 포획이오. 아레크스가 우리보다 마법은 못하지만 육체 능력 면에서는 훨씬 뛰어나니 어쩌면 가능할지도 모르지."

"만약 포획에 성공하면 연구에는 나도 입회시켜 주었으면 좋겠군. 성공을 기도할게. 솔직히 나는 저 녀석이 10분도 못 버티고 두 번째 죽음을 맞이할 거라고 보지만."

"그렇다면 그때는 세 번째 육체로 다시 도전하면 그만이겠지."

비요텐은 별것 아니라는 듯 대답했다.

금지 구역의 키메라를 포획하여 연구한다. 즉, 드래곤으로서 온전한 힘과 기억을 가졌을 때의 창조물을 해체해 봄으로써 비약적인 마법적 성과를 얻는다.

불카누스는 오래전부터 그런 생각을 하고 있었다. 그리고 어느 정도 힘을 갖춘 지금, 마침내 그 생각을 실천에 옮기려고 한 것이다. 아무리 죽어도 되살아나는 불사의 드라칸 전사 아레크스를 이용해서.

샤디카가 피식 웃었다.

"불쌍한 삶이군. 불사신에 가깝게 태어났기 때문에 끔찍할 정도로 쉽게 죽음을 맛봐야 할 운명이라니."

그는 비틀거리면서 복도 저편으로 사라져 갔다. 그의 모습이 사라지고 나자 비요텐이 아레크스를 보며 말했다.

"가자."

"응."

아레크스는 어린애처럼 순진하게 대답하고는 비요텐과 함께 금지 구역으로 향했다.

2

"이게 어떻게 된 거야?"

보름 만에 돌아온 라나의 숲은 루그를 깜짝 놀라게 만들었다. 숲의 입구가 그가 기억하는 것과는 완전히 다른 풍경으로 변해 있었기 때문이다.

거대하고 무참한 파괴의 흔적이 그곳에 있었다. 막강한 힘의 충돌로 인해 초목이 불타고 지형이 변해 버렸다.

"무슨 일이 있었던 거지?"

루그는 불길함을 느끼며 숲으로 들어섰다. 볼카르가 말했다.

〈결계는 전혀 피해가 없다. 그뿐만 아니라 그새 난쟁이 녀석들이 손을 좀 더 쓴 것 같군.〉

"어떻게?"

〈숲을 방어하기 위한 기능들이 잔뜩 들어갔다. 허락된 자가 아니면 아예 안으로 들어설 수도 없겠어. 그놈들의 재주가 제법 괜찮군.〉

그 말에 루그는 혼란스러워졌다. 도대체 그동안 무슨 일이 있었던 것일까?

거처로 들어가는 동안의 풍경은 전혀 변화가 없었다. 바깥에는 막강한 힘이 격돌한 흔적이 뚜렷하게 남았건만, 안쪽은 아무 일도 없었다는 듯 평온하고 아름답다.

"라나 아가씨!"

루그는 오두막 앞에서 나무를 조각하고 있는 라나를 발견하고 달려갔다. 루그를 발견한 라나가 반갑게 웃었다.

"루그!"

"다녀왔어요. 혹시 그동안 무슨 일 있었나요? 어디 다치거나 한 것 아니죠?"

루그가 라나를 머리부터 발끝까지 살펴보며 물었다. 그 시선에 라나가 살짝 얼굴을 붉히더니 그를 밀쳐 냈다.

"루그도 참. 남자가 여자 몸을 그런 식으로 바라보는 것은 실례래."

"누가 그래요?"

"메이즈가. 나도 이제 숙녀니까 어린애 취급하면 화를 내도 된댔어."

"……."

그 말에 루그가 메이즈를 못마땅한 시선으로 바라보았다. 메이즈는 혀를 쏙 내밀었다.

루그가 물었다.

"흠흠. 그건 그렇고 정말 무슨 일 없었어요?"

"있었어."

"있었다고요?"

"응. 이상한 사람들이 와서 그레이슨이랑 싸웠어."

"스승님하고요?"

루그가 눈을 휘둥그레 떴다. 문득 라나가 루그의 곁으로 다가더니 귓가에다가 속삭였다.

"한 명은 못 봤지만 한 명은 다르칸 아저씨랑 닮은 붉은색 드라칸이야. 엄청 무서웠어."

"……."

그 말에 다르칸의 표정이 일그러졌다. 엘프들에게 받아들여져서 기분이 좋은 상태였는데 라나의 한마디로 또다시 상처를 입고 만 것이다.

하지만 그는 좌절하는 대신 의욕을 불태웠다. 라나의 마음을 살 수 있도록 열심히 노력할 생각이었다.

"붉은 드라칸?"

루그가 눈살을 찌푸렸다. 라나의 설명만으로는 적이 누구인지 알 수가 없었다. 루그가 아는 적 중에 붉은 드라칸은 이미 죽은 케텔로스뿐이다.

루그가 물었다.

"스승님은 어디 계시죠?"

"여기 있다. 생각보단 늦게 왔구나."

그레이슨이 숲에서 걸어나오면서 말했다. 그는 정신을 잃고 축 늘어진 코번을 어깨에 메고 있었다.

"…코번 훈련시키고 오신 거예요?"

"그래. 이놈이 다섯 번째 기절하더니 깨어나지도 못하지 뭐냐? 이래서야 언제 기격의 경지에 오를꼬. 쯧쯧."

"……."

루그는 속으로 코번에게 사과했다. 원래부터 지옥 훈련이라는 말이 걸맞았던 그레이슨의 훈련 방식은 루그와 만난 후부터 한층 지독해졌다. 덕분에 코번은 아주 죽을 맛이었는데, 특히 루그가 자리를 비웠을 때는 하루하루가 완전히 지옥이라 잠들기 전에 제발 루그가 빨리 돌아와 달라고 온갖 신들에게 기도하고 있을 정도였다.

'덩치만 컸지 아직 어린애인데… 어휴, 불쌍한 녀석.'

코번이 루그보다도 더 덩치가 크긴 하지만 아직 라나와 똑같은 열세 살에 불과하다. 저 나이에 강체술 4단계에 도달한 것만 해도 대단한 재능이건만, 루그를 본 후로는 그레이슨은 영 그의 성취가 눈에 차지 않는 모양이었다. 덕분에 코번은 집안일도 도맡아하면서 매일매일 지옥 훈련을 하는, 실로 불쌍한 인생을 살고 있었다.

루그는 코번을 동정하며 그를 위해 비약을 만들어주기로 했다. 지난번에 먹은 비약의 기운은 거의 다 소화했을 테니, 이제 또 새로운 비약을 먹고 강체력을 늘리면 그레이슨이 들들 볶는 것도 조금은 버틸 만해질 것이다.

바닥에 눕혀진 코번이 끙끙거리며 신음하는 것을 보던 루그는 퍼뜩 정신을 차리고 그레이슨에게 물었다.

"스승님, 얼마 전에 싸우셨던 일을 자세히 들려주실 수 있겠습니까?"

"그러자. 근데 그 이야기를 하려면 드워프 양반들도 같이 모여서 하는 게 좋을 것 같으니 공방 쪽으로 가자꾸나."

"네. 아가씨, 잠깐 다녀올게요."

루그는 라나에게 웃어 보이고는 그레이슨과 함께 리누스와 워즈니악의 공방으로 향했다.

3

리누스와 워즈니악은 대낮이라 귀여운 사내아이의 모습으로 뭔가를 만지작거리고 있었다. 루그가 보아하니 뭔가 마법도구를 만들기 위한 설계도를 그리고 수정하고 있는 것 같았다.

그레이슨이 말했다.

"여어, 드워프 선생들. 내 제자가 돌아왔소."

"오, 루그. 돌아왔군."

설계도에 정신이 팔려 있던 리누스와 워즈니악이 반색을 하며 다가왔다.

루그가 물었다.

"그동안 누군가 쳐들어와서 싸웠다고 들었는데, 뭐가 어떻게 된 거야?"

그러자 리누스가 말했다.

"아, 그거! 그렇잖아도 그 일 때문에 자네가 오기만 기다리고 있었다네!"

"이거부터 보고 이야기합시다!"

워즈니악도 호들갑을 떨면서 손가락으로 공방 한곳을 가리켰다. 그러자 마법으로 어떤 신호가 그쪽으로 전해지더니 구우웅 하고 육중한 소리가 들려오기 시작했다.

"이건 뭐야?"

루그가 눈을 크게 떴다. 녹색의 액체로 가득한 커다란 유리관이 일으켜 세워지고 있었다. 그곳에 들어 있는 것은 목과 머리가 끊어졌고, 몸 앞쪽이 갈가리 찢어져 내장이 다 드러났으며, 심장을 비롯한 내장 기관이 부서져서 참혹한 형상을 띤 드라칸의 시체였다.

잠시 숨을 삼켰던 루그가 물었다.

"얼마 전에 쳐들어온 붉은 드라칸의 시체인가?"

"그렇다네. 그레이슨 씨가 쓰러뜨렸지."

리누스가 고개를 끄덕였다. 루그가 눈살을 찌푸렸다.

"이 시체는 왜 보관하고 있는 거야? 불길하게스리. 그냥 태워 버리거나 하지."

"아, 그게 워낙 특이한 시체라서 말이오. 연구 가치가 있어서 일단 보존해 둔 거요."

워즈니악의 대답에 루그가 고개를 갸웃했다.

"연구 가치라니? 그냥 드라칸 아닌가?"

"그렇긴 한데… 이거 정상적인 드라칸이 아니오. 인공적으로 만들어진 거지. 우리의 전공은 키메라나 호문클루스하고는 거리가 좀 있지만, 이건 적의 기술을 알기 위해서라도 연구해 볼 필요가 있소."

"뭐?"

워즈니악의 말에 루그가 깜짝 놀랐다. 그레이슨이 끼어들었다.

"이놈은 좀 이상한 놈이었다. 난 드라칸의 육체 능력에 대해서는 어느 정도 알고 있다고 생각했는데, 이놈은 그런 기준을 초월하더구나."

그레이슨은 붉은 드라칸과 싸웠을 때의 일을 이야기하기 시작했다.

그것은 불과 열흘 전의 일이었다.

어제와 다름없이 화창한 날, 라나는 언제나처럼 공터에서 나무를 조각하고 있었고 그레이슨은 식후 운동 삼아 코번을 비명이 끊이지 않을 정도로 즐겁고 신나게(?) 훈련시키고 있었다.

코번이 세 번째로 의식을 잃고 쓰러지자 그레이슨은 한숨 돌리며 우물가로 향했다. 물을 한 바가지 퍼다가 코번에게 끼얹어줄 생각이었다.

그때였다.

삐이잉! 삐이이잉!

갑자기 세상이 붉게 점멸하면서 섬뜩한 경고음이 울려 퍼지기 시작했다. 그레이슨이 놀라 고개를 들자 그 바로 앞에 리누스인지 위즈니악인지 모를, 낮이라 천진한 소년의 모습을 한 드워프의 환영이 떠올랐다. 그레이슨이 깜짝 놀라서 뒤로 물러났다.

"노, 놀랐지 않나? 무슨 일이오?"

"긴급 상황입니다! 적이 쳐들어왔습니다!"

"적? 그게 무슨 소린가?"

"현재 '불카누스의 지배를 받는 용족'이 이 결계를 향해 접근 중입니다. 우린 루그가 봉인의 조각을 가진 인간들에게 마법적 조치를 할 때 그 자료를 받아서 이곳의 결계에 경계망을 덧붙여 주었죠. 상당히 빠른 속도로 이곳으로 향하는 중입니다."

"흐음. 그러니까 그 블레이즈 원이라는 것들이 이쪽으로 오고 있다 이거요?"

"그런 듯합니다. 결계를 외부의 출입을 금하는 완전 방어 태세로 전환하고 적을 요격하기 위한 방어 병기를 배치하겠습니다. 그레이슨 씨는 입구를 통해 밖으로 나가서 적과 맞서 주시면 감사하겠습니다. 지금 이곳에서 블레이즈 원과 맞서 싸울 무력의 소유자는 당신뿐이니까요."

"알겠소. 원래 싸움이 내 전문이지."

그레이슨은 사자 갈기 같은 붉은 머리칼을 쓸어넘기고는 숲의 입구로 향했다. 가는 길에 라나가 불안해하는 기색으로 물었다.

"무슨 일이야?"

"걱정하지 않아도 된다. 어이, 드워프 선생들! 이 경보음하고 뻘겋게 껌뻑거리는 거 괜히 라나가 불안해하니까 *끄쇼!*"

그레이슨이 신경질적으로 소리치자 허공에서 워즈니악의 난감해하는 목소리가 들려왔다.

"어, 하지만 이러지 않으면 긴급 사태라는 것이 제대로 표현되지 않는데……."

"충분히 알았으니 됐잖소? 괜히 애 불안하게 만들지 말고 *끄라니까.*"

"으음. 알겠습니다."

워즈니악은 뭔가 못마땅한 표정으로 긴급 경보를 껐다. 붉게 점멸하던 세상이 원래대로 돌아오고, 경보음이 잦아들자 라나가 주변을 두리번거렸다.

그사이 숲 안에 대기하고 있던 가문의 병력도 놀라서 뛰어나와 있었다. 그들을 이끄는 중년 마법사 데아드가 어리둥절해하며 물었다.

"도대체 무슨 일입니까?"

"신경 쓰지 말고 라나나 보고 있으시오."

그레이슨은 그렇게 말하고는 성큼성큼 걸어나갔다. 루그의 설명대로라면 블레이즈 원의 주구라는 놈들은 인간이 감당할 수 없는 힘을 가졌다. 괜히 가문의 병력을 앞에 세워봤자 몰살당하기만 할 테니 여기서는 그가 혼자 나서는 편이 좋았다.

입구를 통해 숲 밖으로 나가자 풍경이 이상하게 변화했다. 숲을 감싸고 있는 마법의 힘이 단단하게 뭉쳐지면서 짙은 푸른색 막으로 화했다.

그레이슨이 물었다.

"난 여기서 적이 나타나면 싸우면 되는 거요?"

"그렇습니다. 적이 둘이니 일단 저희가 마법으로 보조하겠습니다만 전투는 전문이 아니니 큰 기대는 하지 마시고."

워즈니악이 자신없는 말투로 말했다. 드워프들은 마법을

도구나 시설에 적용시키는 능력은 아주 뛰어났지만 전투적인 활용은 영 재주가 없었다.

그렇게 잠시 동안 기다리자 그레이슨에게도 위협적인 존재감이 느껴지기 시작했다. 길을 따라서 빠르게 날아오는 두 개의 그림자가 보였다.

"저놈들인가?"

빠르게 날아온 그 둘이 그레이슨을 발견하고 그 앞에 내려섰다.

한 명은 뒤로 땋아 내린 긴 백발에 밝은 갈색의 피부를 가졌고 눈동자의 왼쪽과 오른쪽 색이 다른 드래코니안 청년이었다. 하지만 그레이슨이 보아온 드래코니안들과 비교하면 뭔가 이질감이 느껴졌다.

'뿔하고 꼬리가 좀 작군. 루그가 이야기한 대로라면 저놈이 그놈인가?'

머리 양옆에 난 흑갈색 뿔은 메이즈의 것에 비하면 절반 정도밖에 안 되는 크기였다. 같은 색의 꼬리 역시 훨씬 더 얄팍했다.

어쨌든 또 한 명은 다르칸보다도 한 뼘 정도는 더 큰 덩치를 가진 붉은 드라칸이었다. 전혀 속내를 짐작할 수 없는 무심한 눈을 하고 있었으며, 강철 갑옷으로 무장하고 성인 장정보다도 더 커다랗고 둥글게 휘어진 칼을 들고 있었다.

그레이슨이 물었다.

"보기 드문 용족들께서 여긴 무슨 일로 찾아오셨나?"

그러자 드래코니안 청년이 앞으로 나섰다. 그가 예의 바른 미소를 지으며 말했다.

"처음 뵙겠습니다. 우리는 이곳에 이상한 저주를 받은 아가씨가 있다고 듣고 찾아왔습니다."

"호오. 그 아가씨를 왜 찾는 거요?"

"우리가 도움이 될 수 있을 것 같아서요. 우리는 어떤 저주의 연원을 찾아서 세상을 헤매고 있는데, 만약 이곳의 아가씨가 그 연원과 관련이 있다면 우리가 저주를 해제해 줄 수도 있습니다."

"그것참 고마운 이야기구려."

"그쪽의 질문에 대답했으니 우리의 물음에도 대답해 주셨으면 좋겠군요. 당신은 누구십니까, 인간?"

"그전에 하나 확인했으면 하는 것이 또 하나 있는데……."

"뭐죠?"

"당신들은 블레이즈 원인가?"

그 말에 청년의 눈썹이 치켜 올라갔다. 그레이슨이 사납게 웃었다.

"역시 그렇군. 썩 물러가 주시지. 너희의 발로 이 숲을 밟는 것을 허락하지 않겠다."

"흐음. 이것 참 난감하군요. 듣도 보도 못한 인간이 우리에 대해서 알고 있다니, 그렇게 말하는 걸 보니까 이 안에 있는 아가씨가 우리가 찾는 존재가 맞는가 봅니다?"

"알 것 없다."

그레이슨은 단호하게 자르면서 손을 들어 올렸다. 동시에 보이지 않는 기운이 드래코니안과 드라칸을 덮쳤다.

콰아아앙!

폭음과 함께 둘이 있던 자리가 깊숙이 파였다. 아슬아슬하게 그 자리를 피한 둘이 그레이슨을 바라보았다.

드래코니안 청년이 말했다.

"어떻게 우리에 대해서 알았는지 이야기해 줄 수 있겠습니까?"

"싫다면?"

"그럼 힘으로 알아내는 수밖에 없겠죠."

"할 수 있으면 해보시지. 엘토바스 바이에."

그 말에 드래코니안 청년, 엘토바스가 눈을 크게 떴다.

"어떻게 내 이름까지 알지?"

그레이슨은 대답하지 않았다. 대신에 그를 향해 주먹을 뻗자 샤이닝 블래스터의 섬광이 벼락처럼 뻗어나갔다.

콰아아아아아앙!

그가 있던 자리에서 섬광이 폭발했다. 엘토바스가 혀를 차며 마법을 쓰려는 순간, 갑자기 숲을 둘러싼 결계 안쪽에서 쇠로 만들어진 작은 기둥들이 솟구치기 시작했다. 그것들의 표면에서 무수한 마법 문자들이 빛을 발하더니 엘토바스를 향해 마법을 쏟아내는 것이 아닌가?

"이런! 드워프의 장난감인가?"

엘토바스는 그것을 정신없이 막아내면서 뒤로 후퇴했다. 그러면서 붉은 드라칸을 향해 외쳤다.

"아레크스! 저 남자를 사로잡아라!"

"알겠다."

붉은 드라칸, 아레크스가 고개를 끄덕이며 칼을 뽑아 들었다. 그리고 땅을 박차자 지면이 폭발하듯 터져 나갔다.

"호오!"

그레이슨의 눈이 크게 떠졌다. 아레크스는 30여 미터의 거리를 그야말로 눈 깜짝할 사이에 좁혀왔기 때문이다. 3미터를 훌쩍 넘는 거구이면서도 무시무시한 돌진력이었다.

꽈앙!

스파이럴 스트림을 휘감은 그레이슨의 팔과 아레크스가 내려친 칼날이 충돌하며 폭음이 울려 퍼졌다. 섬광의 파편이 퍼져 나가면서 둘이 서로 반대 방향으로 튕겨 나갔다.

아레크스가 눈을 부릅뜨자 그로부터 진홍의 화염이 일어나 온몸을 휘감았다.

화르르르륵!

그것을 본 그레이슨이 씩 웃었다.

"팔이 얼얼한 걸 보니 위력이 제법인걸? 게다가 불의 속성력이라!"

방금 전에 아레크스의 검격을 받아낸 팔이 저릿저릿했다. 강검의 힘을 사용한 것도 아닌데 이런 충돌에도 칼이 멀쩡하다니, 필시 강력한 마법이 깃든 무기일 것이다.

'엘토바스 바이에라는 놈은 용마안이라는 귀찮은 능력을 사용한다고 했지? 잠시 드워프 선생들이 발목을 붙잡아주는 동안 이놈부터 속전속결로 박살 내야겠군.'

그레이슨은 결정을 내렸다. 루그와 메이즈의 설명에 의하면 엘토바스의 용마안은 상종하기 싫을 정도로 짜증나는 능력이었다. 강체술 제6단계의 경지마저 초월한 그의 마음을 지배할 수 있을지 어떨지는 모르지만, 위험 요소를 둘이나 상대하는 것은 피하는 편이 낫다.

후우우우웅!

그새 재차 달려든 아레크스의 칼이 무시무시한 기세로 허공을 갈랐다. 그레이슨도 간발의 차이로 피했을 정도로 엄청난 속도였다.

'이 녀석, 운동 능력 하나는 정말 엄청나구나!'

그레이슨은 지금까지 누구에게도, 심지어 용족에게도 육체적인 능력으로 뒤져 본 적이 없었다. 그의 강체력이 그만큼 엄청나고, 그것을 활용하는 능력 역시 극한까지 연마되어 있기 때문이었다.

그러나 놀랍게도 아레크스의 속도는 그레이슨을 능가했다. 3미터가 훌쩍 넘는 거구가 이토록 빠르게 돌진하면서 섬전 같은 공격을 날릴 수 있다는 사실이 어이없을 정도였다.

쾅!

연거푸 날아드는 세 번의 공격을 피한 그레이슨이 반격했다. 훤히 빈 아레크스의 옆구리에 주먹을 꽂아넣자 폭음과 함께 그의 몸이 뒤로 물러났다.

"아파."

아레크스가 눈을 크게 뜨며 말했다. 믿을 수 없다는 태도였다.

그레이슨이 어이없어했다.

"그럼 맞았으니 아프지, 안 아프겠냐?"

"갑옷 입었어. 육체 강화 마법도 썼고, 방어 마법도 썼어. 실수하지 않았어. 인간의 주먹을 맞고 아플 리가 없어."

"간단하지. 내 주먹이 그 모든 것의 방어력보다 더 강하다!"

그레이슨이 달려들었다. 그와 동시에 아레크스가 허공에다 대고 검을 휘둘렀다. 그 궤적을 따라온 불꽃이 폭발했지만 그것 역시 엉뚱한 방향이었다.

화아아아악!

그리고 그 불꽃 너머에서 그레이슨이 나타나서 주먹을 내질렀다.

꽈아앙!

폭음과 함께 아레크스의 몸이 붕 떠올랐다. 그레이슨은 기격으로 아레크스를 농락하고 타이밍을 빼앗은 것이었다.

"운동 능력은 끝내주지만 그걸 활용하는 기술은 영 꽝이군. 완전 초심자 수준인데?"

"크아앙!"

아레크스가 고통에 찬 표정으로 거대한 칼을 휘둘렀다. 방금 전 일격으로 늑골이 몇 대나 나갔음에도 섬전 같은 속도고, 바위조차 박살 낼 위력이었다.

그러나 그레이슨은 시큰둥한 표정으로 그것을 피해냈다. 너무나도 여유로운 회피는 아레크스의 움직임을 사전에 예측했기 때문에 가능했다. 아레크스의 움직임은 무시무시할 정도로 빨랐지만, 격투 기술 자체는 너무나도 어설퍼서 쉽게 패턴을 예측하고 대응할 수 있었던 것이다.

물론 그것도 그레이슨이니까 할 수 있는 일이다. 웬만한 강체술사는 아레크스의 움직임을 제대로 보지도 못하고 쓰러질 것이다.

"다 휘둘렀나?"

아레크스의 폭풍 같은 공격을 모조리 피해낸 그레이슨이 비아냥거렸다. 아무리 어마어마한 육체 능력을 가졌어도 늑골이 몇 대나 나가고, 내장이 손상을 입었으면서 무호흡으로 움직일 수 있는 시간은 길지 않다. 그레이슨은 차분하게 그의 움직임이 둔해질 때까지 기다렸다가 공격했다.

섬광을 휘감은 주먹이 날아들었다. 스톰 브링거의 축약판

모먼트 스톰이었다.

콰아아아아!

폭음과 함께 아레크스의 갑옷이 박살 나고, 단단한 육체가 찢어발겨졌다. 부러진 뼈가 내장을 찔러서 지독한 고통을 유발하자 아레크스가 숨을 제대로 못 쉬고 비틀거렸다.

하지만 그 직후 놀라운 일이 벌어졌다.

두두둑! 으드드드득!

내장을 찔렀던 뼈가 보이지 않는 힘에 의해 제자리로 돌아가는 게 아닌가? 그리고 뼈에 찔린 내장의 출혈이 멎으면서 상처가 급속도로 재생되기 시작했다.

"초고속 재생? 드라칸한테 이런 능력은 없을 텐데?"

그레이슨은 놀라면서도 손을 뻗어 아레크스의 손을 쥐었다. 아레크스가 흠칫하는 순간, 그레이슨의 몸을 휘감고 있던 스파이럴 스트림이 확장되어서 그를 덮쳤다.

콰드드득!

스파이럴 스트림이 아레크스의 팔을 휘감고 잔혹하게 비틀어 버렸다. 강철처럼 단단한 육체조차 그 힘에 버티지 못하고 거죽이 찢어져서 부러진 뼈가 튀어나왔다.

그레이슨의 공격은 그것으로 끝나지 않았다. 스파이럴 스트림은 아레크스의 몸 전체를 붙잡고 그대로 허공에서 회전시켰다. 그리고 무방비 상태가 된 그에게로 그레이슨이 주먹을 꽂아 넣었다.

우우우우웅!

.그때였다. 그레이슨은 강렬한 압박감을 느끼며 주먹을 멈추었다. 갑자기 머리를 짓누르는 듯한 감각이 느껴지고 있었다.

"그렇군."

그레이슨은 눈살을 찌푸리며 그 힘의 근원을 바라보았다. 그새 드워프들의 방어 병기가 발하는 마법의 맹공을 물리친 엘토바스가 이쪽을 바라보고 있었다. 서로 색이 다른 눈동자 사이에서 제3의 눈이 나타나 강렬한 정신적 압박감을 발하고 있었다.

"이것이 용마안이라는 재주인가!"

4

그레이슨은 살짝 감탄했다. 이것은 그가 몇 번 겪어봤던 정신을 공격하는 마법과는 달랐다. 마법의 경우 정신을 공격한다고 할 때 어떤 식으로 공격할지 뚜렷한 성향이 정해져 있었다. 환상을 보게 할지, 혹은 최면을 걸 것인지, 혹은 마음을 읽어낼 것인지 목적을 한정시킨다.

하지만 용마안은 달랐다. 은밀하고 예리하게 정신을 찔러서 원하는 현상을 일으키려 하고 있었다. 그리고 그것을 막아내더라도 감정이 요동치는 것이 느껴졌다.

'보는 것만으로도 상대방의 마음을 격동시킨다! 경이로울 정도로 짜증나는 힘이군!'

정신을 장악하려는 에너지와는 별개로 그저 바라보는 것만으로도 상대방의 감정 일부를 부풀어 오르게 한다. 루그에게 미리 귀띔받지 않았다면 그레이슨은 갑자기 치솟아오르는 답답함의 원인을 도저히 알아차릴 수 없었을지도 모른다.

"하지만 정신을 농락하는 거라면 우리 유파도 만만치 않지!"

그레이슨이 눈을 부릅떴다. 기격의 힘이 용솟음치면서 용마안이 발하는 정신파를 뿌리친 뒤 반격했다. 오히려 그레이슨의 기격이 엘토바스의 감각에 날카로운 통증을 선사했다.

"크윽! 기격인가?"

엘토바스가 표정을 일그러뜨리며 중얼거렸다. 그 역시 강체술에 대해서 알고 있었던 것이다.

그레이슨이 사납게 웃었다.

"내 마음의 동요가 한계를 초월하는 게 빠를지, 아니면 네 감각이 망가지는 게 빠를지 어디 해볼까?"

기격으로도 용마안이 특정한 감정을 멋대로 부풀어 오르게 만드는 것을 막을 수는 없다. 아무리 정신력이 강한 사람이라도 감정이 제어되지 않고 증폭되게 되면 어느 순간 공황 상태에 빠지게 되리라.

용마안을 방어하려면 고도의 정신계 마법이나, 혹은 아예 선천적으로 정신 그 자체를 다루는 능력을 가져야 했다. 그리고 그레이슨에게는 그런 능력이 없었다. 적의 능력이 방어할 수 없는 종류라는 것을 깨달은 순간, 그레이슨은 방어하려고 애쓰는 대신 맞으면서 같이 치는 쪽을 택했다.

"크어어어업!"

그레이슨의 기격이 주는 고통을 버티면서 용마안을 전개하던 엘토바스가 어느 순간 눈을 부릅뜨며 입을 감싸쥐었다. 당하기 전에는 상상도 할 수 없는 오더 시그마의 악랄한 미각 공격, 특제 비약 맛이 혀끝에서 작렬한 것이다.

그와 동시에 그레이슨의 감정을 증폭시키던 용마안의 힘이 깨졌다. 그레이슨은 주저없이 엘토바스를 향해 달려들었다.

후우우우웅!

그새 초고속 재생 능력으로 상처를 어느 정도 회복한 아레크스가 달려들어 검을 휘두른다. 검에 맺힌 폭염이 뒤따라와 작렬하고, 그것으로도 모자라서 아레크스가 전개한 뇌격 마법이 무차별로 사방에 쏟아졌다.

"귀찮구나!"

하지만 그레이슨은 그 모든 것을 유유히 돌파했다. 기격으로 아레크스의 감각을 현혹시켜서 검격을 피하고, 작렬하는 폭염은 속성력으로 받아넘기고, 뇌격의 경우는 받아넘기는 데 그치지 않고 자신의 속성력으로 한데 끌어모으기까지

했다.

짜르르르릉!

아레크스가 쏘아낸 마법의 뇌격이 그레이슨의 주먹에 집결, 스톰 브링거와 융화되어 크로스 파이어 스타일로 작렬했다.

눈에 보이는 모든 것이 증발해 버리는 것 같은 일격이었다. 아레크스의 몸이 박살 났다. 갑옷이 완전히 박살 나버리고 왼팔과 흉부 일부, 그리고 왼쪽 다리가 갈가리 찢어져서 흩어지면서 대지를 뒹굴었다.

"이래도 안 죽었나? 정말 끈질기군."

그레이슨이 혀를 찼다. 그가 지금 날린 스톰 브링거라면 성체가 된 드레이크조차 일격에 죽일 수 있을 것이다. 그런데도 아레크스는 숨이 붙어서 상처를 재생하고 있었다.

피피피피핑! 피피피피핏!

그리고 엘토바스가 달려들면서 마법을 전개했다. 창처럼 날카로운 섬광이 초당 수십 발씩 날아들어서 그레이슨의 몸을 관통하려고 했다.

"흠!"

하지만 그레이슨은 놀랍게도 피하려고도 하지 않았다. 섬광의 빗속을 산책이라도 하듯이 유유히 걸어갈 뿐이었다. 그리고 바위조차 관통하는 섬광은 그의 몸에 닿는 순간, 마치 그곳에 닿아서는 안 된다는 명령이라도 받은 것처럼 흘러서 대지에 떨어졌다.

리버스 도메인이었다. 전신을 휘감고 전개된 리버스 도메인이 엘토바스의 마법이 닿는 순간 방향을 바꿔 버리고 있었던 것이다.

"말도 안 돼!"

엘토바스가 경악했다. 용마안으로 무수한 인간을 농락해온 그는 강체술사를 상대로 싸운 경험도 풍부했다. 그중에는 기격의 경지에 오른 자도 있었다.

하지만 그레이슨 같은 자는 처음이다. 그가 보여주는 모든 것이 미지의 영역이었다. 경험으로도, 그리고 인간 마법사는 상상조차 못할 고고한 마법으로도 이해할 수 없는 불가해한 존재!

'폭염과 뇌격이 통하지 않았지. 그렇다면……'

엘토바스는 다시금 용마안을 전개해서 그레이슨에게 압박감을 가했다. 과연 그레이슨의 움직임이 주춤한다.

동시에 갖가지 마법이 전개되었다. 각기 다른 방위에서 독무와 산의 안개, 그리고 저주가 구현되어서 그레이슨을 덮쳤다.

후우우우우웅!

하지만 그 순간 그레이슨을 중심으로 돌풍이 일어났다. 그를 휘감은 스파이럴 스트림과 바람의 속성력이 융합, 회오리바람으로 화해서 그 모든 것을 튕겨내 버린 것이다.

그 직후 그곳에서 거대한 섬광의 칼날이 튀어나왔다. 기격과 진공파가 융합되어 수십 미터의 공간을 갈라 버리는 라이징 블레이드!

파아아아앙!

가까스로 그것을 막아낸 엘토바스가 뒤로 주르륵 밀려났다. 순간 그는 섬뜩함을 느꼈다.

'어째서 옆에 있지?'

바로 옆에서 그레이슨의 존재가 감지된다. 정확히는 마음을 농락하고 포식하는 용마안이 그레이슨의 마음의 움직임을 포착했다.

그런데 시각, 청각, 그리고 마법이 전달해 주는 정보조차도 그레이슨이 흩어지는 회오리바람 속에서 걸어나오고 있다고 말하고 있었다. 동시에 두 명의 그레이슨이 존재하는 비현실적인 상황.

결단은 찰나였다. 엘토바스는 자신의 감각 대신 용마안을 믿었다.

콰콰콰콰콰콰!

그 직후 빛의 철권이 공간을 관통했다. 간발의 차이로 그것을 피해낸 엘토바스가 겹겹이 두르고 있던 방어 마법이 모조리 박살 나고, 마법이 걸린 옷마저 찢겨져 나가면서 가슴에 날카로운 상처가 났다.

'기격! 내 감각을 이렇게 완벽하게 현혹시키다니 이자는 도대체 정체가 뭐지?

엘토바스는 자신의 감각이 알아차리지도 못하는 새 그레이슨의 기격에 현혹되었음을 알았다. 그레이슨이 아쉽다는 듯 쳇 하고 혀를 찼다.

"그놈 참 쓸데없이 예리하군. 감각은 완벽하게 속여 넘겼을 텐데, 그 용마안이라는 것 때문인가?"

그레이슨은 여유만만했다. 성큼성큼 걸어오는 그를 향해 엘토바스는 다시금 용마안을 전개했다. 이 상황에서 빠져나갈 틈이라도 만들려면 용마안 외에는 답이 없었다.

'이런 인간이 있을 줄이야.'

루그라는 인간에게도 놀랐지만, 이 작자는 그보다 더 무서운 것 같았다. 수명을 도외시하고 극한의 힘을 발휘하도록 개조한 아레크스를 어린애 상대하듯이 간단하게 박살 내버렸을 뿐만 아니라, 마법이 전혀 통용되지 않는다.

'마법과 달리 강체술은 감각적으로 모든 것을 처리하는 만큼 즉시즉시 사용하는 데는 유리하지만 정밀하거나, 효율적인 운용에는 불리해야 정상일 텐데… 이 인간은 정말로 상식을 초월하는군.'

엘토바스는 혀를 차며 그레이슨을 노려보았다. 아무래도 숨겨두었던 패를 끄집어내지 않으면 살아서 도망치기도 어려울 것 같았다.

그때였다.

쿠우우웅……!

둔중한 소리가 울려 퍼지면서 갑자기 엘토바스의 몸이 무거워졌다. 몸의 구성 물질이 몇 배로 무거워지기라도 한 것처럼 엄청난 압력이 느껴지면서 생체 기능이 뒤틀리기 시작했다.

"이, 이건……!"

엘토바스는 경악했다. 그레이슨은 일정 영역의 중력을 제어, 엘토바스의 체중을 한순간에 열 배 이상으로 늘려 버렸던 것이다.

'중력을 제어한다니, 어떻게 이럴 수가!'

너무 경악이 큰 나머지 엘토바스는 공황에 빠지고 말았다. 탁월한 마법사인 그이기에 중력 제어에 받는 충격이 더욱 컸다. 그것은 블레이즈 원의 누구도 도달하지 못한 영역이 아닌가?

그러면서도 그는 본능적으로 살기 위한 대응을 하고 있었다. 거의 무의식적으로 마법을 사용, 신체 내부의 압력을 조절해서 급격한 중력 변화로 인해 몸이 망가지는 것을 최대한 방지했다.

이런 때 강체술사라면 본능적으로 강체력을 조작해서 몸을 보호하면 그만이다. 살고자 하는 본능이 필요한 행동을 감각적으로 도출하고 대응한다.

그러나 마법은 철저하게 이성적이어야 한다. 자신의 몸

상태를 완전히 파악하고 거기에 필요한 조치가 무엇인지를 명확히 안 뒤에 대응하지 않으면 안 된다. 엘토바스가 그것을 거의 반사적으로 해냈다는 것은 그의 마법 지식과 그것을 활용하는 경험이 얼마나 뛰어난 것인지를 증명한 것이다.

그때 갑자기 증폭되었던 중력이 한순간에 원래대로 돌아왔다. 그리고 중력을 제어하던 힘이 폭염으로 화해서 작렬했다.

콰아아아앙!

엘토바스는 비명조차 지르지 못하고 날아가 버렸다.

이것이 강체술사가 사용하는 속성력의 무서움이다. 그들이 속성력을 다루는 방식은 마법사처럼 다양하고 효율적이지는 못할지도 모른다. 현상의 규모 면에서도 마법보다 뒤진다.

그러나 그들은 마치 정령이라도 된 것처럼 감각적으로 그것을 다룰 수 있었다. 그저 마음먹는 것만으로도 불꽃을 일으키고, 날아가는 이미지를 연상하기만 해도 그것을 날려서 적을 치는 것이 가능하다.

또한 그레이슨처럼 다수의 속성력을 다루는 자라면 하나의 속성력을 다른 속성력으로 변환시키는 것 역시 너무나도 손쉽게 해낸다. 어느 순간 작렬하는 불이 냉기가 되고, 냉기가 바람이 되고, 바람은 음파가 되어 엘토바스를 유린했다.

'말도 안 돼……!'

어떤 속성력을 다른 속성력으로 변환시키는 것은 크나큰 에너지의 손실을 불러온다. 마법이라면 좀 더 효율적으로 에너지를 보존할 수 있을 것이다. 그러나 그 자체가 속성력에 대한 고도의 이해와 엄청나게 정밀한 마법 구성을 요구하는 데다가, 그것을 상황에 맞게 사용하기 위해서는 또 별도의 형식을 만들어내야 한다.

볼카르가 그레이슨의 중력 제어에 경악했던 것도 이런 이유였다. 마법은 세계의 구성을 올바로 이해하고, 그것을 다루는 법을 연마한 결과다. 아득한 세월 동안 쌓아올린 진리이며 이성의 탑이다.

그러나 강체술은 철저하게 감각에 의존한다. 강체술사는 스스로 기술을 이성적으로 연마하고 사용한다 여기지만 마법사의 입장에서 보면 웃기지도 않는 소리다. 누구도 숨을 쉬는 법을 이성적으로 따지고 계산하지 않는다. 몸을 움직일 때 근육과 뼈의 움직임을 명확히 파악하고 그 모든 것을 계산해서 명령하지 않는다.

강체술은 그러한 본능적인 영역을 발전시킨 영역이다. 그렇기에 무예인 것이다.

마법은 학문이다. 하나부터 열까지 철저하게 이성적으로 관찰하고, 분석하고, 해체하고, 연구한 끝에 원하는 결과를 이끌어내는 기술이다.

그러니 마법사의 입장에서 그레이슨의 중력 제어를 보면 한 가지 감상밖에 떠오르지 않는다.

'이건 사기다!'

엘토바스의 감상은 볼카르의 그것과 동일했다. 그저 몸을 놀리는 법을 극한까지 연마하다 보면 에너지를 다루는 법을 체득하게 되고, 그것을 또 몸을 움직이듯이 연마하다 보면 그 본질이 뭔지 명확히 알지도 모르면서 중력까지 다룰 수 있게 된다고? 세상에 이렇게 부조리한 일이 어디 있단 말인가!

마법사 입장에서는 납득할 수 없는 일이다. 아니, 이런 부조리가 존재한다는 것을 도저히 용서할 수 없다. 피를 토할 정도로 하나의 마법 구성을 연구한다 한들 새로운 마법을 얻게 되진 않는다. 마법사는 알아야 한다. 이해해야 한다. 그러기 전에는 절대 새로운 영역에 발 디딜 수 없다.

꽈아앙!

폭음이 울려 퍼졌다. 양손에 섬광을 두르고 그레이슨의 주먹을 받아낸 엘토바스는 팔뼈가 아작 나는 것을 느끼면서 피를 토했다.

'잠깐 넋 놓고 있는 동안 타격을 너무 많이 입었어. 바보 같은 일이군. 이렇게나 어리석다니.'

엘토바스는 비틀거리면서 스스로를 질책했다. 중력 제어에 허를 찔린 뒤에 정신을 못 차리고 두들겨 맞은 타격이 너무 컸다. 지금부터 숨겨둔 힘을 개방시키고, 아껴두었던 도구를 꺼내고, 비장의 무기를 꺼낸다 한들 그레이슨을 상대할 수 있을까?

결론은 회의적이다. 이렇게 당하기 전에, 몸이 제대로 움직이지도 못하는 상태가 되기 전에 전력을 다해야 했다.

"하하하……."

"죽을 때가 되니 미쳤나?"

엘토바스가 허탈하게 웃는 것을 본 그레이슨이 의아해하며 물었다. 엘토바스가 말했다.

"너무 한심하군요. 당신보다 몇 배는 더 살아왔는데도 여전히 내 안에 인간다운 어리석음이 남아 있어."

"인간? 네가 인간이라고?"

"한때는 그렇게 믿었지. 그리고 아직도 떨쳐 버리지 못한 것 같군. 증오스럽게도."

엘토바스가 으르렁거렸다. 그가 증오를 드러내며 그레이슨을 노려보았다.

그때였다. 그레이슨의 뒤쪽에서 폭염이 작렬했다. 하지만 그레이슨은 그럴 줄 알고 있었다는 듯 손을 들어 막아냈다.

아레크스가 초고속 재생으로 몸을 회복하고 덮쳐 오고 있었다. 아직 완전히 회복되진 못했지만 팔도, 다리도 재생되어서 싸울 수 있는 상태였다.

"드라칸 주제에 거머리보다도 끈질기구나!"

"아레크스, 그를 막아라! 다시 태어나서 만나자!"

그 틈을 타서 엘토바스가 품에서 뭔가를 꺼냈다. 새카만 회중시계였다. 그가 버튼을 눌러서 뚜껑을 열자 분침만 덩그러니 12시를 가리키는 시계가 드러났다.

"그렇잖아도 슬슬 물갈이를 해야겠다고 생각했으니 잘됐군."

그가 마력을 불어넣자 시계바늘이 움직였다. 찰칵찰칵 소리를 내면서 시계바늘이 숫자 하나 단위로 이동하자 주변의 공간이 일그러지면서 그레이슨에게는 너무나도 익숙한 파동이 퍼져 나갔다.

"마족을 소환하려는 거냐?"

"정확히는 어둠의 혈족이라고 합니다. 이 굴욕은 잊지 않겠습니다, 강체술사."

키에에에에에!

이를 가는 엘토바스 앞에서 어둠의 혈족들이 모습을 드러냈다. 용마안이 그레이슨을 압박하고, 아레크스가 목숨을 도외시하고 맹공을 퍼붓는 가운데 검고 끔찍한 괴물 여섯 마리가 소환되어 그레이슨을 덮쳤다.

"이노오오오옴!"

그레이슨이 격노하여 아레크스의 검격을 튕겨냈다. 동시에 다른 팔의 손가락을 굽히더니 마치 맹수가 앞발로 공격하듯이 그대로 아레크스의 몸을 긁었다. 그러자 칼날 같은 기운이 아레크스의 몸통을 통째로 뜯어내고, 그로부터 뻗어나간 기운이 내장을 파열시켰다.

울컥 피를 토하는 아레크스의 목을 그레이슨의 손날이 후려쳤다. 라이징 블레이드가 전개되면서 두터운 드라칸의 목이 그대로 잘려져 나갔다.

파학!

방어를 도외시하고 달려드는 아레크스의 공격은 위협적이었지만, 그만큼 치명타를 먹이기도 쉬웠다. 용마안의 지원에 힘입어 잠시 동안 그레이슨의 움직임을 묶었던 아레크스는 허무하게 숨통이 끊어지고 말았다.

뒤이어 어둠의 혈족들이 폭주하여 달려들었고, 그레이슨이 그들을 쓰러뜨렸을 때는 이미 엘토바스가 모습을 감춘 뒤였다.

5

"…그렇게 된 거다."

이야기를 마친 그레이슨이 어깨를 으쓱했다. 루그와 메이즈는 서로를 바라보며 혀를 찼다.

루그가 말했다.

"엘토바스만으로도 모자라서 아레크스라는 놈까지 세트로 완전히 농락하셨네요."

"설명을 들어보니 전력을 다하진 않은, 아니, 정확히는 그러기 전에 치명적인 타격을 입어버린 것 같지만……."

메이즈의 말에 그레이슨이 고개를 끄덕였다.

"뭔가 감춰둔 게 이것저것 있는 것 같은 놈이더군. 그래서 그런 거 꺼내기 전에 박살 낼 생각으로 두들겼지. 마법사들은 비장의 무기 준비할 시간을 주면 엄청 상대하기 피곤하니까."

마법사를 상대할 때 그레이슨의 지론은 간단했다. 상대방이 전력을 발휘하기 전에 박살 내라.

볼카르가 혀를 찼다.

〈정말 어이없는 인간이군. 엘토바스라는 놈이 얼마나 충격을 받았을지 짐작이 간다. 적이지만 마법사로서는 동정이 갈 정도다.〉

마법사는 자신이 모르는 무언가를 알기 위해서, 설령 그것이 아무리 사소한 것일지라도 평생을 매달리는 경우도 있다. 그런 노력이 수천 년도 넘게 쌓여서 지금의 마법이 된 것이다. 그 과정은 남들보다 훨씬 심원한 지혜를 지닌 드래곤이라고 해도 피해갈 수 없었다.

하지만 그레이슨이 도달한 강체술의 경지는 그런 노력을, 그리고 마법사들의 믿음을 근본부터 붕괴시키는 충격을 선사한다. 볼카르의 경우 마법으로 그레이슨이 일으키는 현상을 재현하거나, 더욱 고도의 현상을 일으키는 것도 얼마든지 가능하지만 그처럼 무지한 상태에서 감각만으로 모든 것을 해결하는 것은 마법이라는 기술에서는 허용되지 않은 일이다.

강체술은 인간이 갖지 못한 기능을 본능의 영역으로 덧붙여 준다. 에너지의 흐름을 감지하는 기감, 그리고 그것을 다루는 능력 등은 원래 인간에게는 없던 능력이지만 강체술을 익히고 나면 원래 갖고 태어난 것처럼 감각적으로 다루게 된다.

그것은 마치 인간이 초음파를 발하고 듣는 능력을 가져서 박쥐처럼 어둠 속에서도 공간을 파악할 수 있게 된다거나, 아가미를 가진 물고기들처럼 물 속에서도 숨쉴 수 있게 되는 것이나 마찬가지다. 세상에는 마법으로 구현되는 현상 중 일부를 태어나면서부터 가진 존재들이 있다. 하지만 없던 기능을 손에 넣고 감각만으로 다룰 수 있는 것은 인간과 오크, 강체술이라는 비술을 손에 넣은 자들뿐이다.

〈차라리 키메라 기술로 육체를 개조한다면 납득이 가겠지만 그것도 아니고… 마법사의 입장에서 볼 때 강체술은 정말 부조리함 그 자체다.〉

―그렇게 따지면 마법도 부조리지. 알고 제어한다고 해도 시간까지 과거로 되돌릴 수 있는데.

루그는 그렇게 대답해 주고는 한숨을 쉬었다.

"하지만 이렇게 되면 사태가 꽤 곤란하게 되었는데요? 이번 싸움으로 블레이즈 원에서는 라나 아가씨가 봉인의 조각임을 확신했을 겁니다."

"그럴 것 같구나. 아마 더 많은 전력을 끌고 올 가능성이 크겠지."

"다행히 여기가 제 근거지라는 것은 들키지 않은 듯하지만, 그게 밝혀질 경우엔 상당히 난감해질 수도 있는데……."

"확실히 그건 조심해야 할 것 같아, 주인님. 그리고 이렇게 되면 아룬데 백작가에 대한 보호 조치를 서둘러서 마련해야 할 것 같은데?"

"그래. 그게 문제지."

블레이즈 원은 라나가 품은 봉인의 조각을 손에 넣기 위해서라면 수단과 방법을 가리지 않을 것이다. 그러기 위해서 아룬데 백작가를 박살 내는 것 정도는 그들에게 어린애 손목을 비트는 것만큼이나 쉬운 일이다.

그레이슨이 말했다.

"일단 이곳은 내가 지키면 된다. 드워프 선생들의 방어 결계도 있으니까 문제는 없을 거다."

"원래는 스승님께도 도움을 구할 생각이었지만, 이렇게 되면 라나 아가씨의 안전을 최우선으로 생각해야겠죠."

원래 루그는 앞으로 블레이즈 원과의 싸움에 그레이슨을 대동할 생각이었다. 하지만 적이 라나의 존재를 알게 된 이상, 그레이슨은 그들의 마수를 막아줄 절대적인 방벽이 되어 줘야 한다.

잠시 동안 고민하던 루그가 리누스와 워즈니악에게 말했다.

"아룬데 백작가의 방어를 위한 조치를 당신들에게 부탁하고 싶어. 해줄 수 있을까?"

"그건 우리도 생각하고 있던 문제니 걱정할 것 없네. 하지만 아룬데 백작을 설득하는 것은 자네와 그레이슨 씨가 맡아 줘야겠지."

리누스가 흔쾌히 승낙했다. 루그가 말했다.

"그건 우리가 알아서 할게. 그리고 이미 하고 있는 것 같긴 하지만, 이곳의 결계에도 방어적인 기능을 보강해 줘."

"그건 내가 진행 중이오. 아예 방어 병기를 만들어서 투입 중이지."

워즈니악이 자신만만하게 말했다. 마법을 전투적으로 운용하는 재주가 부족한 드워프들은 아예 적을 상대할 기능을 가진 마법 도구를 만들어서 투입하는 중이었다.

루그가 고개를 끄덕였다.

"그 건은 나도 힘을 보태도록 하지."

조만간 루그는 드워프들에게 볼카르의 존재를 밝히기로 마음먹었다. 이들은 이미 든든한 조력자다. 앞으로의 싸움을 위해서라도 볼카르의 지식을 활용할 필요가 있었다.

"그리고……."

문득 루그는 아레크스의 시체에 시선을 주었다.

"이 시체의 연구 가치라는 것은 대체 뭐지? 그냥 다른 드라칸들보다 빠르고, 강하고, 초고속 재생 능력까지 갖춘 점을 연구하려는 건가?"

그러자 워즈니악이 대답했다.

"그 비밀은 이미 알아냈소. 우리는 키메라 기술에는 좀 약하긴 하지만, 아주 간단한 방법으로 육체 능력과 마력을 둘 다 한계 이상으로 끌어올려 뒀더군."

"어떤 방법인데?"

"이 육체는 수명이 극단적으로 짧을 거요. 정상적으로 살았으면 아마 길어봐야 2, 3년 정도면 수명이 다할 정도로."

"2, 3년? 드라칸인데?"

루그가 놀랐다. 도대체 육체를 어떻게 개조해 놨기에 드라칸이면서 수명이 그토록 짧단 말인가?

워즈니악이 말했다.

"애당초 몸에 잠재된 모든 능력을 극한까지 끌어내서 쓰도록 만들어진 것이지. 그래서 몸이 오래 버틸 수가 없게 되는 거요. 초고속 재생 능력 역시 수명을 줄이는 대신 끌어낸 기능일 거고."

"그렇게 극단적이란 말야? 하지만 스승님이 간파한 대로의 약점을 가졌다면 그렇게까지 두려워할 존재는 아닌 것 같은데. 물론 일반인들 상대로는 엄청난 전력이겠지만……."

"문제는 적이 이런 놈을 양산할 경우요. 하나를 만들었다

는 것은 둘도 만들 수 있다는 뜻이고, 만약 열이나 스물 이상
을 만든다면⋯⋯."

"확실히 그건 위협적이겠군."

루그의 표정이 굳었다. 하나하나는 쉽게 쓰러뜨릴 수 있다
고 해도 여럿이 모이면 두려워해야 할 것이다.

그때였다. 볼카르가 혀를 찼다.

〈문제는 그게 아니다, 루그.〉

—응?

〈내가 보기에 이놈은 양산할 목적으로 만들어진 것이 아니
다. 오히려 대단히 특수한 존재로군.〉

—수명이 극단적으로 짧은 대신 육체 능력과 마력을 극한
까지 끌어올렸으면 특수한 존재 맞잖아?

〈그게 아니다. 아마 조만간 이놈을 다시 보게 될 거다.〉

—뭐? 무슨 의미야, 그건? 양산은 안 된다면서 다시 보게
된다니?

어리둥절해하는 루그에게 볼카르가 진지하게 말했다.

〈이놈은 드래곤의 외유 방법을 응용해서 만들어진 존재다.
네가 죽였던 불카누스의 외유용 육체와 마찬가지로 이 육체
또한 아레크스라는 존재의 본체가 아니다.〉

—그럼 아레크스라는 놈은 언제든지 새로운 몸으로 부활
할 수 있다는 거야?

루그는 간담이 서늘해지는 것을 느꼈다. 아무리 죽여도 되

살아나는 존재라니, 생각만 해도 섬뜩하지 않은가?

〈불카누스는 내 예상보다 더 빠르게 발전하고 있군. 설마 불완전하나마 외유 방법을 다른 존재에게 적용시킬 수 있을 줄이야.〉

─점점 골치 아파지는군.

루그는 가슴이 답답해지는 것을 느끼며 아레크스의 시체를 바라보았다. 이미 숨이 끊어진 그 육체는 초점없는 눈으로 허공을 응시하고 있었다.

6

불카누스는 이상한 꿈을 꾸었다. 그것은 지금까지 꾸었던 꿈과는 달리 전혀 명확하지 않은, 또한 자각몽도 아닌 혼탁하고 모호한 이미지의 집합이었다.

꿈속에서 그는 인간을 닮은 모습으로 흙을 빚어 생명을 만들어냈다. 하지만 그것은 인간이 아니었다. 인간과 닮은 다른 무언가였다.

분명한 것은 그 생명을 만들었을 때 불카누스는 무척이나 기뻤다는 사실이다. 지금껏 한 번도 느껴보지 못한 희열을 느꼈고, 그리고 그 생명을 향한 애정을 품었다.

이 꿈의 의미가 무엇인지는 알 수 없었다. 불카누스는 형용할 수 없는 혼란스러움 속에서 눈을 떴다.

'이 꿈은 뭐지?'

이제는 꿈을 통해 자신이 잃어버린 과거의 기억을 엿보는 것에도 익숙해져 있었다. 그런데 이번에는 또 섬뜩할 정도로 낯선, 마치 인간이 꿈을 꾸는 것과도 비슷한 경험을 하게 되었다.

"나는 도대체 왜… 인간이, 아니, 자유로운 운명을 가진 존재들이 미운 거지?"

한번 자신의 감정에 대한 의문을 품기 시작하자 혼란이 끝없이 자라났다.

세계 너머에서 가해진 마족의 공격이 불카누스라는 인격을 일깨우고, 본래의 인격인 볼카르는 사라지기 직전 그에 반발하여 무한한 권능과 행동의 자유를 봉인해 버리고 말았다. 봉인되기 직전까지 불카누스는 세계의 운명을 결정할 수 있는 힘과 수천 년간 축적된 지식 모두를 갖고 있었다. 하지만 봉인과 함께 그 모든 것을 잃어버렸고 이제는 아주 짧은 시간 동안 가졌던 그것의 흔적을 쫓고 있을 뿐이었다.

'알고 싶다.'

과거의 자신에 대해서 알면 알수록 의문은 깊어져 간다. 그리고 감정의 이유를 알고자 하는 욕망도 커져 갔다.

방금 전에 꾼, 전혀 의미를 알 수 없는 꿈은 불카누스의 혼란을 폭발시켰다. 예전의 자신이 품지 않았던 감정이 어디서 왔는지 그 중요한 실마리를 만난 기분이었다.

"마족……."

문득 불카누스의 시선이 차원의 균열을 막고 있는 불사의 포식자에게로 향했다. 다른 세계의 마족들을 잡아먹으면서 무한히 증식하고 있는, 신에 필적하는 권능을 잃은 불카누스를 대신하여 드래곤의 사명을 수행하고 있는 괴물.

꿈을 통해 엿본 볼카르의 기억을 통해 불카누스는 드래곤의 사명이 마족의 침입을 막는 것임을 알았다. 하지만 마족이 정확히 어떤 존재인지는 알 수가 없었다. 지금까지 알게 된 것은 그들이 다른 세계의 주민이며 매우 강력한 힘으로 이 세계를 침공하고자 한다는 것뿐이다.

'어쩌면…….'

생각을 거듭하던 불카누스는 문득 한 가지 섬뜩한 가정을 떠올렸다.

불카누스라는 인격은 마족에 의해 깨어났다.

그리고 자신이 품은 감정은 본래의 인격에게서 계승된 것이 아니다. 본래의 인격과 자신은 전혀 닮은 구석이 없을 정도로 다르다.

이 사실에서 유추할 수 있는 최악의 가능성이 불카누스의 뇌리를 스치고 지나갔다.

'설마… 이 증오마저도 마족에 의해서 만들어진 것인가?'

불카누스라는 인격도, 그리고 그의 행동을 지배하는 거대한 감정도 본래는 존재하지 않았던 것이 마족에 의해 심어졌다면?

심장이 내려앉는 것 같았다.

자신이 만들어진 존재라는 것까지는 받아들일 수 있다. 하지만 기억을 잃은 자신이 믿을 수 있는 단 하나의 감정마저도 조작된 것이며, 사실 자신은 이 증오를 품고 있을 이유가 없다고 한다면…….

그때였다.

"지금의 당신은 우리에 대해서 크게 오해하고 있구려, 볼카르. 아니, 지금은 불카누스라고 부르는 편이 옳을까?"

봉인 바깥에서 누군가의 목소리가 울려 퍼졌다. 불카누스는 깜짝 놀라서 그곳을 바라보았다. 누군가 이 장소에 들어왔는데 자신이 눈치채지 못하다니 믿기 어려운 일이었다.

"확실히 예전의 당신 상대로는 이런 일은 엄두도 못 냈겠지. 하지만 지금은 예상보다 더 약해져 있는 것 같군. 이 괴물만 아니었어도 이 세계로 넘어올 절호의 기회인데, 안에서도 밖에서도 손을 쓸 수 없다는 사실은 아쉽소."

그 목소리는 마치 불카누스의 마음을 읽은 듯이 말했다.

목소리가 들려오는 곳은 불사의 포식자가 자리한 곳의 아래쪽, 온통 불꽃이 이글거리는 곳이었다. 그 속에서 붉은 기포가 끓어오르더니 이윽고 인간의 실루엣으로 변했다.

저벅.

굳어버린 불카누스 앞에서 그가 불길을 헤치고 걸어나왔다.

잘 만들어진 조각상 같은 외모를 가진 청년이었다. 겉모습에서 우아한 기품이 묻어나는 그는 휘날리는 검은 머리칼 아래로 붉은 눈동자를 빛내며 불카누스를 바라보았다. 봉인 가까이 다가온 그가 눈을 감고 숨을 들이쉬더니 말했다.

"호흡할 수 있는 대기는 기억도 나지 않을 정도로 오랜만이오. 이 세계는 정말 아름다워. 그렇게 생각하지 않소, 불카누스?"

"너는 누구냐?"

불카누스가 으르렁거리며 물었다. 거대한 드래곤이 자신을 노려보는데도 청년은 전혀 위축되지 않고 웃었다. 그가 봉인 안쪽으로 발을 들여놓으며 말했다.

"나를 잊어버리다니 정말 섭섭하구려. 그렇게 뜨거운 사이였거늘."

"……."

"당신에게 나를 소개하는 것도 수천 년 만의 일이군. 다시 한 번 인사드리겠소."

청년이 우아하게 고개를 숙이면서 말했다.

"나는 지아볼."

두근.

그 이름을 듣는 순간, 불카누스의 가슴이 크게 요동쳤다.

청년은 화사하게 웃으면서 말을 이었다.

"불쾌하게도 전혀 다른 무리들과 하나로 묶여서 마족이라 통칭되는 불쌍한 자들의 통솔자 중 하나이며, 당신이 우리의 직책이 길어 부르기 귀찮다면서 마왕(魔王)이라 이름 붙인 존재라오."

『폭염의 용제』 제8권에 계속…

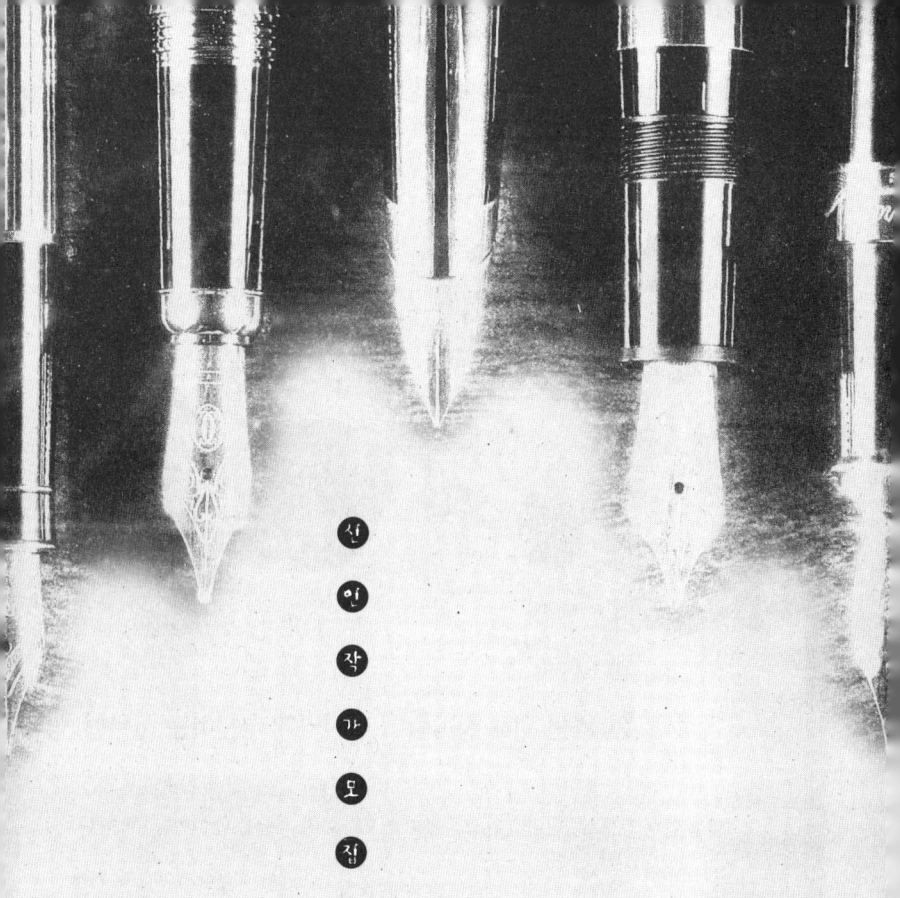

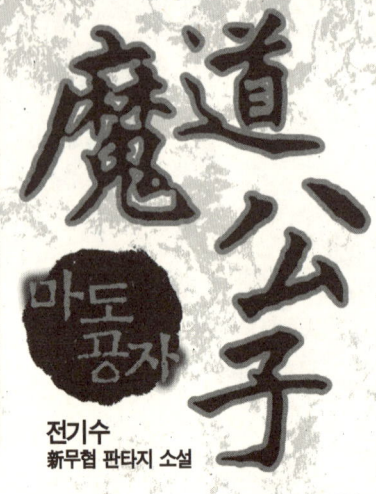

老 瀟 瀟 瀟

천애
협로

촌부 新무협 판타지 소설
FANTASTIC ORIENTAL HEROES

『우화등선』, 『화공도담』의 뒤를 잇는
작가 촌부의 또 하나의 도가 무협!

무림맹주(武林盟主), 아미파(峨嵋派) 장문인(掌門人),
군문제일검(軍門第一劍), 남궁세가(南宮勢家)의 안주인,

그들을 키워낸 어머니 ─
진무신모(眞武神母) 유월향(柳月香)!

어느 날, 그녀가 실종되는데…….

"하, 할머니는 누구세요?"

무한삼진의 고아, 소량(少雨)에게 찾아온 기이한 인연,

세상과 함께 호흡을 나눌 수 있다면[天地同息]
천하의 이치를 모두 얻으리라[天下之理得]!

이제, 천하제일인과 그녀가 길러낸
마지막 자손의 이야기가 펼쳐진다!

Book Publishing CHUNGEORAM

유령이 아닌 자유추구
WWW.chungeoram.com

소드 슬레이어

류연 판타지 장편 소설

FANTASY FRONTIER SPIRIT

그날로 돌아간 그 순간부터 입버릇처럼 붙은 한마디.
"생각해라, 아서 란펠지."

귀족 반란에 휘말린 채 죽어야 했던 기사, 아서 란펠지.
600년 전 마룡 카브라로 인해 봉인당한 세 용사의 영혼.
버려진 이름없는 신전에서 그들이 만났을 때
운명은 또 다른 전설의 서막을 알렸다!

소드 슬레이어!

힘없이 죽어간 모든 인연들을 위하여
무력하고 허망했던 어제를 딛고
멈추지 않는 오늘을 달려 내일을 잡아라!

위선에 가득찬 검들을 향해
여섯 번째 마나 소드, 에스카룬의 검이 질주한다!

Book Publishing CHUNGEORAM

유행이 아닌 자유추구 -
WWW.chungeoram.com

DEMON

FANTASY FRONTIER SPIRIT

홀로선별 판타지 장편. 소설

제일좌

BLOOD

성마대전, 그로부터 20년…
암흑은 스러지고 빛이 찾아왔다.
세상은… 그렇게 평화로워질 것만 같았다.

전설의 블랙 울프를 다루는 영악한 소년 마로,
하루하루 강도 높은 훈련을 받으며
숙연의 500골드를 달성한 그날!
세상은, 신성(新星)을 맞이한다!

『기적』의 뒤를 잇는
홀로선별 작가의 또다른 이야기
『제일좌』

어둠을 뚫고 솟을 빛이여,
하늘의 제일좌가 되어라!

Book Publishjng CHUNGEORAM

유행이 아닌 자유추구
WWW.chungeoram.com

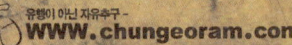